Ulli Kammigan

Selena und die irdischen Außerirdischen

Bibliografische Informationen der Deutschen Nationalbibliothek:
Die Deutsche Nationalbibliothek verzeichnet diese Publikation in der Deutschen Nationalbibliografie. Detaillierte bibliografische Daten über http://www.de-nb.de im Internet abrufbar

Impressum

Satz: Ulli Kammigan
Lektorat/Korrektorat: Elke Klein, München;
André Chinnow, Hamburg
Umschlag: Sarah Kammigan, Sidney; Lizenz shutterstock.com
Herstellung und Verlag: BoD – Books on Demand, Norderstedt

ISBN 978-3-74120-809-6

Ulli Kammigan

SELENA

UND

DIE IRDISCHEN AUSSERIRDISCHEN

Roman

Vom selben Autor sind erschienen:

Selena oder Aliens sind auch nur Menschen!
(1. Band der Selena-Trilogie)

Selena II oder Auch wir sind Aliens! Fast überall!
(2. Band der Selena-Trilogie)

KAPITELVERZEICHNIS

LERA

Lera kann Gedanken lesen! Und jetzt ist alles anders. Ich bin verunsichert und traue mich nicht mehr, ihr zu begegnen. Ich gehe ihr aus dem Weg. Seit zwei Wochen habe ich sie nicht mehr gesehen. Noch nie in unserem Leben haben wir uns zwei Wochen nicht gesehen.

Lera ist meine beste Freundin. Wir sind miteinander aufgewachsen. Ich kenne sie, solange ich denken kann. Wir haben zusammen gespielt, sind durch die Wälder gestreift, haben Höhlen aus Zweigen und trockenem Gras gebaut, haben im Fluss gebadet, und wir gehen zusammen zur Schule und werden bald unseren Abschluss machen. Wir haben herumgetollt und wenn ich ihr beim Toben unabsichtlich wehgetan habe, hat sie mich mit weit geöffneten Augen angeschaut und schien sehr verwirrt. Sie konnte nicht verstehen, wie man jemandem – auch ohne es zu wollen – wehtun kann. Sie hat mir nie wehgetan. Sie war nie so wild, wie ich es manchmal bin. Sie war für mich wie eine Schwester.

Es war am Fest des leuchtenden Wassers. Das ist der Tag, an dem einmal im Jahr beide Monde zur gleichen Zeit nebeneinander aufgehen. Dann sorgt eine Algenblüte dafür, dass das Wasser in allen Regenbogenfarben auf der Haut leuchtet. Man badet in Farben. Alle Menschen gehen dann ins Wasser, spritzen sich mit ungezählten bunt schimmernden Tropfen gegenseitig nass, und berühren sich, indem sie sich über die nackte Haut streichen. Auch wir beide waren im Wasser, und als Lera mit ihren Händen ganz sanft über meine Haut fuhr und so tausende von leuchtenden Punkten erzeugte, dachte ich, dass es wunderschön sei, ihre Hand zu spüren. Ich hatte dieses Gefühl zum ersten Mal. Ein unbekannter Schauer durchfuhr meinen Körper. Wir hatten uns schon oft berührt, aber noch nie hatte ich dieses Kribbeln gespürt. Und dann sagte Lera:

»Ich spüre das Gleiche wie du, Ben, und für mich ist es genauso schön.«

Entsetzt schaute ich sie an.

»Du kannst meine Gedanken lesen. Wieso?«

Lera schaute mich irritiert an.

»Aber das können doch alle!«

»Wieso können das alle? Ich kann es nicht, und meine Eltern können es auch nicht!«

»Das ist doch klar, Ben. Du und deine Eltern, ihr seid keine Menschen wie wir, ihr seid von einem anderen Planeten. Das weißt du doch.«

Da war sie wieder, die Ausgrenzung, die ich immer zu spüren glaubte. Ich war anders als alle meine Freunde, sogar anders als alle Menschen. Da nützte es nichts, zu wissen, dass auch Lera zur Hälfte die fremden Gene hatte, aber die waren rezessiv. Die dominanten Gene ihres Vaters hatten sich zu fast einhundert Prozent bei ihr durchgesetzt.

Ich war schon in den ersten Schulklassen anders. Wenn etwas nicht so ganz klappte oder ich mich ungerecht behandelt fühlte, konnte ich richtig wütend werden und schlug manchmal mit meinen kleinen Fäusten gegen die Wand oder sogar auf meine Mitschüler oder den Lehrer ein. Dann schauten mich alle erstaunt an, aber sagten nichts. Ich konnte jedoch fühlen, dass sie mein Verhalten nicht verstanden und es bewusst und deutlich ignorierten. Und ich meinte, in ihren Blicken Mitleid zu erkennen, weil ich anders war. Sie schlugen niemals auf andere ein, auch nicht auf Gegenstände. Auch Lera tat so etwas nie.

Meine Eltern sagten mir dann, es läge daran, dass wir von einer anderen Welt stammten. Sie versuchten, mir mein Verhalten zu erklären. Aber das machte es nur noch schlimmer. Ich wollte so sein, wie alle anderen. Mit zunehmendem Alter kam ich damit besser klar, immer seltener reagierte ich meine Wut oder meinen Ärger für alle sichtbar ab.

Alle waren stets nett zu mir, niemand sagte jemals etwas zu meinem Verhalten, aber ich hatte trotzdem das Gefühl, nicht normal zu sein.

Und nun hatte Lera diese Wunde wieder aufgerissen.

Ich drehte mich um, rannte davon und verkroch mich zu Hause. Und heulte.

Einige Tage später, nachdem ich mich beruhigt hatte, sprach ich mit Mama darüber.

»Ist es wahr, dass alle anderen Menschen Gedankenlesen können und nur wir nicht? Ich meine dich, Papa und mich.«

Meine Mutter schaute mich überrascht an.

»Wer sagt denn so was?«

»Lera hat es gesagt und sie hat wirklich meine Gedanken gelesen.«

»Das kommt darauf an, was du unter Gedankenlesen verstehst. Tatsächlich können die Menschen hier auf telepathischem Wege miteinander kommunizieren. Auch mit uns, aber nur einseitig. Wir können zu ihnen keinen telepathischen Kontakt aufnehmen und du eben auch nicht.«

»Dann bin ich also behindert? Ein Kommunikationskrüppel?«

»Das kann man so nicht sagen. Du kannst zwar nicht aktiv telepathisch mit deinen Mitmenschen kommunizieren, wie es die Menschen dieser Welt können und wie es eben auch Lera kann, da ihr Vater Geaner ist. Und dein Vater und ich können es nicht, ebenso wenig wie auch Viviane, Leras Mutter. Aber die Menschen hier können telepathisch zu dir in Kontakt treten und mit etwas Übung wirst du das erkennen und kannst darauf antworten. Was wir dabei nicht können, ist, so zu sagen den Mund halten. Wir können also den Einblick in unsere Gefühle nicht blockieren. Das ist aber nur ein theoretischer Nachteil. Denn der Umgang mit Telepathie unterliegt hier strengen Regeln. Daher nutzen die Menschen dieses Planeten sie nur selten. Sie unterhalten sich ohnehin lieber in der gesprochenen Sprache, weil sie das für etwas sehr Schönes halten, das auf keinen Fall verkümmern sollte. Die Gefahr bestünde nämlich, wenn man nur noch telepathisch kommuniziert. An diesem Verhaltenskodex liegt es übrigens auch, dass du bisher nichts von dieser besonderen Fähigkeit deiner Mitmenschen mitbekommen hast. Wenn also Lera trotzdem den Kontakt zu dir hergestellt hat, kann es dafür nur einen Grund gegeben haben. Ihr müsst euch emotional so nahe gewesen sein, dass ihr der Verhaltenskodex egal war. Die Situation muss emotional sehr aufgeheizt gewesen sein, sodass die natürlichen Sperren, die auch sie hat, versagt haben. Das ist doch etwas sehr Schönes, oder?«

Meine Mutter schaute mich liebevoll an.

»Und was deinen Eindruck der Behinderung angeht, so könnte man genauso gut die Menschen hier als Krüppel bezeichnen, denn ihnen fehlt etwas Wichtiges, was wir vier dagegen haben. Das ist die Fähigkeit, uns notfalls mit Gewalt oder Aggressivität gegen jemanden zu wehren, der uns bedroht. Das müssen die Menschen hier erst mühsam erlernen, denn in ihrer Evolutionsgeschichte gab es keine Bedrohung für sie. Die erfuhren sie erst, als kurz vor deiner und Leras Geburt extrem gewalttätige Wesen mit einem Raumschiff diesen Planeten überfielen und die Menschen zu Tausenden umbrachten.«

Meine Mutter fuhr fort.

»Du siehst, Aggressivität muss nicht immer schlecht sein. Sie ist es sicher dann, wenn sie sich gegen jemanden richtet, der dir nicht ernsthaft schaden will. Sie kann jedoch in extremen Situationen überlebenswichtig sein. Darum wissen auch die Menschen hier und schätzen deine gelegentlichen heftigen Reaktionen richtig ein, jedenfalls die Erwachsenen. Kinder haben da eher Probleme, aber sie werden es lernen.«

Ich schwieg betroffen. Meine Mutter sah mich liebevoll an und nahm mich in die Arme.

»Du bist nicht behindert, du regierst nur manchmal anders. Du magst Schwächen haben und dich unterlegen fühlen, aber du hast auch Stärken, um die dich andere beneiden.«

Mir wurde wieder leichter ums Herz. Meine Mutter schaute mich ernst an.

»Du solltest jetzt zu Lera gehen und mit ihr darüber sprechen. Sie wird es verstehen.«

Nun sitze ich allein in meinem Zimmer und denke über die Worte meiner Mutter nach. So habe ich das bisher nicht gesehen. Sie hat sicher recht. Auf jeden Fall ist es falsch, Lera so stehen zu lassen. Nur, ich habe keine Ahnung, wie ich hiernach auf sie zugehen soll. Doch das Problem löst sich von selbst, als mir Lera später unvermittelt über den Weg läuft. Ich weiß nicht so recht, wie ich anfangen soll. Aber sie nimmt es mir ab. Sie fasst meine Hände und sieht mir tief in die Augen.

»Oh Ben, es tut mir so leid. Ich habe etwas gemacht, was ich nicht darf und man einfach nicht tut. Es gehört sich nicht, in den Kopf von anderen zu schauen. Aber ich war so aufgewühlt, als wir uns berührten. Noch nie habe ich mich dir so nahe gefühlt und dann bin ich dir ungewollt zu nahe gekommen. Kannst du mir verzeihen?«

Natürlich verzeihe ich ihr.

Es scheint alles wieder gut zu sein, bis wir in der Schule an die jüngste Geschichte unseres Planeten angeschlossen werden. Da ist sie wieder, die Ausgrenzung, die ich schon früher fühlte, nur diesmal mit anderem Vorzeichen. Auf einmal werde ich bewundert, denn nun wissen alle meine Freunde und Mitschüler, dass Leras und meine Eltern diesen Planeten vor den Invasoren gerettet haben. Plötzlich sind wir etwas Besonderes. Doch das behagt mir überhaupt nicht. Ich will nicht bewundert werden für etwas, das ich nicht getan habe, und für meine Eltern kann ich nichts. Und dann fühle ich mich wie ein Monster, denn in diesem Zusammenhang wird bekannt, dass ich in der Lage bin zu töten. Das kann sonst niemand. Ich würde zwar nur in äußerster Not töten, nämlich dann, wenn mein Leben bedroht ist und es keinen anderen Ausweg gibt, aber es ist möglich. Die Menschen dieses Planeten können sich nicht wehren, haben es nie gemusst. Ihre Evolutionsgeschichte war so. Seit Jahrmillionen haben sie keine Feinde mehr, gegen die sie sich verteidigen müssen. Als in ihrer jüngsten Geschichte Fremde auftauchten, die so aggressiv waren, dass für sie das Quälen oder Töten ein Genuss war, hatten die Bewohner hier ihnen nichts entgegenzusetzen. Viele Tausenden von ihnen wurden getötet. Erst mit Hilfe meiner Eltern und Leras Mutter, die dank ihrer Herkunft eine Gegenwehr aufbauen konnten, wurden die Fremden überwältigt.

Ein paar Wochen später erfahren wir dann etwas über den Planeten, von dem meine Eltern und Leras Mutter abstammen. Das ist erst einmal ein Schock. Die Menschen dieses Planeten mit Namen Erde sind mehrheitlich aggressiv, egoistisch, süchtig nach Macht und geldgierig. Soweit bekannt ist, sind sie gerade dabei, ihre eigene Lebensgrundlage zu zerstören, indem sie ihren Planeten rücksichtslos ausbeuten. Natürlich gibt es dort auch Menschen, bei denen diese Eigenschaften weniger stark ausgeprägt sind. Dazu gehören Leras Mutter Viviane und meine Eltern Nadine und Florian.

Aus diesem Grund sind die Menschen unseres Planeten Gea dabei, eine Hülle um unser Sonnensystem zu installieren, die uns für Fremde unauffindbar machen wird. Sollte dieses System versagen, baut man inzwischen sogar Verteidigungswaffen, an deren Entwicklung meine und Leras Eltern beteiligt sind. Außerdem hat man vor Jahren getarnte Satelliten sowohl im Planetensystem der »Blauen«, wie die aggressiven Invasoren genannt werden, als auch nahe der Erde installiert, um die Entwicklung dort zu beobachten.

Dann geschieht etwas, das den gesamten Planeten in Aufregung versetzt: Eine junge Frau aus einem abgelegenen Dorf am Meer wird tot aufgefunden. Sie ist offensichtlich durch Fremdeinwirkung zu Tode gekommen, nachdem sie zuvor vergewaltigt wurde. Das ist auf diesem Planeten eigentlich unmöglich, die Menschen hier können nicht töten. Es gibt nur vier Menschen, die dazu in der Lage sind, meine Eltern und ich sowie Leras Mutter. Wir sind jedoch nie in die Nähe des Tatortes gekommen.

Da es weder Polizei noch Ordnungshüter gibt, wird eine Gruppe Wissenschaftler zusammengestellt, die den Vorfall untersuchen und aufklären soll. Auch mein Vater und Leras Mutter werden dem Team zugeordnet, da beide von ihrem Heimatplaneten Verbrechen kennen und zumindest eine vage Vorstellung davon haben, wie man an so einen Fall herangehen könnte. Für die einheimischen Mitglieder ist dies absolutes Neuland.

Schon nach einem kurzen Blick auf das Opfer wird klar, wer dafür verantwortlich sein muss. Es ist mehrfach vergewaltigt und übel zugerichtet worden. Dazu ist kein Geaner fähig. Es müssen Blaue von der Gefangeneninsel entkommen sein. Dort hatte man vor etwa 20 Jahren die äußerst grausamen Invasoren, die den Kampf überlebt hatten, interniert. Es war sträflicher Leichtsinn, die Gefangenen sich selbst zu überlassen. Dies hatte jedoch den Grund, dass die Menschen dieses Planeten sich nicht in die Denkweise der Invasoren einfühlen können. Gewalttaten existieren in ihren Vorstellungen nicht.

Eine Überprüfung der Gefangeneninsel bestätigt die Vermutung. Die Insel ist leer. Ursprünglich hatten 52 Gefangene den Kampf überlebt, 40 sind zwischenzeitlich gestorben oder von den eigenen Leuten umgebracht worden. Das ergab sich aus der Anzahl der Gräber. Vermehren konnten sie sich nicht, denn kurz nach ihrer Ankunft auf Gea töteten sie ihre Frauen, weil die geanischen Frauen attraktiver waren. Zudem waren sie auf der langen Reise durch die Galaxie unfruchtbar geworden, weil ihr Raumschiff die gefährliche Weltraumstrahlung nicht ausreichend absorbierte. Also sind vermutlich zwölf Gefangene entkommen.
Die Untersuchung der Insel ergibt dann, wie die Flucht gelang. Die Gefangenen haben Flöße gebaut und

sind über das Meer gesegelt. Zumindest einige haben also die Fahrt überlebt. Jedoch muss man davon ausgehen, dass auf der beschwerlichen Reise über das Meer der eine oder andere umgekommen ist, denn wenn Blaue über einen langen Zeitraum auf engstem Raum zusammen sind, gibt es immer Konflikte. Sie sind unvorstellbar brutal.

Es dauert nicht lange bis man das Floß in der Nähe des Tatortes findet. Aufgrund von DNA-Analysen kann man ermitteln, dass vermutlich sieben Gefangene überlebt haben. Sie sind alle in einem Alter zwischen 40 und 50 Jahren. Es handelt sich um diejenigen Blauen, die zu Beginn ihrer Reise durch den Weltraum geboren wurden, als die Besatzung ihres Schiffes noch nicht unfruchtbar war. Ihren Heimatplaneten haben sie nie zu Gesicht bekommen. Von der ursprünglichen Besatzung, die ihn noch gekannt hat, ist niemand mehr am Leben.

Wir müssen uns Gedanken machen, wie wir die Bevölkerung schützen und auf welche Weise man die Flüchtigen ausfindig macht, bevor sie weiteres Unheil anrichten. Ein Problem ist, dass kein Geaner töten kann, es gibt daher außer Messer und Äxten keine tödlichen Waffen. Die Blauen besitzen ebenfalls Messer, die man ihnen zum Überleben auf der Insel gegeben hat und benutzen als Waffen angespitzte Holzstöcke und Steine. Ein zweites Problem besteht darin, dass man sie nur schwer identifizieren kann. Aber es ist nicht unmöglich. Denn sie haben stahlblaue Augen und eine dunkle Hautfarbe. Beides kommt zwar auch auf Gea vor, aber diese Kombination aus Haut- und Augenfarbe ist selten.

Auch ihr sonstiges Aussehen kann man vage beschreiben, denn die Bewohner von Gea sind ausnahmslos gut aussehend, die Blauen eher nicht. Aber diese Kriterien für eine Fahndung zu verwenden, ist mehr als problematisch. Es könnte zu Verwechslungen mit Geanern kommen. Leider sieht man den Blauen äußerlich nicht an, dass sie eine brutale Rasse sind.

Die Bevölkerung wird über alle Medien gewarnt. Sie bekommt Ratschläge, wie mit Gefahrensituationen bei Kontakt mit den Entflohenen umzugehen sei. So werden sie darauf hingewiesen, ihre besondere Fähigkeit zu nutzen, bei Gefahr und bei Ausschüttung von Adrenalin extrem schnell reagieren zu können. Sie nehmen dabei ihre Umwelt in Zeitlupe wahr, wodurch ihr Handeln einem Gegner übermenschlich schnell erscheint. Diese Fähigkeit besitzen weder die Blauen noch andere bekannte Rassen im Universum, auch nicht die Menschen der Erde mit Ausnahme meiner Eltern Nadine und Florian, Leras Mutter Viviane und mir. Wir stammen zwar von der Erde ab, jedoch haben die Geaner uns mit ihrer überlegenen Medizintechnik diese Fähigkeit implantiert. So haben sie bei uns »Baumängel der Evolution«, wie sie es nannten, ausgeglichen.

Mein Vater schlägt vor, alle Geaner mit Betäubungsstrahlern einzudecken, aber Adon, Leras geanischer Vater, rät davon ab.

»Bisher haben unsere Gegner nur Messer, Knüppel und Steine als Waffen, wenn sie aber Betäubungsstrahler erbeuten, wären sie erheblich schwerer zu erwischen, und es würde ihnen noch leichter fallen, weitere Geaner zu töten.«

Dann kommt es zu einem weiteren Todesfall. Wieder ist es eine Frau, die erst vergewaltigt und danach brutal mit Messern zerstückelt worden ist. Der Tatort ist jedoch tausende von Kilometern vom ersten entfernt. Den Blauen muss es gelungen sein, ein allen zur Verfügung stehendes Flugboot zu kapern. Außerdem weisen die DNA-Spuren darauf hin, dass dieses Mal nur zwei Blaue beteiligt sind. Offenbar haben sie sich getrennt, das erschwert die Suche.

Das Untersuchungsteam kommt erneut zu einer Lagebesprechung zusammen. Leras Mutter macht einen Vorschlag.

»Wir sollten überall auf dem Planeten Eingreifgruppen installieren, welche die besondere Fähigkeit der Geaner nicht nur zum Fortlaufen, sondern auch zum Angreifen nutzen. Auch, wenn sie nicht töten können. Es muss doch noch genügend Leute geben, die wir vor zwanzig Jahren ausgebildet hatten, um gegen die Invasion der Blauen vorzugehen«.

Der Vorschlag überzeugt zwar nicht alle Beteiligten, ist aber der einzig praktikable. Man ruft die damaligen Kämpfer zusammen und verteilt sie paarweise über den ganzen Planeten. Zu ihren Aufgaben gehört es, weitere Geaner auszubilden. Vor zwanzig Jahren hatte man etliche Bewohner trainiert, nachdem die Blauen mit ihrem Raumschiff auf Gea erschienen waren und begannen, die Bevölkerung umzubringen. Hierdurch erlernten die Einheimischen damals einfache Taktiken der Selbstverteidigung.

Ein weiterer Vergewaltigungsversuch an anderer Stelle misslingt. Die angegriffene Frau ist vorgewarnt, erkennt die Angreifer rechtzeitig und kann mithilfe ihrer Reaktionsschnelligkeit entkommen. Dank ihrer Angaben haben wir eine genaue Beschreibung der Täter, die dieses Mal zu viert vorgegangen sind.

Die überall deponierten und jedem zugänglichen Flugboote sind zwar schnell – man beherrscht die Schwerkraft und kann Energie in fast unbegrenzter Menge auf kleinstem Raum speichern –, aber sie sind nicht schnell genug, um das Team um meinen Vater in kürzester Zeit an jeden Ort des Planeten zu bringen. Hierfür kommt etwas Anderes in Frage: Selena. Selena ist ein Raumschiff. Um genau zu sein: Es ist der Name des Schiffscomputers, den mein Vater ihm bei seiner ersten Begegnung damals auf der Erde gegeben hat. Dieses Schiff ist auch im Schwerkraftbereich eines Planeten noch enorm schnell. Es erreicht jeden beliebigen Ort in weniger als einer Stunde. Außerhalb von Sonnensystemen ist es bei Umschaltung auf Quantenantrieb sogar in der Lage, fremde Galaxien zu erreichen und die Zeitdilatation auf ein Minimum zu reduzieren. Das gelingt dadurch, dass es im allgemein verstandenen Sinne keine Geschwindigkeit erreicht, sondern durch den fünfdimensionalen Raum springt. So wie auch im Elementarteilchenbereich Quanten gleichzeitig an zwei verschiedenen Stellen sein können.

Das Team um meinen Vater ist daher kurz nach dem Vorfall vor Ort und stellt Phantombilder der Täter ins Kommunikationsnetz des Planeten.

Am Abend sehe ich meinen Vater seit Langem zum ersten Mal wieder. Als wir alle mit Lera und ihren Eltern beim Abendessen sitzen, spreche ich ihn an. Denn mir ist eine Idee gekommen.

»Es ist doch richtig,« beginne ich, »dass alle Menschen dieses Planeten telepathisch kommunizieren können, es aber normalerweise nicht tun. Wie wäre es, wenn ihr diese Regel aufhebt. Sagt den Leuten, sie sollen ihre Blockaden überwinden, wenn sie jemandem begegnen, den sie als Blauen verdächtigen. Reagiert er nicht, wäre das ein untrügliches Zeichen, dass er nicht von diesem Planeten stammt.«

Die Erwachsenen sehen mich erstaunt an. Adon, Leras Vater, schlägt sich mit der Hand auf die Stirn.

»Natürlich, das ist es! Warum sind wir nicht darauf gekommen?«

Gleich darauf gibt er sich selbst die Antwort: »Wir sind nicht darauf gekommen, weil es für uns selbstverständlich ist, telepathisch kommunizieren zu können. Ohne darüber nachzudenken gehen wir davon aus, dass das jeder kann«. Doch dann schränkt er gleich ein.

»Wir können das so machen, müssen dabei allerdings sehr umsichtig vorgehen. Die Tatsache allein, dass ein Mensch auf telepathischen Kontakt nicht reagiert, ist noch kein sicheres Indiz, dass es sich um einen Blauen handelt. Denn wir können telepathische Kontakte blockieren beziehungsweise den Empfang ausstellen, wenn wir in Ruhe gelassen werden wollen.«

Telepathie funktioniert auf Gea nur über kurze Strecken bis etwa 500 Meter Distanz. Das ist ausreichend für angegriffene Frauen, um zu entkommen und die Nachricht weiterzugeben.

In den folgenden 24 Stunden werden alle Geaner über die neue Verfahrensweise informiert. Wir hoffen, dass sie auch allgemein akzeptiert und angewendet wird. Dann überschlagen sich die Ereignisse. Es gibt einen neuen Übergriff. Wieder ist von vier Tätern die Rede. Wir nutzen jetzt das Raumschiff Selena, um schnell an den Brennpunkten zu sein. Ich darf zum ersten Mal teilnehmen.

Wir sind mit Betäubungsstrahlern ausgerüstet. In der Nähe des Tatortes kann Selena auch bald einen Fluggleiter mit vier Insassen ausmachen. Diese reagieren nicht auf telepathischen Kontakt von Adon. Selena schaltet die Tarnung ein, sodass wir dem Gegner unsichtbar folgen können. Eine halbe Stunde braucht der Fluggleiter, dann landen die Gegner auf einer Bergwiese vor dem einzigen Haus um Umkreis von fünf Kilometern. Wir kennen den Ort, hier lebt ein Mann allein, ohne Kontakt zu seinen Nachbarn. Er lebt auf altertümliche Art von den Erzeugnissen seines Gartens und nicht, wie die meisten Menschen auf diesem Planeten, von einer Konsole im Haus, die sämtliche Nahrungsmittel herstellt. Die Fremden sind offenbar darauf aus, sich Nahrung zu beschaffen. Es spricht vieles dafür, dass es sich um Blaue handelt. Wir müssen verhindern, dass sie das Haus betreten, denn falls Remer, der hier als Eremit lebt, zu Hause ist, könnte das sein Ende bedeuten. Wir landen, werden sichtbar und versuchen ihnen den Weg abzuschneiden. Sie bemerken uns, drehen sofort um, und wollen ihr Flugboot erreichen. Mein Vater und ich sind bereits in der Schleuse, die sich unter dem Schiff öffnet. Während wir mit dem Anti-Gravitations-Aufzug zu Boden schweben, feuern wir auf die Ausbrecher. Alle gehen betäubt zu Boden. Inzwischen ist auch Remer aus seinem Haus gekommen und starrt verwundert auf das Geschehen. Dann erkennt er meinen Vater. Sie haben sich kennengelernt, als meine Eltern zum ersten Mal auf Gea ankamen.

»Florian! Was ist los? Was macht ihr mit den Leuten?«

Er ist offenbar nicht informiert, denn er lebt ohne eine Verbindung zum planetarischen Kommunikationssystem. Sein Kontakt zu seinen Mitmenschen beschränkt sich auf gelegentliche Besuche seiner nächsten Nachbarn aus dem fünf Kilometer entfernten Dorf.

Wir klären ihn auf.

Anschließend bringen wir die Gefangenen zurück auf ihre Insel, die inzwischen von einem Schutzschirm umgeben ist, den man nur von außen ausschalten kann.

Es sind immer noch drei Blaue in Freiheit, die eine große Gefahr für die Bewohner darstellen. Es gibt allerdings keine Überfälle mehr. Die Fremden müssen das planetarische Kommunikationssystem in ihrem Flugboot abgehört haben und sind vorsichtig geworden.

Der einzige Hinweis auf ihre Anwesenheit sind gelegentliche Diebstähle von Essen und Kleidung, aber die Gruppe um meinen Vater und Viviane kommt regelmäßig zu spät.

Das alles ist nun bereits einige Monate her und Lera und ich haben unseren Schulabschluss gemacht. Die jungen Menschen auf Gea gehen etwa bis zum sechzehnten Lebensjahr in die Schule, anschließend studieren sie auf einer der zahlreichen Universitäten. Nach dem Studium arbeitet man in irgendeiner Form für die Gemeinschaft, besucht jedoch bis ins hohe Alter immer wieder die Universität um sich weiterzubilden. Die Lebenserwartung der Menschen auf Gea beträgt etwa 300 Jahre. Wir von der Erde kommen immerhin auf etwa 150 Jahre, da wir durch die fortschrittliche Medizin der Geaner genetisch optimiert wurden. Man hatte damals einige Baumängel der Evolution korrigiert. Auch Lera hat eine Lebenserwartung von gut 150 Jahren, obwohl ihr Vater Geaner ist. Bei ihr hat sich das entsprechende Gen ihrer irdischen Mutter durchgesetzt.

Nach dem Schulabschluss ist es üblich, dass die jungen Leute eine kleine Feier mit einer mehrtägigen Wanderung und Picknicks im Freien veranstalten. Wir sind acht, zwei Mädchen, Jola und Lera und sechs Jungen. Bepackt mit Rucksäcken voller Nahrungsmittel und Getränken machen wir uns auf den Weg. Man geht auf Gea übrigens wahnsinnig gern zu Fuß.

Wir sind schon einige Tage unterwegs und übernachten im Freien oder in Zelten. Tagsüber herrscht eine angenehme Temperatur von etwas über zwanzig Grad und auch nachts wird es nicht viel kälter. Wir wandern durch eine weite Graslandschaft, die einer afrikanischen Steppe ähnelt. Reh-, Antilopen- und Büffel-ähnliche Tieren lassen sich durch unsere Anwesenheit nicht stören. Sie haben keine Furcht vor Menschen und schauen neugierig zu uns herüber, einige kommen sogar dicht an uns heran, um uns zu beäugen. Diese Welt ist überaus friedlich.

Am vierten Tag geht die Steppenlandschaft mit vereinzelt stehenden Bäumen in dichten Wald über. Vor wilden Tieren brauchen wir uns nicht zu fürchten, es gibt auf Gea keine Raubtiere.

Es ist ein sonniger und warmer Frühsommertag. Das Blau des Himmels wird vereinzelt von einigen Tupfern weißer Wölkchen abgelöst. Die Sonnenstrahlen, die an einigen Stellen durch das Blätterdach ihren Weg bis nach unten finden, bilden auf dem Waldboden einen Teppich aus hellen Flecken in dunkler Umgebung. Bis auf das gelegentliche Zwitschern eines Vogels ist es still im Wald. Wir sagen kein Wort und lassen die Ruhe auf uns einwirken. Sogar die beiden Mädels, die bisher fast ununterbrochen geplappert haben, schweigen. Der weiche Waldboden verschluckt das Geräusch unserer Schritte, nur gelegentlich unterbricht das Knacken eines trockenen Zweiges unter unseren Füßen die Stille.

Dann schimmert vor uns zwischen den Baumstämmen ein blauer Fleck. Beim Näherkommen vergrößert er sich zu einem tiefblauen See, mitten im Wald gelegen, und umrahmt von einem fast weißen Strand aus feinem Sand.

Die Stille ist vorbei. Wir rennen jubelnd auf den See zu, werfen unsere Rucksäcke in den Sand, entledigen uns der Kleidung und stürzen ins Wasser. Das ist so klar, dass man den Grund in etwa zehn Metern Tiefe sehen kann. Ausgelassen toben wir im Wasser, spritzen uns gegenseitig nass und ziehen uns immer wieder unter Wasser. Schließlich erklären die Mädchen, dass sie genug haben und zurück an Land wollen, um Holz für ein Lagerfeuer zu sammeln, auf dem wir später die mitgebrachten Lebensmittel rösten wollen. Wir Jungen schwimmen währenddessen weit in den See hinaus.

Eine halbe Stunde ist vergangen, wir haben uns gerade entschlossen zurückzuschwimmen, als eine Stimme in meinem Kopf explodiert. Leras Stimme.

»Hilfe, Ben! Sie haben mich und fallen über mich her!«

Ich habe keinen Zweifel, wen Lera meint und kraule wie ein Wahnsinniger zurück an Land. Auch die anderen Jungs pflügen neben mir durchs Wasser. Sie alle müssen Leras telepathischen Hilferuf gehört haben. Am Strand steht Jola und zeigt wild gestikulierend in den Wald.

»Es muss in diese Richtung sein!«

Wir schwärmen aus und stürmen in den Wald. Die Angst legt sich wie eine Faust um mein Herz. Ich weiß wie brutal und rücksichtslos die Fremden vorgehen. Jede Sekunde, die verrinnt, kann ihren Tod bedeuten. Wir dringen tiefer in den Wald ein; ich hoffe inständig, ein telepathisches Lebenszeichen von Lera zu hören. Doch es bleibt still in meinem Kopf. Ist sie bereits tot? Ich renne weiter, unfähig auch nur einen klaren Gedanken zu fassen.

Zwischen den Bäumen auf einer Lichtung blitzt ein heller Fleck auf. Ich stürze darauf zu und schreie.

Da sitzt sie! Lera! Blutüberströmt, mitten auf der Lichtung! Sie hält den Kopf zwischen ihren Armen verborgen und ihr Körper wird von heftigem Schluchzen geschüttelt. Sie lebt. Gott sei Dank. Dann sehe ich etwas, das mir den Verstand raubt. Um sie herum liegen drei Männer leblos im Gras. Blaue! Ich renne auf Lera zu, knie mich hin und streiche mit der Hand vorsichtig über ihr Gesicht. Ich habe Angst, dass ihr meine Berührung Schmerzen verursacht. Sie schlingt ihre Arme um mich, drückt ihren Kopf an meine Brust und hört nicht auf zu schluchzen.

Mein Schrei hat die anderen Jungs erreicht, ob telepathisch oder akustisch kann ich nicht sagen. Sie stürzen auf die Lichtung.

Einer der Jungen, ein angehender Mediziner, untersucht Lera.

»Sie hat tiefe Stichwunden im Bauch und an den Oberschenkeln und ihre Beine sind gebrochen. Wir brauchen Hilfe, sie ist nicht transportfähig.«

Aber sie ist bei Bewusstsein. Und, nachdem wir die Wunden notdürftig versorgt und die Beine geschient haben, ist sie in der Lage stockend zu berichten.

»Ich sammelte Holz, als ich von hinten zu Boden gerissen wurde. Ich hatte sie nicht kommen hören. Einer der Männer wollte sich auf mich stürzen, doch ich rollte mich zur Seite. Er hatte nicht mit meiner Reaktionsschnelligkeit gerechnet. Dann stürzten die beiden anderen mit Messern auf mich. Als ich die Messer im Bauch und in den Beinen spürte geschah etwas Merkwürdiges. Ich bekam ein Bein frei und trat einem der Angreifer mit solcher Wucht in den Bauch, dass er nach hinten weggeschleudert wurde. Dadurch bekam ich auch mein zweites Bein frei und ungeachtet der Schmerzen wirbelte ich beide Beine durch die Luft, die die Köpfe der beiden anderen trafen. Die Schläge waren so heftig, dass sie zusammenbrachen. Allerdings habe ich mir dabei wohl die Beine gebrochen.«

Sie schlingt erneut die Arme um mich und schluchzt: »Oh Ben, wie ist das möglich? Ich bin doch gar nicht in der Lage, mich zu verteidigen oder sogar anzugreifen geschweige denn zu töten!« Dann fragt sie ängstlich: »Sind sie tot?«

Die anderen haben inzwischen die am Boden liegenden Fremden untersucht. Zwei Jungen sind losgelaufen, um Hilfe zu holen.

»Sie sind nicht tot. Du hast sie bewusstlos geschlagen. Einer von uns sollte zum Lagerplatz zurücklaufen und Stricke holen, damit wir sie fesseln können.«

Lera beruhigt sich und hört auf zu weinen. Mir wird bewusst, dass ihre Tränen nicht vom Schmerz der Verletzungen herrühren, sondern davon, dass sie etwas gemacht hat, zu dem eigentlich kein Geaner in der Lage ist.

»Es muss an deinen irdischen Erbanlagen liegen. In Extremsituationen bist du offenbar doch in der Lage, wie ein Mensch von der Erde zu reagieren. Du hattest nur bisher solche Situationen nicht erlebt.«

Aber auch mir ist etwas klar geworden. Die Angst, dass Lera etwas zugestoßen sein könne, und das Gefühl, sie lebend in die Arme nehmen zu können, hat mir deutlich gemacht: Ich liebe sie.

Lera übersteht die nächsten zwei Stunden, die es braucht, bis die Jungs Kontakt zu anderen Menschen herstellen können. Endlich landet Selena in der Lichtung, um sie in ein Krankenhaus zu bringen. Wir schleppen auch die Blauen an Bord. Sie werden später auf die Gefangeneninsel gebracht.

Nach einigen Wochen ist Lera wieder völlig gesund. Die Medizin der Geaner ist viel weiter fortgeschritten als die auf der Erde und auch die psychische Behandlung war erfolgreich. Kurz vor ihrer Entlassung besuche ich sie im Krankenhaus. Ich trete an das Bett, nehme ihre Hände in meine, sehe ihr in die Augen und bitte sie:

»Schau in meinen Kopf!«

»Aber Ben, das gehört sich nicht!«

»Tu es bitte!«

Nur widerstrebend erklärt sie sich bereit, in meinen Gedanken und Gefühlen zu lesen. Mit weit geöffneten Augen schaut sie mich an.

»Oh, Ben! Ich dich auch! Du ahnst gar nicht, wie sehr ich dich liebe.«

Ich weiß nicht, ob sie es sagt oder ob ich nur ihre Stimme im Kopf höre. Es spielt auch keine Rolle. Wir küssen uns zärtlich und innig. Die Welt um uns verschwimmt. Es gibt nur noch uns beide und unsere Gefühle für einander. Die Probleme dieser Welt sind vergessen.

Nur das Problem mit den Blauen nicht. Das soll uns noch weiterhin beschäftigen.

VOYAGER 1

In den folgenden Monaten verbringen Lera und ich eine wundervolle Zeit. Wir sind noch öfter zusammen als wir es ohnehin schon immer waren. Die Bevölkerung unseres Planeten beruhigt sich allmählich. Man kann es daran ablesen, dass öffentliche Diskussionen aufkommen. Man fragt sich: Ist es richtig und entspricht es unseren Vorstellungen von Menschlichkeit, sieben Blaue bis zu ihrem Tod auf einer Insel zu internieren?

Doch dann erreicht unseren Planeten ein alarmierendes Signal von den getarnten Beobachtungssatelliten, die vor Jahren im Sonnensystem der Blauen installiert worden sind.

Ein gewaltiges Raumschiff hatte ihr System verlassen. Es hat die Kapazität für eine viele Jahre andauernde Reise. Die Antriebstechnik war technisch zwar noch nicht annähernd auf dem Stand der Geaner. Dennoch war das Schiff in der Lage, einen nennenswerten Prozentsatz der Lichtgeschwindigkeit mittels eines einfachen Quantenantriebs unter Einbeziehung der fünften Dimension zu erreichen. Dabei minimierte es Zeitdilatation und Masseveränderung. Der errechnete Kurs des Schiffes bedeutete derzeit noch keine Gefahr für unser Sonnensystem. Er führte durch einen fast entgegengesetzten Raumsektor – und man arbeitet daran, durch eine Verteidigungs- und Schutzvorrichtung unser System für Fremde unauffindbar zu machen. Trotzdem könnte sich dieses Raumschiff langfristig zu einem

Problem entwickeln. Wir wussten aus unseren früheren Begegnungen, dass es nur einen Grund für diese Expedition geben konnte: Die Blauen suchten nach bisher unentdeckten zivilisierten Völkern, um sie zu unterdrücken. Besonders gefährlich war ihre perverse Lust am Töten.

Doch die Daten des Satelliten waren unstimmig. Als Raumfahrt- und Kommunikationstechniker dessen Signale genauer untersuchen, stellt sich heraus, dass die empfangenen Daten fast zehn Jahre alt sind. Die Blauen sind demnach schon viele Jahre unterwegs auf ihrem Eroberungsfeldzug.

Unsere Regierung beschließt, Selena in das Sonnensystem der Blauen zu schicken. Aufgabe soll es sein, herauszubekommen, ob das Schiff ein bestimmtes Ziel hat und zu verhindern, dass die Blauen auf eine unterlegene Rasse treffen, die sie in Folge ausbeuten und unterdrücken.

Da der normale Geaner einer Konfrontation mit dieser brutalen und aggressiven Rasse nichts entgegenzusetzen hat, werden meine und Leras Eltern mit der Aufgabe betraut. Adon ist zwar Geaner, aber durch ein Trainingsprogramm, das Viviane mithilfe von Selena früher einmal mit ihm durchgeführt hatte, war er in der Lage, sich zu verteidigen und anzugreifen. Dies hatte er mehrfach erfolgreich unter Beweis gestellt. Töten kann allerdings auch er nicht.

Doch dann stellt sich heraus, dass Adon und Viviane dringend gebraucht werden für den Aufbau unseres Verteidigungssystems, das kurz vor dem Abschluss steht. So werden nur meine Eltern mit Selena aufbrechen.

Doch Lera und ich wollen unbedingt mit. Auch wir sind in der Lage uns im Notfall zu verteidigen und einen Gegner sogar zu töten. Es folgen heftige Diskussionen mit Nadine und Florian.

»Was würde passieren, wenn Lera ein Unglück zustieße? Wie würdest du dann reagieren? Könntest du dann überhaupt noch vernünftig handeln?«, fragt mich mein Vater.

Meine Erwiderung »Und wie wäre es bei dir und Mama?« gibt den Ausschlag. Wir erhalten die Erlaubnis mitzureisen, aber unter einer Bedingung: Lera und ich müssen unter Vivianes und Adons Anleitung ein mehrwöchiges Training absolvieren, das uns befähigt, unsere enorme Reaktionsschnelligkeit nicht nur zur Verteidigung, sondern auch zum Angriff einzusetzen, um einen Gegner mattzusetzen, aber nicht zu töten.

Dann berät man darüber, die restlichen internierten Blauen mitzunehmen und auf ihrem Heimatplaneten auszusetzen. Dieser Vorschlag kommt unter anderem auch von unserem Freund Gohr, der die Interessen der geanischen Regierung vertritt.

»Das ist ein schlechter Vorschlag und zu riskant«, wendet meine Mutter ein. »Was glaubst du, was passiert, wenn die Blauen feststellen, dass die Gefangenen Nachfahren von Raumfahrern sind, die seit Hunderten von Jahren als verschollen gelten. Sie werden herausbekommen, dass die sich an nichts erinnern können und alles tun, um an ihre gelöschten Gedächtnisspeicher zu kommen. Und sie werden dabei nicht zimperlich sein.

Diese Leute auf ihren Planeten zurückzubringen, würde ihren Tod bedeuten. Ich denke, wir haben keine Wahl. Sie müssen auf der Insel bleiben, bis sie sterben.«

Also reisen wir ohne die Gefangenen.

Die Reise beginnt nicht gut. Wir sind kaum an Bord, als Selena, der Bordcomputer bemerkt:

»Ach, nein! Wer seid ihr denn? Bin ich jetzt zum Kindermädchen degradiert?«

Ich hätte sie erwürgen können, wenn ich denn gewusst hätte, wie man einen Computer erwürgt.

Für diesen Flug, der früher mehrere Wochen dauerte, brauchen wir nur wenige Tage, wobei die Quantensprünge zeitlich vernachlässigt werden können. Die meiste Zeit nehmen die Übergänge vom »normalen« Antrieb zum Quantenantrieb ein. Innerhalb eines Sonnensystems kann man den Quantenantrieb allerdings nicht nutzen, denn dort befindet sich zu viel Masse im Raum.

Wir kommen in die Nähe des Sonnensystems der Blauen und schalten die Tarnung ein. Raketenbasen bilden einen Ring um die Planeten und ihre Waffen sind programmiert, jedes näherkommende größere Objekt zu zerstören. Dies hätte meinen Eltern und Leras Mutter damals fast das Leben gekostet. Das System hat drei bewohnbare Planeten, deren innerer von den Blauen in endlosen Kriegen radioaktiv verseucht wurde. Die wenigen Überlebenden besiedelten dann die anderen beiden Planeten und begegneten auf dem zweiten einer Rasse, die ihnen äußerlich bis auf die Augenfarbe glich.

Sie hatte ebenfalls eine dunkle Hautfarbe, schwarze Haare, aber leuchtend grüne Augen, im Gegensatz zu den Blauen. Sehr bald begannen sie, die Bewohner des zweiten Planeten zu versklaven, sie waren ihnen technisch weit überlegen. Das ging so weit, dass sie die Grünen nicht als Menschen ansahen, und glaubten, sie hätten nicht einmal eine Sprache.

Nachdem sie auch den zweiten Planeten ökologisch fast zugrunde gerichtet hatten, setzten sie Grüne als Sklaven ein, die auf dem radioaktiv verseuchten ersten Planeten die restlichen Rohstoffe abbauen mussten und das nicht lange überlebten.

Auf dem dritten bisher unbewohnten Planeten richtete sich die reiche Oberschicht unter großen Glaskuppeln ein, denn die Außentemperatur betrug dort im Jahresdurchschnitt lediglich etwa zehn Grad Celsius.

Selena loggt sich in die Kommunikationssysteme ein, um Einzelheiten über die Entwicklung der letzten Jahre herauszubekommen.

Das erste, was sie herausfindet: Es gibt ein seit etwa zwanzig Jahren existierendes Gesetz: Wer Strahler mit Handschuhen bedient, darf sofort erschossen werden. Irgendwann sind sie also dahinter gekommen, dass grünäugige Sklaven die Bedienungssperre überlistet haben und die Unterdrücker mit ihren eigenen Waffen töten. Seitdem konstruiert man die Waffen so, dass sie nur von ihrem Besitzer bedient werden können, der durch seine Fingerabdrücke von der Waffe erkannt wird. So hatte Selena damals auch unsere Strahler konstruiert, die im Gegensatz zu denen der Blauen aber nur betäuben können.

Dann hat es vor Jahren Aufstände gegeben, an denen vor allem Blaue der verarmten Unterschicht und eine große Gruppe von Grünen beteiligt waren. Das könnten Zechs Leute gewesen sein. Zech war ein Anführer der Sklaven, der damals zusammen mit anderen aus seiner Gruppe von meinen Eltern und Viviane mit blauen Kontaktlinsen versorgt wurde, um sich unerkannt unter die Blauen zu mischen. Kontaktlinsen oder andere Sehhilfen sind auf den Planeten unbekannt, da Sehschwäche bei diesen Rassen nicht vorkommt.

Seinerzeit wurde angeregt, alle Sklaven zu töten, doch dann wäre die Wirtschaft der Herrschenden zusammengebrochen, da sie im Wesentlichen auf Sklavenarbeit basiert. Also begnügt man sich damit, die Sklaven anzuketten. Sie dürfen sich nicht mehr frei bewegen.

»Versuchen wir herauszubekommen, ob einige von Zechs Leuten überlebt haben«, schlägt Florian vor. »Sie müssten jetzt 25 bis 35 Jahre älter sein. Unser letzter Besuch ist zwar knapp 20 Jahre her, doch Selena unterlag damals noch der Zeitdilatation. Das hieß, für uns lief die Zeit bezogen auf dieses System langsamer ab.«

Wir landen in dem Außenbezirk der Stadt, in dem sich damals das Hauptquartier des Widerstandes befand.

Unsere Haut haben wir dunkel gefärbt, tragen blaue Kontaktlinsen und sind in der örtlichen Mode gekleidet. Darunter tragen wir unsere extrem dünnen schusssicheren Raumanzüge und sind mit Strahlern ausgerüstet, wie allerdings auch fast alle Blauen.

In einem verlassenen Viertel betreten wir den Boden. Die Häuser sind leer und teilweise verfallen. Es gibt kein Grün, von den Straßenbäumen sind nur noch Stümpfe übrig. Die Gegend macht einen trostlosen Eindruck. Vorsichtig bewegt sich unsere kleine Gruppe die Straße entlang, Florian sichert nach vorn, Nadine und Lera zu den Seiten und ich nach hinten.

Unvermutet tritt hinter uns ein Mann aus einer Toreinfahrt und feuert ohne Vorwarnung. Lera fällt von der Wucht getroffen zu Boden, bleibt aber wegen des schusssicheren Anzugs unversehrt. Noch während sie fällt, bricht der Schütze von meinem Strahler betäubt zusammen.

Innerhalb weniger Augenblicke sind wir von zehn Gegnern umzingelt, die ihre Waffen auf uns richten. Ich will gerade meinen Strahler erneut betätigen, da greift mein Vater mir in die Arme.

»Ben, nicht schießen. Ich glaube es sind Grüne!«

»Wie kommst du darauf, sie haben blaue Augen.«

Hastig erklärt Florian.

»Ihr Körperbau ist zu feingliedrig für Blaue und sie bewegen sich viel anmutiger. Außerdem sind ihre Waffen mit Lappen umwickelt.«

Nadine und Florian werfen ihre Waffen fort und heben die Hände. Das ist auch hier das Zeichen, dass man sich ergibt. Ich mache es ihnen nach.

Die Fremden sammeln unsere Strahler ein und fordern uns auf, ihnen zu folgen. Zwei schultern ihren reglosen Mitkämpfer.

Es geht durch verwinkelte Gassen, die wie ausgestorben wirken. Vor einem großen Tor, das sich rechts und links in drei Meter hohen Mauern fortsetzt, machen wir halt. Der Anführer unserer Gruppe spricht mit jemandem durch eine kleine Klappe. Das Tor geht auf und gibt den Blick auf ein prachtvolles Anwesen frei. Hier gibt es Grün in Hülle und Fülle. Alte und große Bäume säumen das Gebäude, der gepflegte und breite Kiesweg, umrandet von kurz geschnittenen Rasenflächen führt in einem großen Bogen zum Eingangsbereich.

»Das ist das Hauptquartier von Zech und seinen Leuten, jedenfalls war es das damals«, flüstert Florian mir zu.

»Maul halten!«, befiehlt einer unserer Begleiter und stößt Florian seine Waffe in den Rücken.

Dann stehen wir vor dem Gebäude. Zum großen Eingangsportal führt eine Freitreppe, die oben in einem breiten Podest endet. Wir müssen unten warten. Das Portal geht auf und heraus tritt eine mit zwei Strahlern bewaffnete Frau Mitte vierzig. Sie ist nicht sehr groß, fast zierlich, aber sehr muskulös und hat eine tiefbraune Haut, schwarze Haare und leuchtend blaue Augen. Ihr selbstsicheres Auftreten lässt auf eine starke Persönlichkeit schließen. Unsere Begleiter begegnen ihr mit großem Respekt. Sie scheint ihr Anführer zu sein und sieht uns von oben herab nur flüchtig an.

»Diese Vier haben Garo beinahe getötet; er regt sich seitdem nicht mehr. Was soll mit ihnen geschehen?«

Sie schaut uns kurz an und gibt den Befehl:

»Stellt sie an die Gartenmauer und erschießt sie! Und schafft die Leichen fort.«

Dann dreht sie dreht sich um und geht.

Nadine ruft ihr hinterher:

»Aber Aylen, du wirst doch deine Freunde nicht erschießen lassen.«

Die Frau bleibt abrupt stehen und dreht sich um.

»Woher weißt du meinen Namen? Wieso sprichst du unsere Sprache?«

»Erkennst du mich nicht, Aylen?«

Die Frau kommt die Treppe herunter, geht ein paar Schritte auf Nadine zu und schaut auch Florian an.

»Mein Gott! Das glaube ich nicht! Ihr seid die Aliens von damals, Nadine und Florian.«

Mit diesen Worten stürzt sie auf meine Eltern zu und alle drei fallen sich in die Arme. Als sie dann erfährt, dass Lera und ich die Kinder von Nadine und Viviane sind, nimmt sie auch uns nacheinander in die Arme. Dabei drückt sie mich an ihre Brust, bis mir die Luft wegbleibt. Sie ist unglaublich kräftig. Leise sagt sie zu mir:

»Weißt du, dass ich damals in deinen Vater verliebt war? Seine weiße Haut und die braunen Augen wirkten unglaublich anziehend auf mich, aber ich habe natürlich respektiert, dass er zu Nadine gehört.«

Dann sagt sie wieder mit normaler Stimme zu meinen Eltern: »Ihr seht noch genauso aus wie damals. Seid ihr nicht älter geworden?«

Wie sollen wir ihr die Erkenntnisse von Einsteins spezieller Relativitätstheorie erklären. Das wird sie nicht verstehen. Also liefern wir die Erklärung, die meine Eltern schon einmal auf der Erde verwendet haben.

»Aylen. Das ist eine lange Geschichte. Wir sind aus der Zeit gefallen und nur um zwanzig Jahre gealtert, während auf deinem Planeten mindestens dreißig Jahre vergangen sind. Außerdem haben wir eine höhere Lebenserwartung.«

Damit kann sie etwas anfangen.

Als der Betäubte nach einer halben Stunde zu sich kommt und alle feststellen, dass er keine Verletzungen davongetragen hat, ist auch der Rest Gruppe überzeugt, dass wir auf ihrer Seite stehen.

Kurz darauf sitzen wir alle im großen Empfangssaal und löchern Aylen mit Fragen. Vor allem wollen wir wissen, was aus ihrem Partner Zech geworden ist.

Aylen erzählt.

»Zech lebt nicht mehr. Er wurde bei dem Aufstand vor 12 Jahren erschossen und mit ihm drei von unseren Leuten, die alle blaue Kontaktlinsen trugen. Die sind unwiederbringlich verloren. Wir versuchten damals, eines ihrer Raumschiffe zu kapern. Das misslang. Wir waren zu wenig und kamen mit unseren Strahlern gegen die schwer bewaffnete Besatzung des Schiffes nicht an. Mit mir haben noch fünfzehn weitere überlebt, die sich mit ihren blauen Kontaktlinsen immer wieder unter die Blauen mischen und versuchen, unter der verarmten Bevölkerung Aufstände anzuzetteln. Wir wickelten Lappen um die Bedienungsgriffe der Strahler und strichen diese in der Farbe des Metalls, dass man es auf den ersten Blick nicht erkannte. Aber wirklich weiter half uns das alles nicht. Die Gegner bemerkten, dass die Todesrate unter ihnen enorm angestiegen war. Dass Blaue umkamen, war normal, sie sind eine sehr aggressive Rasse, deren Mitglieder sich gegenseitig aus dem nichtigsten Anlass umbringen. Aber dies war eine neue Qualität. Glücklicherweise zog man die falschen Schlüsse. Man führte den Anstieg der Todesrate darauf zurück, dass man schon lange keine ernsthaften Gegner mehr hatte, gegen die man Krieg führen und somit seine Aggressivität ausleben konnte. Das ist jedenfalls die offizielle Version. Wir vermuten, dass der äußerst brutal vorgehende Geheimdienst aber mehr weiß.

Dann geschah etwas, das man hier als Glücksfall bezeichnete und in dessen Folge ein neues Raumschiff auf die Reise geschickt wurde. Das Erste war ja verschollen. Man fing in unserem Sonnensystem eine Sonde ein, die vor vielen Jahren von Außerirdischen auf den Weg geschickt worden war. Diese Sonde enthielt eine vergoldete Metallscheibe mit Aufzeichnungen über die Zivilisation der Erbauer, unter anderem auch die Lage ihres Sonnensystems in der Galaxie«.

»Wie kann eine Zivilisation denn so dumm sein, ihre Position in der Galaxie zu verraten?«, platzt Lera heraus.

Ich sehe wie sich Nadine und Florian entsetzt anschauen.

»Was ist los?«, frage ich, »was ist Besonderes an dieser Sonde?«

»Die Sonde kommt von der Erde«, erklärt meine Mutter. »Sie wurde Voyager 1 genannt und enthielt eine ›Golden Disc‹ mit zahlreichen Informationen wie Zeichnungen von der Erde, deren Lage in unserer Galaxie und von den Menschen.«

Meinem Vater kommen Zweifel.

»Das ist unmöglich. Voyager 1 wurde im Erdenjahr 1977 gestartet und befand sich nach 37 Jahren etwa 19,2 Milliarden Kilometer von der Erde entfernt. Bis zum

Planetensystem der Blauen hätte sie bei ihrer Geschwindigkeit schätzungsweise 40.000 Jahre gebraucht. Es sind aber, unter Berücksichtigung der Zeitdilatation, gerade einmal weniger als 120 Jahre seit ihrem Start vergangen? Sie müsste auf das fast Fünfhundertfache ihrer Anfangsgeschwindigkeit beschleunigt worden sein.«

Alle schweigen, doch dann hat Nadine die Lösung.

»Es gibt eigentlich nur eine mögliche Erklärung. Ein Raumschiff muss bei seinen Quantensprüngen die Bahn von Voyager 1 gekreuzt haben, ohne es zu merken. Dabei ist die Sonde in den Strudel des Schiffes geraten, der die Raumzeit verformt hat, wodurch Voyager 1 gewaltig beschleunigt wurde. Dieses Schiff kann übrigens nur unseres gewesen sein, denn wir befanden uns damals auf einem parallelen Kurs.«

Auf einmal entsteht Unruhe unter den Anwesenden. Eine neue Gruppe ist angekommen. Sie sehen sehr zerlumpt aus, sind aber mit Strahlern ausgerüstet. Unter ihnen befinden sich einige, die offensichtlich nicht der Sklavenrasse angehören. Es sind Blaue. Angeführt werden sie von einem Paar, deren männlicher Teil ebenfalls ein Blauer ist. Die Frau, die ein etwa neunjähriges Kind an der Hand hält, ist eine Grüne, trägt aber wie alle hier in der Stadt blaue Kontaktlinsen. Sie erkennt die Situation, stürzt auf Nadine zu und reißt sie fast um, so heftig ist ihre Umarmung.

»Nadine! Du bist es! Ich habe immer gewusst, dass ihr noch einmal zurückkommmt!«

Das muss Lin sein, sie war die Erste, die sich mit einem Blauen zusammengetan hatte. Also ist ihr Partner vermutlich Voagen, damals der erste blaue Verbündete der Grünen.

Dann erfahren wir etwas völlig Neues. Damals hatte Viviane gefragt, ob es zwischen der Herren- und Sklavenrasse nie Vermischungen gegeben hätte. Die Antwort war, dass es noch nie vorgekommen sei, die Rassen seien offenbar genetisch zu verschieden. Das Kind an Lins Hand ist aber von Voagen. Man hat dann herausbekommen, dass es nicht an einer genetischen Verschiedenheit liegt, sondern daran, dass die Frauen der Grünen allein durch Willenskraft ihre Empfängnisbereitschaft steuern können. Daher ist niemals eine Sklavin von den verhassten Blauen geschwängert worden. Erst als sich einzelne Blaue mit den Grünen gegen die Herrschenden verbündeten, ist es zu Vermischungen gekommen. Die Augenfarbe der Kinder ist meistens grün, die Farbe ist dominant.

Die Blauen haben nie verstanden, warum sich die Sklaven in Gefangenschaft nicht vermehren, sondern nur »in freier Wildbahn« in den großen Reservaten. Die hat man dann unter besonderen Schutz stellt, um den Nachschub an Sklaven zu sichern. Doch auch in den Reservaten ist die Geburtenrate stark zurückgegangen. Viele grüne Frauen wollen keine Kinder in die Welt setzen, die dann als Sklaven enden. Aylen schätzt die Gesamtbevölkerungszahl der Grünen auf unter zwanzigtausend.

»Wie viele Blaue haben sich mit Grünen Frauen zusammengetan?«, wollen wir wissen. »Ist das nicht ein großes Risiko? Wenn die Gegner von eurem Geheimnis mit den Kontaktlinsen erfahren, wäre das doch eine Katastrophe.«

»Außer Voagen weiß niemand davon. Wenn die Frauen die Kontaktlinsen herausnehmen, machen sie es heimlich. Und Voagen hat sich als außerordentlich zuverlässig erwiesen. Er steht zu hundert Prozent auf unserer Seite. Er ist sogar meine rechte Hand. Allerdings nehmen wir Blaue nur selten in die Reservate mit. Wir haben dort ein verzweigtes Tunnelsystem, in dem wir uns verstecken können, wenn ein Jagdschiff erscheint, um Sklaven zu fangen. Davon darf kein Blauer etwas wissen, auch wenn er sich als zuverlässig erwiesen hat. Auch die Hauptquartierhöhle kennt keiner von ihnen.«

Nun machen Lera und ich uns daran, die Sperren aller durch Grüne erbeuteten Strahler aufzuheben. Das ist für uns ein Kinderspiel. Wir sind auf dem technischen Stand der Menschen von Gea, die den Bewohnern hier, wie auch denen auf der Erde, um Hunderte von Jahren voraus sind. Damit können von den Strahlern auch die Lappenumhüllungen entfernt werden.

Während wir an den Waffen arbeiten – von überall her kommen Gruppen mit ihren Waffen zu uns – frage ich Florian.

»Was machen wir mit dem Raumschiff, das für die Blauen auf Eroberungsfeldzug ist? Da muss doch etwas geschehen.«

»Natürlich werden wir etwas unternehmen; ich denke aber, das hat noch Zeit. Das Raumschiff ist vor gut zehn Jahren gestartet und wird mit seiner Antriebstechnik die Erde frühestens in zwei Jahren erreichen. Wir können uns also erst einmal mit den Problemen in diesem Sonnensystem befassen.«

Zwei Tage später macht sich eine Gruppe von acht Leuten auf, das Gebäude des Geheimdienstes in die Luft zu sprengen. Ziel ist es, durch die Zerstörung Unterlagen über die Untergrundtätigkeiten der verschiedenen Widerstandsgruppen zu vernichten. Der Plan ist von langer Hand vorbereitet. Wir vier haben das Kommando übernommen, denn wir wollen verhindern, dass es unnötig Tote gibt.

Es ist Nacht. Um diese Zeit ist das Gebäude normalerweise leer. Der Geheimdienst steht in dem Ruf, äußerst brutal vorzugehen und damit die Bevölkerung in Angst zu halten. Niemand soll sich trauen, in irgendeiner Form Widerstand zu leisten. Weil man sich der Abschreckung so sicher ist – bisher ist noch nie jemand gegen den Geheimdienst vorgegangen –, ist der Zugang des von hohen Mauern umgebenen Gebäudes um diese Zeit lediglich durch zwei Pförtner bewacht. Diese wollen wir vier mit unseren Betäubungsstrahlern ausschalten.

Lera und ich nähern uns dem Wachhäuschen und spielen ein verliebtes Paar. Im Abstand von etwa fünfzig Metern schlendern Nadine und Florian hinterher. Außerhalb der Sichtweite warten die Anderen mit ihren tödlichen Strahlern und dem Sprengstoff auf unser Zeichen, dass die Wachen überwältigt sind.

Wir gehen eng umschlungen auf das Gebäude zu, halten immer wieder an, küssen uns und vermitteln den

Eindruck, als seien wir so miteinander beschäftigt, dass wir unsere Umgebung nicht wahrnehmen. Es ist sehr still in dieser Nacht. Kein Fahrzeug bewegt sich durch die nächtlichen Straßen. Alles wirkt wie ausgestorben. Wir nähern uns dem Pförtnerhäuschen. Es ist innen hell erleuchtet und die Tür steht offen. Über Leras Schulter werfe ich einen vorsichtigen Blick in den Raum. Er ist leer. Während wir uns noch fragen, wo die beiden Sicherheitsleute geblieben sind, ist schlagartig das gesamte Gelände in helles Scheinwerferlicht getaucht. Aus dem Dunkel rundherum tauchen über einhundert schwerbewaffnete Soldaten auf, die sich kreisförmig auf uns vier zubewegen, ihre Waffen auf unsere Köpfe gerichtet. Wir sind überrascht. Damit hat keiner von uns gerechnet. Gegen diese Übermacht kommen wir nicht an. Unsere besonderen Fähigkeiten nützen hier nichts. Wir werfen die Waffen auf den Boden und ergeben uns. Wir werden gefesselt und abgeführt. Unsere zurückgebliebenen Kämpfer bleiben unbehelligt und können entkommen, man hatte sie offenbar nicht auf der Rechnung. Mit über den Kopf gezogenen Kapuzen müssen wir in ein größeres Fahrzeug klettern, vermutlich ein Militärtransporter. Über eine halbe Stunde dauert die Fahrt durch die nächtlichen Straßen. Dann hält die Kolonne an. Man zwingt uns, auszusteigen. Wir hören, wie eine Tür aufgesperrt wird und es geht etlichen Stufen abwärts. Eine weitere Tür wird mit lautem Quietschen geöffnet und man schubst uns auf einen kalten Steinboden. Sie reißen uns die Kapuzen von den Köpfen, treten mit ihren schweren Stiefeln noch einmal zu und verlassen den Raum. Die schwere Eisentür fällt mit lautem Krachen ins Schloss.

Die Schritte entfernen sich und es wird still. Wir schauen uns an, suchen nach Verletzungen, aber offenbar haben wir Glück gehabt. Ich mache mir Sorgen um Lera, sie kennt solche Brutalität nicht. Sie liegt neben mir auf dem Boden und ich wälze mich zu ihr herum. Sie lächelt mich an.

»Alles in Ordnung, Ben. Mir geht's gut.«

Dann sehen wir uns um. Wir liegen auf dem Boden eines fensterlosen Gewölbes. Nur an der Decke in zwei Metern Höhe spendet eine nackte Birne ein spärliches Licht. Der feuchte Raum ist leer, an Wänden tropft Wasser herunter und sammelt sich in kleinen Lachen auf dem Fußboden.

Mein Vater scheint sich ebenfalls schnell erholt zu haben.

»Das war ein Hinterhalt. Die wussten, dass wir kommen. Unter unseren Widerstandskämpfern gibt es offensichtlich einen oder mehrere Verräter.«

Etliche Stunden sind vergangen, als wir hinter der schweren Eisentür Gepolter hören. Die Tür wird aufgestoßen und zehn schwerbewaffnete Soldaten drängeln ins Verlies.

»Der Minister will euch sehen! Mitkommen!«

Also befinden wir uns in dem Gebäude eines der vielen Minister.

Die Truppe treibt uns aus dem Verlies durch feuchte Kellergänge hinauf in das Erdgeschoss. Hier führt man uns durch prunkvoll ausgestattete Räume. Zwei Wächter öffnen vor uns eine große Flügeltür. Wir blicken in einen Raum, der von einem wuchtigen und kunstvoll verzierten Schreibtisch dominiert wird. Dahinter thront der Minister, ein großer Mann mittleren Alters in kostbare Gewänder gekleidet.

Die Schergen hinter uns rufen »Auf die Knie, ihr Verbrecher!« und schlagen mit ihren Stöcken in unsere Kniekehlen, sodass wir einknicken und zu Boden gehen.

Der Minister steht auf, schiebt seinen massigen Körper um den Schreibtisch herum, baut sich drohend vor uns auf und mustert uns verächtlich.

Einen kurzen Augenblick flattern seine Augen als ob ihn etwas irritieren würde, doch sehr schnell glitzern sie kalt und gefährlich wie vorher.

»Soso. Ihr seid also die Bande, die das Geheimdienst-Gebäude in die Luft sprengen wolltet!« Und mit einem süffisanten, bösartigen Grinsen ergänzt er. »Aber das ging ja wohl komplett in die Hose!«

Der Mann neben ihm, ein Leibwächter oder Adjutant, der bisher keine Miene verzogen hat, salutiert, als der Minister sich in seine Richtung dreht.

»Liquidiert sie! Aber unauffällig! Ich will nicht, dass es bekannt wird und man Leichen findet.«

Ich schaue verstohlen zu meinen Eltern und Lera hinüber. Alle drei sind erstaunlich gefasst. Bei meinen Eltern wundert mich das nicht. Ich weiß aus Ihren Erzählungen, dass sie schon früher auf diesem Planeten weit gefährlichere Situationen gemeistert haben. Aber Lera?

Nun schaut auch Lera zu mir herüber. Sie deutet auf ihre Hände und ihre Mundwinkel zucken. Ich verstehe. Man hat uns nicht gefesselt. Unsere Gegner können sich nicht vorstellen, dass wir Vier gegen eine Übermacht schwer bewaffneter Soldaten etwas ausrichten können. Lera hat bereits bewiesen, dass sie mit ihrer enormen Schnelligkeit bewaffnete Gegner ausschalten kann. Das macht sie offenbar zuversichtlich.

Man prügelt uns wieder in einen Gefangenentransporter. Acht der Soldaten nehmen neben uns Platz, die anderen beiden setzen sich ins Führerhaus. Ein zweiter Wagen mit dem Adjutanten und zwei weiteren Uniformierten folgt.

Es geht aus der Stadt hinaus. Nach zwanzig Minuten biegt die kleine Kolonne auf einen Feldweg ab, der an der Küste endet. Wir befinden uns auf einem Hochplateau. Direkt vor uns fällt die Steilküste etwa einhundert Meter ins Meer ab.

Die Soldaten drängen uns mit ihren Waffen an den Rand des Abgrundes. Der Adjutant, der in dem kleinen Wagen gefolgt war, und nun mit seinen zwei Begleitern aufgeschlossen hat, herrscht seine übrige Truppe an.

»Los haut ab! Wir drei übernehmen jetzt und folgen dann nach. Je weniger Augenzeugen, desto besser.«

Wir schauen uns an. Drei bewaffnete Gegner. Das dürfte kein Problem für uns sein.

Der Mannschaftswagen mit den zehn Soldaten ist außer Sichtweite. Der Adjutant kommt auf uns zu und mustert uns.

»Zwei von euch kenne ich. Ihr seid die Aliens von vor dreißig Jahren und habt in Wirklichkeit braune Augen und helle Haut.«

Wir sind erstaunt, woher weiß er das? Keiner der Blauen hatte damals erfahren, dass Grüne Unterstützung von außerhalb bekommen hatten.

Der Mann greift mit geübten Händen in seine Augen und schaut uns an. Sie sind jetzt leuchtend grün. Er hält blaue Kontaktlinsen in den Händen.

»Ich gehörte damals der Gruppe um Zech und Aylen an, ihr habt eine Zeit lang bei uns gelebt. Ich habe euch sofort wiedererkannt, trotz der blauen Augen und der dunklen Haut. Ihr habt euch in all den Jahren kaum verändert, Euch jungen Leute kenne ich allerdings nicht, denke aber, dass ihr ebenfalls Aliens seid.«

»Was ist mit deinen beiden Soldaten dahinten?«, will meine Mutter wissen. »Ihrem Körperbau und Bewegungen nach sind das doch keine Grünen.«

»Auf die beiden Männer da hinten kann ich mich verlassen. Es sind Blaue, die sich uns angeschlossen haben. Wir haben Verbindungen zum Geheimdienst. Darüber hat man uns eingeschleust. Vielleicht schaffen wir es irgendwann, den sogar in unserem Sinne zu steuern. Übrigens, der Minister ist auch einer von uns, er hat euch ebenfalls erkannt und mich beauftragt, eure Scheinhinrichtung zu organisieren.«

Noch während er spricht, tippe ich Lera an.

»Schau nach oben.«

Über uns ist ein Flimmern in der Luft, es ist schon eine Zeit lang da, aber erst jetzt fällt es mir auf.

Lera flüstert mir zu: »Das Schiff ist über uns, es hat die Tarnung eingeschaltet. Wir waren nie wirklich in Gefahr.«

Auch meine Eltern müssen das Schiff bemerkt haben, denn« meine Mutter wendet sich an die drei Soldaten.

»Wir danken euch für eure Unterstützung. Aber jetzt sollten wir uns trennen. Sie können uns allein lassen. Wir kommen hier weg, ohne dass uns irgendwer sieht.«

Der Adjutant und seine Leute schauen uns zweifelnd an. Schließlich sagt er:

»Okay, ich weiß zwar nicht wie das gehen soll, aber ihr Aliens habt ja schon früher Dinge vollbracht, die für uns unvorstellbar waren.«

Er und seine Begleiter wünschen uns Glück und steigen in ihr Fahrzeug. Zum Abschied führt er die Hand zum Gruß an seine Mütze und ist kurz darauf hinter dem nächsten Hügel verschwunden. Selena schaltet die Tarnung aus und wir gehen an Bord.

Wenig später sitzen wir mit Aylen zusammen. Wir haben sie zu uns hoch ins Schiff geholt. Keiner ihrer Leute soll etwas über den Inhalt des Gesprächs erfahren. Sie hört uns stumm zu und reagiert dann geschockt, als wir ihr erklären, dass es unter ihren Leuten einen Verräter gibt.

»Das kann eigentlich nur einer der zu uns übergelaufenen Blauen sein. Die Grünen würden das nicht tun. Denn wir wurden seit Tausenden von Jahren unterdrückt und versklavt, der Hass auf die Unterdrücker ist uns praktisch in die Wiege gegeben. Es gibt Hunderte von Blauen, die sich uns angeschlossen haben. Und jeder von ihnen könnte es sein. Wie sollen wir den finden?«

»Nein, Aylen. Es kann eigentlich nur einer aus dem engeren Kreis um dich gewesen sein, nur diese Leute wussten von uns. Wir haben unheimliches Glück gehabt, dass wir von den Soldaten des Ministers gefangen genommen wurden, der zu euch gehört.«

Aylen schaut uns besorgt an.

»Wenn ihr recht habt und es sieht ganz so aus, dann ist mein engster Stab unterwandert.«

»So sieht es aus, Aylen. Im schlimmsten Fall müssen wir davon ausgehen, dass die Blauen über ihre Agenten von unserer Existenz erfahren haben. Und damit wissen sie möglicherweise auch, dass ihr Schutzschirm um das Sonnensystem durchbrochen wurde. Die werden Himmel und Hölle in Bewegung setzen, um uns zu finden und auszuschalten, wenn sie erfahren, dass wir noch leben. Wir müssen also unbedingt erreichen, dass uns deine Leute für tot halten. Wir könnten uns mithilfe von Selena so verändern, dass uns keiner mehr erkennt und stoßen dann als Fremde von einem anderen Stamm zu euch. Es gibt doch immer wieder Grüne, die von weit her kommen, um sich eurem Kampf anzuschließen, oder Aylen?«

»Das ist zwar richtig, aber es werden immer weniger. Die vielen Rückschläge in den letzten Jahren, haben dazu geführt, dass nur noch wenige bereit sind, mit uns zu kämpfen. Viele bauen lieber ein verzweigtes Tunnelsystem, in dem sie sich verstecken können. Wenn bekannt würde, dass ihr umgekommen seid, würde das die Grünen noch mehr entmutigen. Ihr wart für viele die letzte Hoffnung.«

Nadine mischt sich ein.

»Aber ihr habt doch auch Erfolge. Ihr habt Leute in hohen Ämtern und im Geheimdienst eingeschleust. Wie viele sind das eigentlich?«

»Wir haben etwa siebzig Leute als Agenten unter den Blauen, davon fünf in hohen Positionen. Aber das wissen natürlich nur die wenigsten von uns – wir können das aus Sicherheitsgründen nicht publik machen. Bisher hat das uns noch keine Vorteile gebracht, wenn man davon absieht, dass ihr gerettet wurdet und wir nun wissen, wann und wo ein Schiff auf Sklavenfang unterwegs ist. Und noch etwas Anderes: Wir brauchen dringend mehr blaue Kontaktlinsen, um unerkannt zu bleiben.«

»Das ist kein Problem, Selena kann so viele herstellen, wie ihr braucht. Die Blauen sind also noch nicht hinter das Geheimnis mit den Kontaktlinsen gekommen?«

»Nein, so etwas liegt außerhalb ihrer Vorstellungskraft, es gibt ja keine Sehschwächen weder unter den Blauen noch unter uns Grünen. Sogar die zu uns übergelaufenen Blauen halten unsere Leute mit blauen Kontaktlinsen für ihre eigenen. Aber unser Problem ist und bleibt«, seufzt Aylen, »dass zu viele nur wegwollen und sich verstecken.«

Aylens letzte Worte lassen eine Idee in mir reifen, die ich vorerst für mich behalte. Bei nächster Gelegenheit will ich sie mit Lera besprechen.

BEFREIUNGSAKTIONEN

Mit Selenas Hilfe verändern wir unser Äußeres. Lera und Nadine sind nicht wieder zu erkennen. Ihre Figuren haben an Hüften und Bauch Fettpolster und ihre Gesichtszüge sind männlicher. Ihre weiblichen Formen sind gut versteckt und Selena hat besonderen Spaß daran, ihre Wangen mit täuschend echten Bartstoppeln zu versehen.

»Also, wenn ich meinen Job als Schiffscomputer mal an den Nagel hängen sollte, mache ich in Maskenbildnerin. Was haltet ihr davon?«

»Du wärst sicher auch eine großartige Maskenbildnerin, Selena, aber primär bist du ein Computer. Du bist mit dem Schiff unlösbar verbunden, sozusagen verheiratet.«

»Pah! Dann lass ich mich scheiden. Ihr Menschen von der Erde seid doch darin erfahren. Und was ihr könnt, das kann ich allemal.«

Selena hat sich nicht verändert, immer muss sie das letzte Wort haben.

Auch Florian und ich sehen stark verändert aus. Unsere Gesichter sind kantiger und die stahlblauen Augen lassen uns brutal erscheinen. Mit diesem Aussehen ist es unmöglich, sich bei den Grünen als Überläufer auszugeben. Sogar mit grünen Kontaktlinsen würde man uns misstrauen. Wir müssen uns also etwas einfallen lassen.

Lera hat eine Idee.

»Es gibt doch auf diesem Planeten etliche große Unternehmen. Und in vielen arbeiten, neben Blauen aus den verarmten Unterschichten, auch Sklaven. Was haltet ihr davon, wenn wir uns eine Fabrik mit vielen Sklaven aussuchen und dort eine Befreiungsaktion starten. Damit können wir mit Sicherheit bei den Grünen punkten.«

Der Vorschlag wird angenommen.

Mithilfe von Selena können wir eine große Fabrik ausfindig machen, in der etwa 150 Sklaven und fünfzig Blaue der verarmten Unterschicht arbeiten. Die Gebäude liegen passenderweise außerhalb der Stadt, in der sich das Hauptquartier der Widerstandsgruppe der Grünen um Aylen befindet.

Mit von Selena gefälschten Papieren bewirbt sich Florian als Aufseher und wird angenommen. Am Abend berichtet er:

»Die Gebäude verstecken sich hinter hohen Stacheldrahtzäunen, die in regelmäßigen Abständen von Wachtürmen unterbrochen sind. Diese Türme sind nur tagsüber mit je zwei Wächtern besetzt. Die Sklaven werden frühmorgens von ihren Schlafbaracken in die Fabrikhalle getrieben. Hierbei werden sie von bewaffneten Aufsehern begleitet. Die fünfzig Blauen betreten jeden Morgen das Gelände und müssen sich am Tor ausweisen. Nach der Arbeit gehen sie wieder nach Hause. Gearbeitet wird vierzehn Stunden mit einer halbstündigen Pause am Mittag. Die Sklaven werden abends von den Aufsehern zurück in die Schlafbaracken geführt, wo sie jeweils an der Schlafstatt angekettet werden. Wenn alle Sklaven gesichert sind, verlassen die Wächter ihre Türme. In einem abgesicherten Raum gibt es drei Nachtwächter, welche die Schlafräume der Sklaven auf Monitoren überwachen. In diesem Raum verbringen auch die Aufseher tagsüber schichtweise ihre Mittagspausen.«

Die Tage vergehen. Irgendwann bringt Florian in seiner Armbanduhr eine Kopie der Aufzeichnung der Überwachungskameras der letzten Nacht.

»Ich werde diese Kopie heute tagsüber unbemerkt in das Video-Aufzeichnungsgerät der Fabrik einspielen. Kannst du es zu einem festen Zeitpunkt von hier oben aus ein- und ausschalten, Selena?«

»Null Problemo«, säuselt sie, »wenn ich dafür frisch gepressten Katzensaft bekomme.« Offenbar hat sie mal wieder in alten Science-Fiction-Filmen der Erde über ein Knuddeltier vom Planeten Melmac gestöbert.

Für den Abend mieten wir drei große Transporter mit geschlossener Ladefläche. Wir fahren zum Fabrikgelände und stellen die Fahrzeuge in einem angrenzenden Wald ab. Florian hält sich seit dem Feierabend in der Fabrik versteckt.

Lera und ich hocken hinter einem Gebüsch in der Nähe des Zaunes des Fabrikgeländes und warten auf das Zeichen, dass an Stelle der aktuellen Videoüberwachung die Aufzeichnung von gestern im Überwachungsraum läuft. Florian hat Wanzen im Raum installiert, sodass wir alle dortigen Gespräche in Kopfhörern verfolgen können. Nadine wartet bei den Fahrzeugen.

Über eine Wanze hören wir einen der Nachtwächter seinen Kameraden zurufen:

»Was ist das? Da ist ein Rauschen auf den Bildschirmen. Die Bilder sind weg.«

Wir hören Stühle rücken. Es scheint so, als müssten die beiden anderen erst aufstehen, um auf die Bildschirme zu schauen. Nach einer kurzen Pause reagieren sie.

»Spinnst du? Ist doch alles in Ordnung. Alle Schlafräume sind auf den Schirmen. Sieh doch hin.«

»Komisch! Mir war so, als ob da ein Rauschen war. Ich muss wohl Gespenster gesehen haben. Okay, weiterspielen! Ich habe nämlich ein tolles Blatt!«

Das ist unser Zeichen. Wir zerschneiden mit unseren Strahlern den Draht und klettern durch das Loch. Die Wachtürme sind seit einer Stunde verlassen, die Sklaven an ihre Schlafstellen gekettet. Wir schleichen vorsichtig über das Gelände. Hier sind nachts die Kameras ausgeschaltet. An der Tür zur ersten Baracke treffen wir wie verabredet auf Florian. Wir teilen uns auf. Jeder übernimmt eine der drei Baracken.

Mühelos knacke ich das Schloss und schleiche hinein. Der Lichtschein meiner Lampe fällt auf die ersten Gesichter in den Betten nahe der Tür. Sie schauen mich mit weit aufgerissenen Augen an.

Ich spreche sie in ihrer Sprache an.

»Seid still, wir holen euch hier raus!«

Obwohl ich die Sprache der Grünen verwendete, sind viele der aus dem Schlaf gerissenen Sklaven im ersten Moment verängstigt. Sie verstehen nicht, was passiert. Es bedarf einiger Erklärungen, um ihnen klarzumachen, dass jetzt die Chance auf Freiheit besteht.

Es dauert über eine Stunde, um alle Ketten zu durchtrennen. Um die Metallringe am Hals der Sklaven kann ich mich später kümmern. Dann verlassen alle hinter mir das Gebäude. Von den anderen Baracken stoßen Lera und Florian mit ihren befreiten Grünen dazu. Wir vergrößern das Loch im Zaun und nach einer weiteren halben Stunde hocken alle auf den Ladeflächen der Transporter.

Ab jetzt haben einen Zeitvorsprung von ungefähr sechs Stunden, bis die Wächter den Ausbruch bemerken werden. Unsere eingespielte Aufzeichnung wird eine Viertelstunde vorm Wecken enden.

Bei Anbruch des Tages sind wir weit außerhalb der Stadt im Reservat der Grünen. Hier befindet sich ihr ursprüngliches Hauptquartier. Es liegt in einer riesigen Höhle, deren Eingang gut getarnt ist.

Als wir in der Nähe halten, umzingelt uns eine Gruppe Grüner, die ihre Waffen auf uns richten. Die Laderampen fahren herunter und heraus strömen die befreiten Grünen. Als die bewaffneten Grünen merken, was los ist, bricht ein unbeschreiblicher Jubel aus. Wir vier werden auf den Schultern Richtung Steilhang getragen. Hier muss sich der Eingang des hiesigen Hauptquartiers befinden. Vor einem Felsbrocken steht Aylen. Sie schüttelt den Kopf und spricht uns an.

»Ich weiß nicht, wie ihr das geschafft habt und ihr seht nicht gerade vertrauenserweckend aus, aber seid willkommen. Wir danken euch von Herzen. Ich hätte nicht geglaubt, dass ihr, als unsere Unterdrücker zu so etwas fähig sind.«

Sie hat uns nicht erkannt.

Nadine nimmt sie beiseite. Alle sind mit Begrüßung und Einweisung der Befreiten beschäftigt. Niemand außer mir achtet auf Aylen und Nadine, die abseits stehen. Nadine redet heftig auf die Grünen-Chefin ein. Ich sehe, wie sie Nadine erstaunt ansieht, sich vergewissert, dass keiner sie beobachtet und ihr dann um den Hals fällt.

Später, als wir vier wieder im Kommandoraum von Selena sitzen spreche ich die Anderen an.

»Ist euch eigentlich aufgefallen, dass unter den 150 befreiten Sklaven nur Männer sind? Wo sind die Sklavinnen?«

»Du hast recht«, sagt mein Vater, »wo sind die Frauen? Selena! Kannst du die Datenbanken anzapfen und herausbekommen, wo die Sklavinnen geblieben sind.«

Es dauert zehn Minuten, dann kommt von Selena die Information.

»Weibliche Grüne werden primär von den Blauen als Sexsklavinnen gehalten. Das hat damit zu tun, dass die Frauen der Blauen im Gegensatz zu denen der Grünen nicht sonderlich attraktiv sind. Sie werden häufig von den Frauen der Blauen aus Neid und Eifersucht getötet. Das ist deswegen weit verbreitet, weil das Töten eines Sklaven oder einer Sklavin keine Straftat ist. Auf der anderen Seite wird der Kauf einer Sklavin immer teurer, seitdem es in den letzten Jahren schwieriger geworden ist, Sklaven zu beschaffen. Der Widerstand um Aylen und ihre Leute zeigt Wirkung. Es können sich also nur noch sehr Reiche Sklavinnen leisten. Doch inzwischen gibt es Häuser, in denen sich auch weniger Wohlhabende eine Sklavin stundenweise mieten können. Auf eurer Erde nennt ihr diese Häuser Bordelle. Diese Etablissements werden von den Spitzen der Oberschicht geführt, vor allem von den Ministern, die dadurch noch reicher werden als sie ohnehin schon sind.«

Selena hat gute Arbeit geleistet. Sie bekommt den Auftrag, die Lage der größten ›Grünenhäuser‹, wie sie hier genannt werden, herauszufinden.

Am nächsten Tag haben wir alle Daten für eine zweite Befreiungsaktion beisammen. Hier sind Lera und ich zum ersten Mal unterschiedlicher Meinung. Es geht darum, wer den gefährlicheren Part an der Aktion übernehmen soll.

»Es ist völlig klar, dass Nadine und ich das machen werden«, sagt sie, »du und dein Vater, ihr werdet schön draußen bleiben und nicht mit ins Grünenhaus kommen. Vor allem du nicht.«

»Wieso das denn?«, will ich irritiert wissen.

»Das ist doch wohl logisch. Die Mädchen dort sehen nicht nur ausgesprochen gut aus, sondern sind auch sehr dürftig bekleidet oder möglicherweise nackt. Da rutscht euch Männern doch der Verstand in die Hose und ihr werdet kaum noch einen vernünftigen Gedanken fassen können. Vor allem du nicht, wo du doch erblich vorbelastet bist.«

»Erblich vorbelastet? Was ist das für ein Spruch? Wie kommst du denn darauf?«

»Na, dann frage doch mal, was dein Vater mit meiner Mutter getrieben hat, bevor sie meinen Vater kennenlernte. Als sie damals zu dritt im Raumschiff gerade die Erde verlassen hatten und lange Zeit unterwegs waren.«

Wovon spricht sie? Ich will und kann die Anspielung nicht glauben. Also befrage ich bei nächster Gelegenheit Selena.

»Selena, ist es wahr, dass mein Vater etwas mit Viviane hatte? Ich meine, haben die miteinander geschlafen? Ich hätte gern Informationen, über ihr Verhältnis damals, als ihr die Erde verlassen habt.«

»Keine Chance, Ben. Von mir erfährst du nichts. Meine akustischen Membranen bleiben verschlossen. Die Information bekommst du nur mit einem Passwort. Allerdings wirst du niemals erfahren, dass es ›ménage à trois‹ ist.«

Selena spinnt! Unsere Eltern haben schon öfter davon berichtet, dass sie manchmal etwas merkwürdig ist.

Dennoch, ich probier's. Ich gebe ›ménage à trois‹ ein. Die Antwort Selenas kommt sofort.

»Ha! Reingefallen! Du glaubst doch nicht im Ernst, dass du mit so etwas Primitivem wie einem Passwort an Informationen kommst, die dich nichts angehen. Ich erkenne selbstverständlich, wer die Frage stellt.«

Und dann empört sich der Bordcomputer.

»Passwort! Pah! Das glaubst du auch noch! Wofür hältst du mich? Ich bin doch kein Steinzeitcomputer!«

Dann setzt sie noch einen drauf und bemerkt mit süffisantem Unterton:

»Wie wäre es, wenn du einfach mal deine Eltern fragen würdest?«

Selena nimmt mich nicht ernst. Leider weiß ich immer noch nicht, wie man einen Computer erwürgt.

Wenig später spreche ich Mama an.

»Darf ich dich mal etwas Persönliches fragen, ich meine, etwas sehr Intimes?«

»Nur zu Ben, ich habe keine Geheimnisse vor dir.«

»Ist es wahr, dass Papa dich mal mit Viviane betrogen hat? Damals, nachdem ihr die Erde verlassen hattet?«

Nadine lacht laut auf.

»Betrogen? Das ist das Verrückteste was ich je gehört habe!

Aber im Ernst: Nein, Ben, er hat mich nicht betrogen. Und ja, Ben, er hat mit Viviane geschlafen. Und das ging nicht einmal von ihm aus. Wir Frauen haben ihn überrumpelt. Weißt du, es war damals für Viviane nicht leicht, mitansehen zu müssen, wie glücklich dein Vater und ich waren. Und wir lebten eine lange Zeit auf engstem Raum zusammen. Da haben Viviane und ich beschlossen, uns deinen Vater zu teilen. Wir haben ihn nicht einmal gefragt.«

Beim nächsten Treffen empfängt mich Lera mit einem breiten Grinsen.

Empört mache ich sie an.

»Du hast das gewusst, nicht wahr! Du wusstest, dass das eine einvernehmliche Mènage á trois war! Du wolltest mich auf den Arm nehmen!«

»Klar wusste ich das. Aber du hättest dein Gesicht sehen sollen. Einfach köstlich.«

Sie schlingt die Arme um meinen Hals und zieht mich zu sich heran.

»Nun komm! Sei mir nicht böse. Was hältst du davon, wenn wir uns beide jetzt zu einem ›Pas de deux‹ zurückziehen?«

Später liegen wir schwer atmend und glücklich lange Zeit nebeneinander. Lera beugt sich über mich, gibt mir einen zärtlichen Kuss und sagt:

»Das mit dem Grünenhaus ist übrigens beschlossene Sache. Nadine und ich werden uns ›in die Höhle des Löwen‹ begeben und du und Florian, ihr haltet uns den Rücken frei.«

»Okay!« Ich gebe resigniert auf. Ich weiß inzwischen, wenn unsere Frauen sich etwas in den Kopf gesetzt haben, sind sie durch nichts davon abzubringen.

Zwei Tage später sitzen Lera und ich auf der Ladefläche eines Transporters. Das Fahrzeug gehört zum Fuhrpark der Widerstandsgruppe. Neben uns und gegenüber sitzen zehn junge Frauen, die mit ihrer tiefdunklen Haut, den pechschwarzen glatten langen Haaren und den leuchtend grünen Augen meine Blicke auf sich ziehen. Sie tragen dunkle geschlitzte Umhänge. Bei zweien, die hinten an der Ladeklappe sitzen, fällt bei jeder Bewegung der Umhangschlitz auseinander und gibt einen muskulösen Körper und viel nackte Haut frei.

Plötzlich bekomme ich einen schmerzhaften Tritt gegen mein Schienbein. Lera sieht mich streng aus ihrem auf Mann geschminkten Gesicht an und zischt mit gespielter Empörung:

»Ich sag´s ja. Erblich vorbelastet. Schau gefälligst woanders hin!«

Dann hält der Wagen. Alle Mädchen binden sich breite Metallbänder um den Hals, an dem eine Stahlkette hängt und verstecken Betäubungsstrahler unter den Umhängen. Nur die beiden Mädchen an der Ladeklappe sind unbewaffnet. Nadine und Florian, die vorn im Führerhaus gesessen haben, öffnen die Klappe. Die Mädchen springen scheinbar widerstrebend heraus und werden von Nadine und Lera an den Ketten vor eine schwere mit Eisen beschlagene Tür mit einer Klappe im oberen Teil geführt. Wir Männer bleiben am Fahrzeug. Lera tritt ein paar Male kräftig gegen die Tür, bis sich die Klappe öffnet. Ein Mann schaut hindurch.

»Was wollt ihr?«

»Wir bringen Nachschub!«

»Nachschub? Davon weiß ich nichts.«

»Du musst ja auch nicht alles wissen, sagt der Chef. Aber schau sie dir an.«

Dabei zerrt sie den beiden vordersten Frauen den Umhang vom Körper. Sie stehen splitternackt auf der Straße.

Der Mann glotzt mit großen Augen auf die Mädchen und wir hören, wie er mit zitternden Händen die Riegel zurückschiebt. Die Tür geht auf und der Türsteher wälzt seinen beträchtlichen Leibesumfang zur Seite. Gierig glotzt er auf die beiden nackten Mädchen. Als die gesamte Truppe an ihm vorbei in die inneren Räume des Grünenhauses marschiert, will er der Ersten an die Brust greifen, aber Nadine haut ihm mit dem Ende einer Kette auf die Finger.

„Anfassen nur gegen Bares! Das solltest du fetter Sack wissen!«

Dann geht die Tür zu.

Der Türsteher hat vor lauter Aufregung vergessen, die Klappe zu schließen.

Wir beide postieren uns vor der Tür, binden uns einen Mundschutz um und hängen ein Schild auf: ›Geschlossen! Seuchengefahr!‹

Den wenigen Gästen, die um diese Zeit das Etablissement betreten wollen, müssen wir nichts sagen. Sie lesen das Schild, sehen unseren Mundschutz und drehen sofort um.

Von Inneren des Hauses dringen lautes Gepolter und unterdrückte Schreie zu uns heraus. Kurz darauf ist alles still.

Etwas später höre ich Leras telepathische Stimme in meinem Kopf.

›Alles in Ordnung! Aber wir brauchen noch etwas Zeit, um die Ketten der Mädchen von den Wänden zu lösen‹.

Kurz darauf geht die Tür auf und unsere zehn Kämpferinnen marschieren mit fünfzig befreiten Sexsklavinnen im Gänsemarsch zum Transporter und klettern auf die Ladefläche. Auch Lera und ich nehmen dort Platz. Es ist eng, aber nicht unangenehm. Denn um mich herum drängen sich die dürftig bekleideten befreiten Frauen. Lera kommt dicht an mich heran und versucht vergeblich, meinen Körperkontakt zu den Umstehenden auf ein Minimum zu begrenzen.

Diesmal ist unser Ziel das Hauptquartier in der Stadt. Fünfzig zusätzliche Mädchen lassen sich dort problemlos für eine Zeit lang unterbringen.

Später werden wir sie mit blauen Kontaktlinsen versorgen und auf hässlich schminken. So können sie sich unbehelligt frei bewegen oder, wenn sie es möchten, ungeschminkt zurück zu ihren Familienclans in die Reservate gebracht werden.

VERRÄTER

»Ich denke, durch diese beiden Aktionen wir sind bei den Widerstandskämpfern akzeptiert und können uns unter ihnen frei bewegen, ohne ihr Misstrauen zu erregen«, erklärt Nadine. »Darum sollten wir jetzt das Problem mit dem Verräter in unseren Reihen angehen.«

»Ich habe da eine Idee«, sage ich. »Lera, du kannst doch Gedanken lesen. Du tust es zwar nur ungern, aber du solltest deine Blockade überwinden. Gehen wir einmal davon aus, dass der Gesuchte einer der übergelaufenen Blauen ist. Deren Zahl ist begrenzt, zumal es wahrscheinlich Leute aus dem Umfeld von Aylen sind. Wir müssen dich mit jedem dieser Leute zusammenführen, damit du ihre Gedanken auslesen kannst. Erst, wenn das nicht funktioniert, müssten wir die Untersuchung auf die Grünen ausdehnen, was wegen der großen Zahl allerdings fast unmöglich sein wird. Aber so haben wir erst einmal einen Anfang.«

»Ja, und wir sollten bei Voagen anfangen«, ergänzt mein Vater, »ich habe ihn damals als kleinen Gauner kennengelernt, der gegen entsprechendes Entgelt seine eigene Großmutter verkauft hätte. Er war der erste Verbündete der Grünen.«

»Okay«, sagt Lera, »ich tue es zwar äußerst ungern, aber es muss wohl sein. Fangen wir an!«

Kurz darauf berichtet sie.

»Voagen ist in Ordnung. Er ist zwar ein Schlitzohr, aber der Meinung, mit Lin die schönste Frau aller drei

Planeten als Partnerin zu besitzen. Er kann es bis heute nicht glauben, dass diese bildhübsche Frau ihn, den hässlichen Blauen, auserwählt hat. Er vergöttert sie und ist absolut loyal.«

Auch Leras anschließendes Gehirnscanning bei den übrigen Blauen aus dem Umfeld von Aylen führt zu keinem Erfolg.

Doch jetzt steht bereits die nächste, ungleich größere Aktion bevor.

Die Blauen herrschen über drei Planeten. Den sonnennächsten haben sie durch frühere Kriege untereinander radioaktiv verseucht, lassen dort aber Sklaven die restlichen Bodenschätze ausbeuten. Überwacht wird das von strafversetzten Beamten. Auf dem sonnenfernsten wohnen unter riesigen Schirmen die Elite und der Herrscher aller drei Planeten. Die Jahresdurchschnittstemperatur liegt dort bei nur zehn Grad. Unter den Kuppeln ist es jedoch angenehm. Auf dem mittleren Planeten, der ursprünglich nur von Grünen besiedelt war, findet man die meisten Städte, den Großteil der Industrie sowie die Verwaltung, dazu Polizei und den Geheimdienst. Hier ist auch die planetenübergreifende Flugüberwachung angesiedelt. Sie kontrolliert nicht nur den Verkehr auf den jeweiligen Planeten, sondern auch den interplanetarischen Flugverkehr. Deren Antennen und Parabolspiegel sind das Ziel unserer Aktion. Durch ihre Zerstörung würde der gesamte Flugverkehr auf allen drei Planeten für eine längere Zeit zusammenbrechen. Bei einem Einbruch in ein Waffenarsenal des Militärs vor einigen Monaten hat man zwei fernlenkbare kleine Raketen, sogenannte Drohnen, erbeutet, die unsere Helfer auf die Funkanlagen abfeuern wollen.

Soweit der Plan. Am frühen Abend macht sich unser kleiner unauffälliger Transporter auf den Weg. Er ist beladen mit den Raketen und deren Abschussvorrichtungen. Es ist geplant, das Ziel um Mitternacht zu erreichen. Lera und ich, immer noch in unserer Verkleidung, sind dabei, weil wir die Technik der Waffen studiert haben und sie bedienen können. Die eigentlichen Ausführenden sind sechs Grüne mit blauen Kontaktlinsen sowie zwei Blaue Überläufer.

Wir alle sitzen schweigend im Laderaum zwischen den Gerätschaften. Das Fahrzeug ruckelt über die Landstraßen. Das ständige Schaukeln macht müde. Wir dösen vor uns hin. Drei lange Stunden sind wir bereits unterwegs, als Lera plötzlich ruft:

»Halt! Wir kehren um! Wir brechen die Aktion ab!«

Alle starren sie verständnislos an.

»Wir werden in einen Hinterhalt gelockt. Der Gegner weiß von unserem Kommen.«

Fragen prasseln auf sie ein: Wieso das und woher weißt du das? Warum kommst du damit erst jetzt?

»Ich weiß es eben. Ich bin mir sicher. Wir kehren sofort um.«

Ich beobachte die beiden mitfahrenden Blauen aus den Augenwinkeln. Ich ahne, warum Lera abbrechen will. Keiner von ihnen lässt sich etwas anmerken. Unvermutet richtet Lera ihren Strahler auf den einen.

Wenn du auch nur die kleinste Bewegung machst, bist du tot. Los, Männer, fesselt ihn. Er ist ein Verräter, er hat den Gegner informiert.«

Doch unsere Mitfahrenden zögern. Sie wissen nicht, ob sie auf Lera hören sollen. Daraufhin richte auch ich meinen Strahler auf unsere Begleiter.

»Los! Fesseln! Sofort! Sonst muss ich den Strahler einsetzen.«

Sie gehorchen und fesseln den Blauen. Weil Lera und ich nicht sicher sein können, dass sie uns überwältigen, sobald wir die Waffen einstecken, halten wir die Bedrohung aufrecht, bis wir zurück im Hauptquartier sind.

Dort kommt es sofort zum Lagegespräch mit Aylen.

»Aylen!«, spricht mein Vater sie an, »Lera hat Fähigkeiten, die wir dir nicht näher erläutern wollen. Aber du kannst sicher sein, das wir den Verräter gefunden haben. Wir werden ihn ins Schiff bringen und von Selena untersuchen lassen. Du erinnerst dich vielleicht an damals, als wir den Geheimdienstchef gefangen genommen hatten und Selena nur deshalb nicht in sein Gehirn eindringen konnte, weil er ein Telepath war. Selena wird alles herausbekommen, was in seinem Kopf gespeichert ist, auch, ob er von weiteren Agenten weiß. Anschließend wird sie alle Daten löschen. Dann erst kann er zurück zu seinen Leuten. Er wird ihnen nicht mehr nützen, da er sich an keine Einzelheiten wird erinnern können.«

Aylen stimmt nach kurzer Bedenkzeit zu, ruft ihren Führungsstab zusammen, um diesem die neue Sachlage zu erläutern. Wir schaffen derweil den Gefangenen aufs Schiff.

Der Mann erweist sich als Glücksfall. Er weiß von einem zweiten Agenten, der in einer entfernten Grünen-Gruppe im Reservat lebt und kennt seine Vorgesetzten. Wir erfahren durch ihn, was der Geheimdienst von uns weiß, und das ist trotz der bisherigen Position unseres Gefangenen im Widerstand recht wenig. Selena stellt fest:

»Der Geheimdienst weiß nichts von unserer Existenz. Das Wissen ist offenbar nur bis zu dem Minister vorgedrungen, der zu den Grünen gehört und dort blockiert worden. Der Gegner weiß nur von den Sabotageakten der Grünen und dass es unter ihnen offenbar ein paar begabte Personen gibt, die Fähigkeiten haben, die diejenigen der Blauen übertreffen. Man geht davon aus, dass sie Nachkommen einer weißen Sklavin mit braunen Augen sind, die dem Geheimdienst vor vielen Jahren das Leben schwer gemacht hatte. Die weiße Sklavin damals war Viviane. Der Geheimdienst hat keine Informationen darüber, dass die Grünen von außerhalb unterstützt werden. Aber sie wissen, dass die Grünen eine eigene Sprache nutzen, die kein Blauer beherrscht. Doch das halten sie geheim. Denn sie wollen unbedingt den Status quo aufrechterhalten, der darin besteht, dass Grüne nicht als Menschen angesehen werden. Und sie kennen das Hauptquartier in der Stadt, da sie hier den Agenten eingeschleust haben. Sie halten das Anwesen für ein Widerstandszentrum von Blauen aus der verarmten Unterschicht. Dass hauptsächlich Grüne aktiv am Widerstand teilnehmen, können auch sie sich nicht vorstellen.«

Nach diesen Informationen setzen wir uns umgehend mit Aylen zusammen. Es besteht dringender Handlungsbedarf. Ich fasse Selenas Bericht zusammen und resümiere:

»Das bedeutet, Aylen, dass ihr dieses Anwesen aufgeben müsst. Wenn der Geheimdienst merkt, dass ihr einziger Informant ausgeschaltet ist, werden sie das Hauptquartier überfallen und jeden gefangen nehmen, den sie vorfinden. Oder töten. Habt ihr eine Möglichkeit auszuweichen?«

»Ja, das haben wir. Zech hatte schon damals mit dem Risiko der Enttarnung gerechnet und von dem Diamanten-Geld ein zweites Anwesen erworben. Das haben wir vorsorglich noch nie benutzt. Daher weiß außer mir, Lin und Voagen niemand davon. Wir werden so schnell wie möglich dahin ausweichen.«

Drei Tage später ist das alte Hauptquartier verlassen. Jetzt erst lassen wir den Agenten frei. Er wird vermutlich einige Tage orientierungslos durch die Stadt laufen, bis er aufgegriffen wird.

Am nächsten Tag machen mein Vater und ich uns mit Selena zu der Gruppe auf, bei der sich der zweite Agent aufhalten soll. Auf dem Weg dahin nimmt mich mein Vater beiseite.

»Ben, bevor wir zu den Grünen ins Reservat gehen, solltest du einiges über sie wissen. Ihre Lebensweise, ihre Gewohnheiten und ihre Einstellungen. Du könntest sonst leicht einen falschen Eindruck gewinnen.«

Er schaut mich ernst an.

»Du wirst sehen, dass viele Grüne, auch die Frauen, nackt herumlaufen. Besonders jetzt im Sommer. Das hat zwei Gründe.

Erstens haben sie ein völlig natürliches Verhältnis zu Nacktheit und zu ihren Körpern, das nie von einer Religion zerstört wurde. Sie haben keine. Es gibt zwar feste Partnerschaften, aber gelegentliche Seitensprünge werden toleriert. Wenn eine Grüne einen besonders wohlgeformten Körper hat – und das haben die meisten, dann will sie ihn auch zeigen.

Zweitens hat es einen praktischen Grund. Kleidung ist für die frei lebenden Grünen nur sehr schwer zu beschaffen. Sie leben ständig auf der Flucht vor Sklavenfängern und können daher keine Infrastruktur aufbauen. Sie nähen Kleidung aus den Fellen der wenigen Tiere, die sie erlegen können, und verwenden die Sachen von getöteten Blauen, die sie, mit ihren attraktiven Frauen und Mädchen als Lockvögel, überwältigen. Folglich schont man die wenige Kleidung, so gut es möglich ist.

Warum erzähle ich dir das?

Du hast es wahrscheinlich schon bemerkt. Anders als bei vielen Menschen vom Planeten Erde, denen oft alles Fremde und Andersartige Angst macht, wirken die Frauen der Grünen mit ihrer dunklen Hautfarbe und den leuchtend grünen Augen auf uns äußerst anziehend. Ihre Körper sind sehr muskulös und durchtrainiert, da sie ständig in Bewegung sind, um sich vor den Blauen zu verstecken. Kein Blauer kann es mit der Schnelligkeit eines oder einer Grünen aufnehmen.

Und noch etwas. Wir sollten den Grünen tunlichst nicht mit unserer in Wirklichkeit hellen Haut und den braunen Augen gegenübertreten. Denn das wiederum finden die Grünen außerordentlich erotisch. Damals, als Viviane, Nadine und ich den Grünen zum ersten Mal begegneten und in Aylens Clan aufgenommen wurden, war es nicht leicht, ruhig zu bleiben, wenn die Grünen uns aus ihren leuchtenden Augen anstrahlten.«

So vorbereitet treffen wir auf die Gruppe, bei denen sich der Spion aufhalten soll. Sie leben in einem lichten Waldgebiet an einem felsigen Berghang. Die überall herumliegenden Felsbrocken bieten einen guten Sicht-schutz und Höhlen in den Felsen des Hanges dienen ihnen als Unterkunft. Anfangs begegnen sie uns sehr misstrauisch und wollen uns nicht weitergehen lassen. Doch als wir sagen, dass wir von Aylen kommen, ist ihre Skepsis wie weggeblasen. Die Nennung von Aylens Name bewirkt hier offenbar Wunder. Sie wird hier, wie auch bei anderen Stämmen und Clans als Heldin ver-ehrt, wie wir später erfahren. Man führt uns in ihre Mit-te und die Gruppenmitglieder versammeln sich im Kreis um uns.

Mein Vater hatte recht. Etliche der Frauen treten uns nackt gegenüber – und die sind mehr als attraktiv. Wie gut, dass wir unsere Haut braun gefärbt haben und grü-ne Kontaktlinsen tragen. Ich wüsste nicht, wie ich rea-gieren würde, wenn sie zusätzlich noch deutlich signali-sieren würden, dass sie sexuell interessiert seien.

Dann fragen wir nach dem Blauen. Er verschwunden. Wir lassen uns Bericht erstatten über alles, was sie von ihm wissen: sein Aussehen, Lebensstil, seine Gewohn-heiten und sein Wissensstand in Bezug auf Grüne und die blauen Überläufer. Denn das dürfte auch der Kenntnisstand des Geheimdienstes sein.

Man berichtet uns, dass er seit einem halben Jahr unter ihnen lebte. Sie nahmen ihn auf, weil er fünf Sklaven ihres Stammes aus den Händen der Blauen befreit und zu ihnen gebracht hatte. Ihr Vertrauen hatte er aber erst gewonnen, als er drei Grünen das Leben rettete. Sie waren einem illegalen Sklavenfänger-Schiff ins Netz gegangen. Er durchtrennte mit seinem Strahler die Seile des Fangnetzes. Später erzählte er ihnen, dass seine Familie vom Sicherheitsdienst der Blauen umgebracht worden sei, weil sie sich weigerten, nahezu unentgeltlich als Diener eines Ministers zu arbeiten. Während seines Aufenthaltes in der Gruppe hatte er erfahren, dass sich sechs Grüne einer Widerstandsbewegung angeschlossen hatten. Aber er hat nicht erfahren können, wo sich diese Leute befinden, wer dazu gehört und ob es einen Anführer gibt. Sie selbst wussten es nicht. Den Namen Aylen hatte er zwar gehört, aber niemand hatte ihm verraten, wer sich dahinter verbarg. Das würden sie niemals einem Blauen erzählen, auch wenn er noch so vertrauenswürdig erscheint.

Das bedeutet erst einmal, dass unser Agent falsch informiert war. Der Geheimdienst wusste sehr wohl, dass mehrheitlich Grüne am Widerstand beteiligt sind.

Wir fragen, wann er die Gruppe verlassen hat. Die Antwort ›vor wenigen Stunden‹ überrascht uns.

»Wisst ihr wohin er wollte?«

Einer der Männer deutet mit seinem Arm in eine bestimmte Richtung.

»Er ist in diese Richtung gegangen. Dort liegt die Stadt. Es sind etwa fünf Stunden Fußmarsch. Er ist zu Fuß unterwegs; wir besitzen keine Fahrzeuge.«

»Dann haben wir noch eine Chance ihn zu erwischen, bevor seine Leute auf ihn treffen. Er muss auf irgendeine Weise Kontakt zu ihnen haben. Vielleicht über ein Funkgerät. Möglicherweise haben sie ihn abberufen, weil sie ihren orientierungslosen Agenten aufgegriffen haben. Dann hätten sie aber schnell reagiert.«

Wir verabschieden uns von der Gruppe und starten mit Selena in die angegebene Richtung. Unter uns liegt die Waldlandschaft, die nach und nach in Grasland mit niedrigen Büschen übergeht und schließlich in ein wüstenähnliches Gebiet mit zum Teil bewachsenen Sanddünen. Schon nach fünfzehn Minuten Suchens sehen wir ihn. Er ist allein. Unter voller Tarnung setzt Selena meinen Vater und mich ein Stück vor ihm ab.

Wir warten. Er muss in wenigen Minuten hier vorbeikommen. Dann sehen wir ihn und er uns.

»Na endlich, da seid ihr ja. Ich habe euch viel früher erwartet. Wollt ihr mich ewig laufen lassen? Wo habt ihr das Fahrzeug?«

Er hält uns für seine Leute. Kein Wunder, wir haben uns inzwischen wieder als Blaue verkleidet.

Dann schaut er über unsere Schultern.

»Ach, da kommt es ja.«

Tatsächlich! Aus Richtung Stadt kommt ein Geländewagen auf uns zu.

Plötzlich fallen Schüsse. Wir werfen uns hinter den nächsten Sandhügel. Auch unser Mann hat sich in Sicherheit gebracht. Er ruft:

»Was ist hier eigentlich los? Wieso schießen die auf uns?«

Zum Fahrzeug hin, das angehalten hat, ruft er.

»Ihr habt sie wohl nicht alle. Aber gut. Wenn ihr es so haben wollt ...!«

Er zieht seine Waffe aus seinem Rucksack und schießt zurück. Dabei geht er hinter einer Düne in Deckung.

Die Türen springen auf, zwei Männer hechten aus dem Wagen und postieren sich hinter den geöffneten Türen. Das Fahrzeug ist offenbar gepanzert. Sie rufen:

»Wir schießen nicht auf dich. Wir wollen deine Begleiter. Die gehören nicht zu uns.«

Unser Mann wendet sich erstaunt in unsere Richtung, richtet sich aus seiner Deckung auf und zielt mit seiner Waffe auf uns. Doch bevor er den Abzug betätigen kann, bricht er getroffen von einer Kugel der Männer am Wagen zusammen.

Wir müssen an seine Waffe kommen, mit unseren Betäubungsstrahlern können wir hier nichts ausrichten. Der Mann liegt etwa zwanzig Meter von uns entfernt. Florian rennt los. Die Männer am Auto eröffnen sofort das Feuer. Doch keine der Kugeln erreicht meinen Vater. Sie prallen an einer unsichtbaren Wand ab, die sich zwischen uns und unseren Gegnern geschoben hat. Doch das können die beiden Männer am Auto nicht wahrnehmen. Es ist das getarnte Raumschiff.

Dann hat mein Vater die Waffe in der Hand. Aber er kann nicht schießen, auch für ihn ist Selena im Weg.

Nachdem die Männer am Auto drei Magazine leergeschossen und gemerkt haben, dass keines ihrer Kugeln in der Nähe meines Vater aufgeschlagen ist, sondern irgendwo links und rechts im Gelände, geben sie auf. Sie springen ins Fahrzeug, knallen die Türen zu, wenden und rasen davon.

Wir untersuchen den getroffenen Agenten. Er ist tot. Seine Leute wollten offensichtlich verhindern, dass er in fremde Hände gerät und plaudert. Aber wir wissen, was wir wissen wollten. Der Geheimdienst hat keine wirklich wichtigen Informationen durch ihn erlangt.

Wir verscharren den Toten im Sand und fliegen zurück ins neue Hauptquartier.

»Unsere Aktion ist leider noch nicht zu Ende«, klären wir Aylen auf, »wir müssen an den Chef des Geheimdienstes herankommen. Nur er weiß mit Sicherheit, ob es noch weitere Agenten gibt. Dank der Informationen aus dem Gedächtnis unseres Verräters haben wir seinen Namen und wissen, wo er sich aufhält.«

Doch wir merken schnell, dass es nicht einfach sein wird, seiner habhaft zu werden. Er lässt sich nur selten in der Öffentlichkeit blicken, und wenn, dann ist er ständig von mehreren Leibwächtern umgeben.

Nadine und Lera graben in den Archiven der Stadt, ob es dort irgendetwas über ihn gibt, ob er bestimmte Vorlieben oder Schwächen hat, und Florian und ich lernen in einer Spelunke einen seiner restlos unterbezahlten Mitarbeiter der untersten Ebene kennen. Er ist für etliche Freigetränke und ein paar Scheine außerordentlich empfänglich. Angetrunken erzählt er freimütig, dass sein oberster Boss ein knallharter Bursche sei. So habe er gerade zwei seiner besten Mitarbeiter als Aufseher auf den radioaktiv verseuchten Planeten versetzen lassen –

was einem Todesurteil gleichkommt, nur weil diese drei Magazine leergeschossen hätten, um einen ihrer eigenen Agenten zu liquidieren.

»Das ist doch schon einmal etwas«, meint Nadine, die zusammen mit Lera bei ihren Recherchen keinen Erfolg hatte, »da haben wir einen Schwachpunkt.«

»Wieso das?«, wollen wir wissen.

»Na, seine Leute haben offenbar eine Heidenangst vor ihm. Daher haben die beiden Strafversetzten verschwiegen, dass sie sich zusätzlich noch einen Schusswechsel mit zwei fremden Blauen geliefert hatten. Da hätten sie noch schlechter ausgesehen. Wenn einer mit solcher Brutalität vorgeht, wird er nie alles erfahren, was auf den Ebenen unter ihm abläuft, weil ihm aus Angst Dinge unterschlagen werden, die seine Untergebenen nicht gut aussehen lassen. Außerdem werden seine Leute Lob und Anerkennung von außen sehr zugänglich sein, denn das bekommen sie bei ihm garantiert nicht.«

Mein Vater nickt anerkennend und sagt mit einem Zwinkern:

»Wow, Nadine, du hättest Psychologin werden sollen. – Aber ernsthaft: Wie können wir das für uns nutzen?«

»Ihr habt es bereits genutzt und solltet damit weitermachen, nämlich euch an seine Leute aus der am schlechtesten bezahlten Ebene heranmachen. Die sind nicht nur für Geld, sondern auch für freundliche Worte sehr empfänglich. Aber ihr müsst aufpassen, dass kein Dritter diese Gespräche mitbekommt. Du erinnerst dich sicher noch, Florian, was damals passierte, als du einen Polizisten nach den Toten beim Brand des Anwesens eines Ersten Ministers befragtest. Am folgenden Tag wurden sämtliche Kneipenbesucher bei einer Razzia verhaftet und Aylen und ich hatten Mühe dich da rauszuhauen.«

An den folgenden Abenden gehen mein Vater und ich als Team vor. Während er versucht, den einen oder anderen in ein Gespräch zu verwickeln, bleibe ich im Hintergrund und achte darauf dass keiner mithört.

Der dritte Abend artet zu einem Saufgelage aus. Florian ist stundenlang im Gespräch mit einem Fremden. Sie vertilgen Unmengen von Schnäpsen; der Mann wird immer redseliger. Ich mache mir keine Sorgen, denn wir sind gegen Alkohol immun, auch eine Folge der körperlichen Anpassung durch die Geaner. Unser Körper nimmt ihn nicht auf.

Der Mann fällt vom Barhocker und mein Vater kommt mit einem triumphierenden Blick auf mich zu.

»Ich hab seine Schwachstelle! Komm, wir gehen. Ich erzähle alles, wenn die Frauen dabei sind.«

Wir sitzen im Kommando-Raum des Schiffes und Florian beginnt.

»Er hat ein Hobby. Ein schreckliches Hobby. Und zwar geht er einmal im Jahr auf die Jagd. Genauer: auf die Jagd nach Sklavinnen beziehungsweise jungen Frauen der Grünen. Solche Jagden fanden früher ›in freier Wildbahn‹ statt. Man jagte unter Zuhilfenahme von Treibern eine Gruppe von Grünen so lange, bis sie eingekesselt waren. Dann tötete man die Männer oder verkaufte sie auf dem Sklavenmarkt und die Jagdpächter, die für das ›Vergnügen‹ bezahlt hatten, vergewaltigten die Frauen. Heute läuft das anders ab, weil es nicht mehr genügend Sklaven gibt und sie zu teuer geworden sind. Heute werden Frauen aus der Gefangenschaft genommen. Fünf Sklaven-Mädchen werden nackt ausgezogen und bekommen einen Vorsprung von einer halben Stunde. Die Grünen sind natürlich viel schneller als jeder Blaue, deswegen haben sie Treiber, die dafür sorgen, dass keine Grüne das abgesteckte Gelände verlassen kann. Dann geht die Jagd los. Mädchen, die es schaffen, über eine Stunde am Leben zu bleiben, kommen, nachdem sie vom Pächter vergewaltigt worden sind, mit dem Leben davon, aber nur, wenn der Mann, der für die Jagd bezahlt hat, gerade gut gelaunt ist. Der Mann, von dem ich die Informationen habe, gehört zu den Treibern. Übrigens ein begehrter Job. Sie geilen sich mächtig daran hoch, nackte junge Mädchen durch die Wildnis zu scheuchen. Die nächste Jagd soll in genau siebzehn Tagen stattfinden.«

Nadine und Lera haben stumm zugehört. Sie bekommen lange kein Wort heraus.

»Mein Gott! Das ist schrecklich und menschenverachtend«, flüstert Lera, Tränen in den Augen.

»Ja, es ist furchtbar«, sagt mein Vater leise. »Aber wir Menschen auf der Erde waren auch nicht viel besser. Noch bis vor 150 Jahren jagten weiße Siedler die australischen Ureinwohner wie räudige Hunde nach dem Motto ›Geh'n wir 'mal ein paar Aborigines abknallen. Hach, wie lustig!‹

Ich schaue meinen Vater entsetzt an. Das wusste ich nicht.

Es dauert eine Zeit lang bis ich mich etwas gefasst habe und meinen Vater fragen kann, wo denn die

Schwachstelle sei, an der wir den Mann zu fassen bekommen können.

»Natürlich ist er auch bei der Jagd ständig von Sicherheitsleuten umgeben«, erklärt Florian, »aber in dem Moment, wenn er über das letzte in die Enge getriebene Mädchen herfällt, schickt er seine Leibwächter fort. Dabei will er allein sein.«

»Dann weiß ich, wie wir es machen«, sagt Lera und erläutert uns ihren Plan. Ich werde blass.

»Nein Lera, das lasse ich niemals zu, das ist viel zu gefährlich für dich.« Ich versuche mit allen Mitteln sie von dem Plan abzubringen, aber wenn sie sich etwas in den Kopf gesetzt hat ... Das hatten wir ja schon.

Doch dieses Mal insistiere ich.

»Das ist nicht nur gefährlich, sondern auch zu kompliziert. Warum betäuben wir ihn und seine Bewacher nicht einfach und holen sie ins Schiff?«

»Da spricht einiges dagegen«, wendet meine Mutter ein. »Wie wollen wir das unbemerkt von den Treibern und allen Begleitern bewerkstelligen? Das Schiff müsste kurz sichtbar werden, um sie aufzunehmen. Und Selena müsste später bei sämtlichen Beteiligten die Erinnerungen löschen. Wir können auf keinen Fall riskieren, dass die Blauen von unserer Anwesenheit erfahren. Also, lass es uns machen, wie es Lera vorschlägt.«

Nadines Argumentation überzeugt mich und ich stimme schweren Herzens zu.

Der Tag der Jagd ist gekommen. Wir sind mit dem getarnten Schiff über dem Gelände. Auf den Monitoren können wir alles verfolgen, ohne von den Akteuren gesehen zu werden. Lera hat die Verkleidung abgelegt und trägt grüne Kontaktlinsen.

Wir sehen wie sie die nackten Frauen in die Wildnis jagen, die in alle Richtungen davonlaufen. Das erste Mädchen ist außer Sichtweite der Jäger und Treiber, als das Schiff über ihm aus der Tarnung auftaucht. Es bleibt vor Schreck stehen. Wir schalten den Antigrav-Aufzug ein, sodass das Mädchen genau in der Mitte des matt schimmernden Zylinders steht. Dann ruft Lera in der Sprache der Grünen: »Spring hoch!«. Es zögert erst, doch die Aufforderung in seiner Sprache, die die Blauen nicht kennen, lässt es springen. Lera nimmt das zittern-de Mädchen in der Schleuse in Empfang und beruhigt es.

»Du wirst gleich Blaue hier drinnen sehen. Aber sei beruhigt, sie gehören zu uns und werden dir nichts tun.«

Wir brauchen fast 40 Minuten, bis wir auch die anderen vier Mädchen gefunden und im Schiff haben.

Nun zieht sich Lera aus und wir setzen sie an einer Stelle ab, an der gerade keine Treiber oder Jäger zu sehen sind. Sie läuft direkt in das Sichtfeld eines Treibers. Wir hören ihren Funkverkehr ab. Der Mann ruft in sein Gerät:

»Ich habe eine gesichtet. Sie läuft von Position 38/12 in Richtung vier Uhr.«

Lera ist schnell und in Kürze wieder außer Sichtweite. Wir nehmen sie an Bord.

Dann wiederholen wir das Gleiche an anderer Stelle. Wieder kommt die Durchsage.

»Hier ist noch eine. Auf Position 03/10. Sie läuft in Richtung zehn Uhr.«

Noch dreimal halten wir sie auf diese Weise zum Narren.

Die Treiber haben das gesamte Gelände abgesperrt und dringen nun in die Mitte vor, dort, wo unser Mann und seine Leibwächter mit den schussbereiten Gewehren auf der Lauer liegen. Der Kreis wird immer enger. Als der Geheimdienstchef mit seinen Leibwächtern dann am Ende von seinen eigenen Treibern eingekesselt ist, explodiert er vor Wut.

»Ihr kompletten Idioten! Ihr solltet uns die Mädchen vor die Flinte treiben und nicht euch selbst. Wo sind die? Habt ihr auf die Bäume geguckt? Habt ihr jedes Erdloch durchsucht? Los! Sofort umdrehen und weitersuchen! Und wehe, ihr findet keines der Mädchen. Ich werde zum Schuss kommen, das garantiere ich. Und vielleicht reicht euer Verstand ja, euch vorzustellen, wen es dann trifft. Wer hat mir bloß diesen Haufen unfähiger Schwachköpfe zusammengestellt?«

Er kann sich gar nicht beruhigen.

Die Treiber schwärmen wieder aus.

Inzwischen sind eineinhalb Stunden vergangen. Nun kommt die heikelste Aktion.

Lera lässt sich in einer kleinen Schlucht absetzen, die an einer Felswand endet. In diese Falle soll zumindest eines der Mädchen am Ende getrieben werden. Sie wird auch bald geortet und ihre Position durchgegeben.

Die Stimme des Geheimdienstchefs dröhnt durch die Funkgeräte.

»Nur eine? Gut! – Nein! Eigentlich schlecht. Wo sind die anderen, ihr Schwachköpfe?«

Die Treiber dirigieren ihn vor die Schlucht.

»Los, haut alle ab. Die will ich für mich allein.«

Vor der Felswand hockt Lera, in sich zusammengesunken. Als er sich ihr nähert, steht sie scheinbar verängstigt auf. Der Mann, der nun jedes Detail ihres fantastischen Körpers vor Augen hat, schmeißt seine Waffe fort, reißt sich die Kleidung vom Leib und stürzt sich mit einem Gebrüll auf sie, das an den Brunftschrei eines irdischen Hirsches erinnert.

Es vergeht keine Sekunde, da klappt er wie ein Taschenmesser mit schmerzverzerrtem Gesicht zusammen. Lera hat ihm das Knie zwischen die Beine gerammt. Es folgen Tritte und Schläge in solcher Schnelligkeit, dass man meinen könnte, sie sei überall gleichzeitig. Sie besitzt die Fähigkeit aller Geaner, bei Adrenalinausstoß ihre Umwelt in Zeitlupe wahrzunehmen, aber innerhalb dieser Zeitverzögerung normal schnell agieren zu können. Der Mann hat keine Chance. Nach wenigen Sekunden liegt er bewusstlos am Boden und wird von uns ins Schiff geholt. Selenas kleine Roboterhelfer schnallen ihn auf eine Liege und befestigen Elektroden und andere Gerätschaften an seinem Kopf.

»Na, war ich gut?«, fragt mich Lera, als sie zurück im Schiff ist. Sie steht, immer noch splitternackt, vor mir, die Hände in die Hüften gestemmt; ihre wohlgeformten Brüste tanzen vor meinen Augen. Dabei schaut sie mich mit einem verschmitzten Lächeln an.

»Du warst nicht nur gut, sondern sahst auch – vor der grauen Felswand – fantastisch aus«, erwidere ich hingerissen und will sie umfassen und an mich ziehen. Doch sie windet sich schlangengleich aus meiner Umarmung und spöttelt:

»Das kann man von dir nicht gerade behaupten in deiner Verkleidung. Du glaubst doch nicht, ich werde etwas mit einem so hässlichen Blauen anfangen.«

Dann lacht sie, haucht mir einen Kuss auf die Wange und verschwindet, um sich anzuziehen.

Inzwischen hat Selena das Gehirnscanning abgeschlossen und die fünf Mädchen haben sich in Laken gewickelt.

»Was machen wir mit ihm?«

Lera und Nadine schlagen vor, seine Erinnerungen komplett zu löschen. Ich bin dagegen.

»Das wird uns nicht weiterbringen. Sein Job ist austauschbar, ein möglicher Nachfolger wird schnell gefunden sein und der wird kaum anders vorgehen. Außerdem würde es sie stutzig machen, wenn ein zweiter ihrer Männer sein Gedächtnis verliert. Wir sollten ihn dorthin zurückbringen, wo er versucht hat dich, Lera, zu vergewaltigen. Wir müssen nur warten bis seine Leute die Suche nach ihm an der Stelle aufgegeben haben und den Suchradius erweitern.«

»Und womit erklären sich dann seine Verletzungen?«, will Lera wissen.

Selena mischt sich ein.

»Ich kann ihn denken lassen, dass er dir in die Felswand nachgeklettert und dabei abgestürzt ist.«

Nach einer halben Stunde haben seine Leute die Suche auf einen Umkreis von mehreren Kilometern erweitert und wir können ihn unbeobachtet am Ende der Schlucht vor der Felswand ablegen.

»So, Selena, erzähl! Was ist?«

»Ich habe gute Nachrichten. Es gibt keine Spione mehr. Es ist etwas geschehen, das sie nicht vorhergesehen haben. Unter den Blauen wird die Meinung propagiert, dass Grüne keine Menschen, sondern eher Tiere seien. Damit erhalten sie gegenüber der Bevölkerung eine Rechtfertigung für die Sklaverei aufrecht. Die bei den Grünen lebenden Agenten merkten jedoch schnell, wie falsch diese Propaganda war. Da die grünen Frauen attraktiver als die der Blauen sind, gab es zunehmend Überläufer. Der Geheimdienst fürchtete sein Mythos könne sich in Luft auflösen. Folglich wurden alle Agenten, egal ob Überläufer oder nicht, deren man habhaft werden konnte, getötet. Ihr habt vor ein paar Wochen genau das miterlebt. Als sie dann den Agenten ohne Gedächtnis aufgriffen, gerieten sie in Panik und riefen die restlichen ab. Es gab allerdings nur noch drei.«

Das sind gute Nachrichten. Wir sind erleichtert. Endlich können wir unsere grässliche Verkleidung ablegen. Nur die dunkle Haut behalten wir bei und je nach Erfordernis blaue oder grüne Kontaktlinsen.

»Weißt du übrigens, Ben, dass ich dich mit dunkler Haut und farbigen Kontaktlinsen sehr erotisch finde«, sagt Lera und lächelt mich an.

»Ach, und sonst nicht?«, frage ich scheinbar konsterniert.

»Doch! Natürlich! Aber an die dunkle Haut könnte ich mich gewöhnen.«

Nadine mischt sich ein.

»Das ist schon merkwürdig. Deinem Vater und mir ging es damals ebenso. Und bei den Grünen ist es anders herum. Sie fanden unsere helle Haut und die braunen Augen unglaublich anziehend. Aylen konnte ihre Finger nicht von deinem Vater lassen.«

»Was? Aylen auch! PAPA! War das wieder so eine Mènage á trois?«

»Á quadre, Ben, á quadre!«

»Ich glaub' es nicht. Zu viert! Habt ihr das noch öfter so miteinander getrieben?«

»Nein«, schmunzelt Nadine, »es war eine einmalige Geschichte. Uns Frauen hatte damals ein enorm wertvoller Diamantenschmuck, der auf nackter Haut getragen wurde, ganz kirre gemacht.«

»Ach du liebe Güte!«, seufzt Lera mit einem leichten Schmunzeln, »ich wusste ja gar nicht, wie recht ich hatte, als ich dich, Ben, als erblich vorbelastet bezeichnete. Jetzt haben wir hier auch noch fünf halb nackte hübsche Mädchen an Bord. Selena! Sieh zu, dass die möglichst schnell von Bord verschwinden.«

»Zu Befehl, Lera! Aber die Laken müssen sie hierlassen!«

»SELENA!«

FLORIN

Wir setzen die Mädchen bei Aylen ab. Später sitzen wir alle zusammen im neuen Hauptquartier, einem Herrensitz, vergleichbar dem alten inzwischen vom Geheimdienst zerstörten Anwesen. Er gehörte früher einem reichen Minister, der zum Ersten Minister aufgestiegen war, als durch den plötzlichen Tod seines Vorgängers, dessen Platz freigeworden war. Es gibt eine feste Anzahl von Ersten Ministern, die dem Herrscher aller Blauen, dem Shar, als Berater zur Seite stehen. Stirbt einer eines natürlichen Todes oder, was sehr viel häufiger vorkommt, wird von einem Konkurrenten umgebracht, so rückt aus der Reihe der 500 Minister einer zum Ersten Minister auf. Die Aufgabe eines Ministers besteht im Wesentlichen darin, reich zu sein, reich durch Ausbeutung. Viele besitzen Minen sowohl auf diesem als auch auf dem ersten radioaktiv verseuchten Planeten. Auf Letzterem arbeiten vor allem Sklaven und strafversetzte Aufseher. Die Aufnahme in die Riege der Ersten Minister ist in der Regel mit einem Umzug verbunden. Man zieht in die luxuriösen Anwesen auf dem dritten und sonnenfernsten Planeten. Dieser Planet ist zwar relativ kalt – die durchschnittliche Jahrestemperatur beträgt auch am Äquator nur wenig über zehn Grad Celsius –, aber alle Gebäude mit den umliegenden Ländereien und Wäldern werden durch riesige Kuppeln geschützt. Hier herrscht eine angenehme Temperatur mit subtropischem Klima.

Dieses ehemalige Minister-Anwesen aus drei Gebäuden und einer, von einer hohen Mauer umgebenen, Parkanlage hat Zech damals als Ausweichversteck erworben.

Wir haben es uns bei angenehmen Temperaturen unter den großen Bäumen im Park bequem gemacht und genießen die Ruhe. Aylen und mein Vater sitzen zusammen und unterhalten sich angeregt. Nadine hat sich im Gras neben den beiden lang ausgestreckt und hat die Augen geschlossen. Nur gelegentlich wirft sie aus einem Auge einen schläfrigen Blick auf Florian. Schließlich ist Aylen immer noch eine attraktive Frau. Auch Lera und ich liegen im Gras und lassen die wohlige Wärme unserer beiden Körper auf uns einwirken. Wir haben eben beschlossen, uns ins Haus zurückzuziehen, als vom Gartentor her zwei Personen wild gestikulierend auf uns zustürzen. Es sind Lin und Voagen. Lin ist völlig aufgelöst und Voagen trägt einen Ausdruck im Gesicht, als würde er am liebsten seine gesamte Umgebung ermorden. Wir sind aufgesprungen und Lin wirft sich mit lautem Schluchzen Florian in die Arme.

»Sie haben Florin!«, kommt es unter Tränen heraus.

»Wer ist Florin?«, will mein Vater wissen.

»Florin ist Voagens und mein Kind. Wir haben es damals nach dir, Florian, benannt. Die Blauen haben ihn gefangen und fortgeschleppt.«

»Wie konnte das passieren?«

Nur stockend berichtet Lin:

»Er hat das große Tor geöffnet und ist auf die Straße gelaufen. Voagen hat ihn kurz vorher noch in der Nähe der Mauer mit Pfeil und Bogen schießen sehen. Wir vermuten, dass ein Pfeil über die Mauer geflogen ist und er ihn zurückholen wollte. Im Eifer des Spiels muss er vergessen haben, dass er die blauen Kontaktlinsen nicht trug. Er weiß, dass er niemals ohne Kontaktlinsen nach draußen gehen darf. Als wir bemerkten, dass er nicht mehr im Garten war, sind wir sofort nach draußen gerannt. Wir sahen gerade noch ein Auto fortfahren und konnten sein Gesicht im Rückfenster erkennen.«

Voagen hat die Hände zu Fäusten geballt.

»Wenn die feststellen, dass Florin weder ein Metallhalsband trägt noch eine Brandzeichen-Nummer auf dem Oberarm hat, werden sie ihn für ein entlaufenes Kind aus den Reservaten halten. Das kann jeder in Besitz nehmen, der es aufgegriffen hat. Und wenn ich nur daran denke, was die mit ihm anstellen werden, dann kann ich wahnsinnig werden. Ich möchte am liebsten nach draußen gehen und unter den Blauen ein Blutbad anrichten.«

Lin legt ihm die Hand auf den Arm.

»Lass es, Voagen. So bekommen wir Florin auch nicht zurück und sollten wir ihn jemals wiedersehen, dann würde er keinen Vater mehr haben. Damit ist niemandem geholfen.«

Lin schaut nun meine Eltern verzweifelt an.

»Was sollen wir bloß machen? Könnt ihr nicht helfen? Ihr habt doch damals Aylen und Viviane auch von den Blauen zurückgeholt?«

Nadine versucht, die beiden zu beruhigen.

»Natürlich werden wir alles tun, um euren Jungen zurückzubekommen. Wir sollten uns zusammensetzen und überlegen, wie wir vorgehen können.«

Während Lin und Voagen alle Grünen zusammenrufen, die sich im Anwesen aufhalten und blaue Kontaktlinsen besitzen, nimmt uns Aylen zur Seite.

»Ich wollte es nicht ansprechen, während die beiden dabei sind, obwohl ich natürlich weiß, dass es auch ihnen bewusst ist, aber sie verdrängen es: Florin ist ein hübscher Junge, daher besteht die Gefahr, dass er von den Blauen sexuell missbraucht wird.«

»Aber er ist doch erst neun!«, rufen Lera und ich gleichzeitig.

Leider ist das unter den Blauen weit verbreitet«, fährt Aylen fort, »sie nehmen sich gern Kinder als Sexualobjekte.«

Mein Vater ergänzt.

»Auch auf der Erde kommt so etwas leider vor. Man bezeichnet es dort als Pädophilie.«

Lera und ich schauen meine Eltern entsetzt an.

»Wie schrecklich! Und von solchen Scheusalen stammen wir ab. Davon habt ihr uns nie erzählt!«

»Vielleicht sollte ich zur Entschuldigung sagen«, mischt sich meine Mutter ein, »dass es nur eine Minderheit der Menschen auf der Erde betrifft. Psychisch Gesunde empfinden diesem Verhalten gegenüber auch dort dieselbe Abscheu wie wir und ihr beiden. Außerdem wird es auf der Erde als kriminelle Handlung verfolgt.«

»Ich sag es ja nicht gern«, unterbricht Aylen unser Gespräch, »aber wir haben keine Zeit zu verlieren. Wir sollten schnell etwas unternehmen.«

Wenig später sind alle Anwesenden informiert und die planetenweite Suche läuft an. Unsere Verbündeten suchen sämtliche Sklavenmärkte ab, falls der oder die Entführer den Jungen zu Geld machen wollen und wir horchen uns auf Märkten und in den einschlägigen Lokalen um, ob irgendjemand etwas von einem aus dem Reservat entlaufenen und in Besitz genommenen Grünen-Kind weiß. Doch nirgendwo erhalten wir einen Hinweis. Der Junge scheint spurlos verschwunden zu sein. Mit jedem Tag, der vergeht, wird Lin immer verzweifelter und Voagen ist am Durchdrehen. Er ist kurz davor, seine Drohung wahr zu machen, unter den Blauen ein Blutbad anzurichten.

»Wenn der oder die Fänger den Jungen für sich behalten oder im engeren Bekanntenkreis verkaufen, werden wir das nie erfahren«, sagt Aylen fast schon resignierend. »Wir können nur hoffen, dass sie ihn zu Geld machen wollen. So ein Junge ist bei den gestiegenen Preisen wegen der Nachschubschwierigkeiten ein Vermögen wert.«

Nach einer Woche ergebnisloser Suche kommt der erste verwertbare Hinweis. Und der kommt von unserem Minister. Das ist der Mann, der uns damals gefangen genommen und anschließend unsere Scheinhinrichtung veranlasst hatte.

Er sei auf dem Weg zum dritten Planeten. Dort findet der jährliche Kongress aller 500 Minister und der zwanzig Ersten statt. Diese mehrtägige Versammlung dient aber allein repräsentativen Zwecken und der Selbstdarstellung aller Anwesenden. Tatsächlich würden allerdings im Hintergrund Intrigen gesponnen. Es werde ausgekungelt, wer als nächster in die Riege der Ersten Minister aufrücken dürfe, falls wieder ein Platz frei werde und wie man Letzteres beschleunigen könne. Im Transporter befanden sich außer ihm noch weitere Minister darunter zwei Erste. Der eine davon führte im Gepäck einen Sklavenjungen mit sich, auf den die Beschreibung passen könnte.

Nadine, Lera und ich sowie Lin und Voagen machen uns sofort mit Selena auf den Flug zum dritten Planeten. Florian bleibt bei Aylen, falls noch weitere Hinweise eingehen. Er kann jederzeit über das implantierte Kommunikationsgerät über Selena mit uns in Kontakt treten. Voagen darf nur unter der Bedingung mit, sich bei allen denkbaren Aktionen zurückzuhalten. Insbesondere verbieten wir ihm, eine Waffe zu tragen. Das gefällt ihm natürlich nicht, aber wir lassen ihm keine Wahl: Entweder er bleibt zu Hause oder er unterwirft sich unseren Regeln. Nur widerwillig stimmt er dann doch zu.

Selena erreicht binnen Kurzem den Planeten und wir haben auch schnell die Hotelanlage ausgemacht, in der der Kongress stattfinden soll. Es ist aber unmöglich dort einzuchecken, das Hotel ist restlos ausgebucht. Kurz darauf erhalten wir die Nachricht über unseren Minister, dass seine Begleiter den Check-In des Ersten Ministers beobachtet hätten, es sei aber kein Sklavenjunge dabei gewesen.

Wo ist er geblieben? Bei der Landung ist er noch gesehen worden.

»Das kann nur bedeutet«, überlegt meine Mutter, »dass sie ihn woanders hingebracht haben und ich kann mir auch denken wohin.«

»Natürlich«, ergänzt Lera, »alle Ersten Minister haben ihr meist prunkvolles Anwesen auf diesem Planeten. Sie werden ihn dorthin gebracht haben.«

Das betreffende Anwesen ist auch schnell gefunden. Doch dann stehen wir vor einem Problem. Denn das, was wir für Glaskuppeln gehalten haben, erweist sich als undurchdringlicher Schutzschirm. Die Ersten Minister haben sich gleichsam eingeigelt und ihre Anwesen mit den umliegenden Ländereien für jeden Fremden unzugänglich gemacht. Der Schirm soll zwar ihren Besitz gegen die Unbill des Wetters und vor den niedrigen Temperaturen schützen, aber in erster Linie dient er als Abwehr gegen mögliche Konkurrenten aus den eigenen Reihen. Nur wenige Erste Minister sterben eines natürlichen Todes. Es stehen ständig 500 Neider bereit, denen jedes erdenkliche Mittel recht ist, das ihnen hilft in deren Fußstapfen zu treten.

In derselben Nacht sitzen wir in der Suite unseres Ministers. Auch Voagen und Lin sind dabei. Wir haben uns als seine Bediensteten ausgegeben und wurden, nachdem der Mann am Empfang sich unsere Identität vom Minister hat bestätigen lassen, von seinen Leibwächtern abgeholt und in seine Hotelsuite begleitet.

Wir denken gemeinsam darüber nach, wie wir in das gesicherte Anwesen des Ersten Ministers gelangen können.

Dann fragen wir den Minister:

»Können Sie uns nicht mit dem Ersten Minister bekannt machen und irgendwie eine Einladung arrangieren?«

»Das ist unmöglich. Er ist viel zu misstrauisch. Als einfacher Minister bin ich für ihn ein potenzieller Konkurrent, der an seinen Posten heran will. Er würde niemals einen Minister oder fremden Gast in sein Anwesen einladen. Ich sehe keine Möglichkeit, euch als Gäste dort Zutritt zu verschaffen.«

»Aber ich!«, platzt Lera heraus. »Zwar nicht als Gäste, aber als Sklavinnen!«

»Okay, Lera,« unterbreche ich sie, »aber diesmal will ich dabei sein. Also, lass hören.«

»Das lässt sich vielleicht sogar einrichten. Hört zu!«

Sie wendet sich unserem Minister zu.

»Sie müssen zu dem Ersten Minister Kontakt aufnehmen. Vielleicht ergibt sich ein beiläufiges Gespräch in einer Pause oder am Buffet. Sie bitten ihn, bei der nächsten Nachfolge den Shar dahingehend zu beeinflussen, dass er Sie ernennt. Der Shar hat zwar die letzte Entscheidung über eine mögliche Nachfolge, aber hört dabei auf den Rat seiner Ersten Minister. Er wird vielleicht ablehnen, oder aber wissen wollen, was Sie ihm dafür zu bieten haben. Nämlich uns. Nadine und mich und eventuell auch Ben.«

Ich habe Zweifel.

»Wird er darauf eingehen, Lera? Sklaven sind zwar inzwischen enorm teuer geworden, aber Erste Minister haben Geld wie Heu.«

»Er wird!«, ist Leras knappe Antwort. Und dann teilt sie uns die Einzelheiten mit.

Am letzten Kongresstag bekommt unser Minister den Ersten Minister, einen untersetzten, kräftigen Mann, am Buffet zu fassen und spricht ihn auf den möglichen Aufstieg in die Berater-Riege des Shars an. Er trägt ein verstecktes Mikrofon, sodass wir alles mithören können. Der Berater des Herrschers ist misstrauisch.

»Haben Sie etwa vor, an meinem Posten zu sägen?«

Unser Mann beeilt sich, zu versichern, dass das keinesfalls der Fall sei, er habe jemand Anderen im Auge, und er sei bereit die Gefälligkeit zu honorieren.

»Was können Sie mir denn schon bieten? Geld habe ich im Überfluss, und wenn ich etwas brauche, nehme ich es mir.«

»Herr Erster Minister, ich habe etwas ganz Besonderes zu bieten. Etwas Einmaliges in diesem Sonnensystem, und zwar Sklaven mit braunen Augen.«

Unwirsch entgegnet sein Gegenüber:

»Braune Augen? So etwas gibt es nicht!«

»Doch, Herr Erster Minister das gibt es. Erinnern Sie sich vielleicht daran, als vor über dreißig Jahren der damalige Shar auf einem Fest eine weiße Sklavin mit braunen Augen und behängt mit einem unvorstellbar wertvollen Diamantenschmuck präsentierte. Sie konnte damals mitsamt Schmuck entkommen und hatte dabei sogar den Shar beinahe getötet.«

Der Shar-Berater zeigt zum ersten Mal Interesse.

»Ich habe davon gehört, aber die weiße Sklavin für ein Hirngespinst gehalten. Es ranken sich viele Geschichten um diese Frau. Sie soll unvorstellbar schön gewesen sein und sogar unsere Sprache beherrscht haben.«

»Sie war tatsächlich außerordentlich schön. Und meine Sklaven, zwei junge Frauen und ein Mann sind ihre Nachkommen. Die beiden Mädchen sind ebenfalls unglaubliche Schönheiten, auch der junge Mann ist sehr attraktiv.«

Der Mann ist immer noch nicht ganz überzeugt und fragt nach.

»Wieso hat noch niemand von ihren Sklaven gehört. Wenn das stimmt, was Sie sahen, dann wären die doch eine Sensation.«

Doch auch darauf hat unser Mann eine Antwort.

»Wissen Sie, was damals geschah, nachdem der damalige Shar erfahren hatte, das einer seiner Minister diese weiße Sklavin besaß? Er verlangte die Herausgabe, und als der Minister sich weigerte, lies er ihn töten und brannte sein Anwesen nieder. Das bedeutet, dass Sie, falls Sie mein Geschenk annehmen, diese Sklaven niemals der Öffentlichkeit präsentieren dürfen, wenn Ihnen Ihr Leben lieb ist.«

Der Mann hat angebissen.

»Zeigen Sie mir die Sklaven. Wenn sie tatsächlich braune Augen haben sollten und so schön sind, wie Sie sagen, bin ich Ihr Mann beim Shar.«

Unser Minister bittet seinen Gesprächspartner in seine Suite im Hotel. Der Berater besteht allerdings darauf, von seinen Leibwächtern begleitet zu werden.

Lin und Voagen haben uns drei derweil mit metallenen Halskrausen versehen und an schwere Schränke angekettet. Die Metallbügel sind mit einem Schlüssel zu öffnen, aber auch durch Druck auf eine ganz bestimmte Stelle. Nadine und Lera tragen unter einem Umhang einen knappen Zweiteiler, ich eine enge Dreiviertel-Hose und ein kurzärmeliges Hemd. Lin und Voagen verstecken sich.

Die zwei Männer mit den beiden Leibwächtern betreten den Raum. Unser Minister geht auf uns zu und nimmt die Umhänge ab. Der Erste Minister und seine Leibwächter bleiben mit offenem Mund stehen und stieren vor allem auf die beiden Frauen.

»Donnerwetter! Sind die hübsch! Sie haben nicht gelogen. Und die Augen sind tatsächlich braun. Das gibt es doch gar nicht.«

Die Männer kriegen sich gar nicht wieder ein.

Sogar ich muss zugeben, dass nicht nur Lera, sondern auch meine Mutter fantastisch aussieht. Man könnte beide für Geschwister halten. Das liegt natürlich daran, dass sie vor Jahren von Selena genetisch leicht verändert wurde. Ihre Lebenserwartung hat sich dadurch erheblich erhöht. Sie gleicht im Aussehen und Körper einer knapp Dreißigjährigen.

Die Übergabe wird am folgenden Tag vereinbart, dem Abreisetag. Unser Mann erinnert den Ersten Minister aber noch daran, dass er tunlichst die Gesichter der Sklaven verdeckt, solange sie sich noch nicht in seinem Anwesen befinden.

Wir haben kaum die privaten Räume des Ersten Ministers erreicht, als er uns in seinen großen Salon bringen lässt, wo wir an in die Wände eingelassene Ringe angekettet werden. Der Mann kann es kaum erwarten über die Mädchen herzufallen. Ich bleibe angekettet, der Mann hat eine sadistische Freude, mich bei der Vergewaltigung meiner vorgeblichen Schwestern zuschauen zu lassen. Er geht in einen angrenzenden kleinen Raum. Wir hören, wie er einem Mann dort den Befehl gibt, alle Überwachungskameras auszuschalten und dann den Raum zu verlassen. Er will offenbar keine weiteren Zuschauer. Derweil flüstert Lera mir zu.

»Lass uns machen, Ben. Du mischt dich nur ein, wenn es brenzlig werden sollte.«

Der Mann ist zurück und löst die Ketten der Frauen von den Wänden. Bevor er die Umhänge von den Frauen zerren kann, lassen diese sie fallen und gehen mit aufreizenden Hüftschwüngen auf ihn zu. Er ist verblüfft, er hat damit gerechnet, dass Sklavinnen vor ihm fortlaufen. So kennt er es. Doch stattdessen bauen sie sich vor ihm auf und lassen ihre Körper in rhythmischen Bewegungen synchron kreisen. Dabei schauen sie ihn provozierend lächelnd an. Er klopft sich vor Begeisterung laut auf die Schenkel. Das hat er noch nie erlebt, dass Sklavinnen und dann auch noch so attraktive, ihren Körper auf diese Weise zur Schau stellen. Doch lange kann er nicht an sich halten. Er erhebt sich aus seinem Sessel, in den er vor Verblüffung gefallen ist, geht mit etwas missglücktem wackelnden Hüftschwung, vorgestreckten Händen und lüsternem Blick auf die beiden Mädchen zu und will sie antatschen. Doch er greift ins Leere.

»Hier sind wir!« Sie haben sich blitzschnell hinter ihn gestellt. Er bewegt sich für sie in Zeitlupe, das Adrenalin in ihrem Körper tut seine Wirkung. Er dreht sich um und will zugreifen. Wieder ist der Platz vor ihm leer.

»Wir sind hier!«, klingt es nun seitwärts hinter ihm vorm großen Spiegel. Er schüttelt verwirrt den Kopf, stürzt ihnen entgegen und stolpert ins Spiegelglas. Mühsam richtet er sich auf, fixiert die Mädchen vor der gegenüberliegenden Wand und läuft mit breit ausgestreckten Armen – wieder ins Leere.

»Schau hierher«, rufen die beiden vom anderen Ende des Raumes. Er dreht sich torkelnd um, Speichel tropft aus seinem Mund. Er kann sich kaum noch auf den Beinen halten.

Dann geschieht etwas, das ihm vollends den Verstand raubt. Die Mädchen greifen mit beiden Händen nach hinten, lösen den Verschluss ihrer BHs und strecken ihm ihre Brüste entgegen. Mit blutunterlaufenen Augen und einem tierischen Schrei stürzt er sich auf sie. Die Mädchen lassen ihn auf sich zukommen und weichen erst im letzten Augenblick zur Seite aus. Dabei schlägt Nadine zu. Er schreit laut auf, stürzt zu Boden und bleibt dort bewegungslos liegen.

»Was hast du gemacht?«, will Lera wissen. »Das ging so schnell, das habe nicht einmal ich mitbekommen.«

»Ich habe dafür gesorgt«, ist Nadines grimmige Antwort und reibt sich dabei den Handrücken, »dass er nie wieder über ein Kind oder sonst jemanden herfallen kann. Seine Teile zwischen den Beinen wird er nicht mehr gebrauchen können.«

Inzwischen habe ich mein Metallhalsband geöffnet und zu dritt schleichen wir in den angrenzenden Raum. Hier befindet sich die Überwachungsanlage für das gesamte Anwesen. Von hier aus lässt sich auch der

Schutzschirm öffnen. Schnell finde ich den Schalter, der die Anlage wieder in Gang setzt und den Schirm abschaltet. Die Monitore flackern auf.

»Da!«, sagt Nadine und weist auf ein Monitorbild. Das Bild zeigt einen kleinen Raum mit einer einfachen Pritsche. Am oberen Ende hat sich ein kleines Kind zusammengerollt. Florin! Die Vernetzungsgrafik der Kameras gibt uns eine ungefähre Vorstellung, wo sich dieser Raum befindet. Wir hetzen durch Flure und Räume. Zweimal stellt sich ein Bewohner in den Weg, hat aber gegen uns drei keine Chance. Schließlich stehen wir vor einer verschlossenen Metalltür mit einer kleinen Sichtluke im oberen Teil. Lera schaut hindurch. Es ist der gesuchte Raum. Nur, wir haben keinen Schlüssel und das Schloss sieht komplex aus. Lera und ich wollen gerade zurück in den Salon und den bewusstlosen Mann nach einem Schlüsselbund durchsuchen, als über unser implantiertes Kommunikationsgerät eine Nachricht über Selena von Florian und Aylen kommt. Sie bitten uns, falls wir einen Ersten Minister in unsere Gewalt bringen würden, dessen Kopf vom Schiffscomputer scannen zu lassen. Ein Mann in dieser Position könnte für den Widerstand wertvolle Informationen haben.

Das trifft sich gut, wir wollten ja sowieso zurück. Wir finden den Schlüsselbund in seiner Kleidung, ich schultere den Mann und Lera geht voran, um mögliche Angreifer auszuschalten. Wir kommen unbehelligt wieder vor der Metalltür an.

Als der Junge die Tür aufgehen sieht, wimmert er und zieht sich weiter in die Ecke der Pritsche zurück.

Nadine geht auf ihn zu und spricht beruhigend auf ihn ein.

»Florin, wir sind hier, um dich zu deinen Eltern zu bringen. Du musst keine Angst haben. Wir tun dir nichts.«

Das Kind fasst Zutrauen und lässt sich von ihr auf den Arm nehmen. Schnell erreichen wir den Bereich außerhalb des Schirmes. Es ist Nacht und Selena kann uns unbeobachtet an Bord nehmen. Der immer noch bewusstlose Erste Minister wird auf eine Liege geschnallt und Selenas kleine Roboterhelfer beginnen ihre Arbeit.

Nadine setzt den Jungen ab; er läuft in Lins ausgebreitete Arme. Sie drückt ihn lange an sich und herzt und küsst ihn. Tränen laufen über ihr Gesicht. Als auch Voagen sich mit ausgebreiteten Armen dem Kind zuwendet, weicht dieses vor im zurück und verkriecht sich ängstlich in eine Ecke. Voagen steht mit hängenden Armen da und schaut uns mit unendlich traurigen Augen hilflos an. Dann verhärtet sich seine Miene und er rennt aus dem Raum. Lin und Nadine kümmern sich um das verängstigte Kind und Lera und ich schauen uns an. Es dauert eine Zeit, bis wir ahnen, was Voagen vorhat und laufen ihm hinterher. Wir reißen die Tür zum Untersuchungsraum auf. Voagen hat den bewusstlosen Mann von der Liege gerissen, auf den Boden geworfen und kniet auf ihm. Die Hände um seinen Hals gepresst haut er dessen Kopf immer wieder auf den Boden und schreit:

»Was hast du mit meinem Jungen gemacht? Du Schwein! Was hast du mit meinem Jungen gemacht?«

Wir ziehen ihn mit Gewalt von seinem Opfer weg. Lera untersucht den Mann und stellt dann fest:

»Er ist tot! Du hast ihn umgebracht, Voagen.«

Voagen lässt sich wie betäubt in unsere Mitte nehmen und zurück in den Kommandoraum führen. Lin und Nadine bringen das Kind zu Bett; es schläft auch sofort ein.

Wir sitzen alle zusammen. Meine Mutter fasst die Hände von Lin und Voagen und schaut ihnen in die Augen.

»Selena wird euer Kind wieder gesund machen. Sie wird alle seine Erinnerungen an die schlimme Zeit löschen. Und sie kann sogar in sein Unterbewusstsein eindringen. Das wird ein bisschen dauern, aber auch dort werden keine Schäden zurückbleiben.«

Dann wendet sie sich Voagen zu.

»Ich kann deine Reaktion zwar verstehen. Ich weiß nicht, wie ich in deiner Situation gehandelt hätte. Aber es war nicht richtig. Und du hast verhindert, dass Selena an Informationen über die Spitze der Hierarchie der Blauen kommt.«

Voagen schaut sie zerknirscht an.

»Es tut mir sehr leid. Ich hatte mich überhaupt nicht mehr unter Kontrolle. Der Gedanke daran, was dieser Mann alles mit meinem Kind angestellt haben könnte, hat mich fast wahnsinnig werden lassen. Ich verspreche euch: Ich werde mich in Zukunft zusammenreißen.«

In der kommenden Nacht legen wir den Toten vor seinem Anwesen ab. Seine Männer werden ihn am nächsten Morgen finden. Dann fliegen wir zurück zum mittleren Planeten.

Wenig später hat Selena die Behandlung des Jungen abgeschlossen. Er wacht auf und sieht als ersten seinen Vater, der neben ihm auf dem Bett sitzt. Er streckt seine Arme aus und sagt:

»Papa, was ist los? Wo bin ich? Was ist passiert?«

Voagen schaut seinen Sohn liebevoll an. »Du warst krank, mein Junge. Sehr krank. – Aber jetzt bist du wieder gesund. Es ist alle gut.«

Dann nimmt er ihn überglücklich in seine Arme.

Zurück im Hauptquartier lässt Selena es sich nicht nehmen unseren Bericht über die Geschehnisse zu kommentieren.

»Wie ihr den Minister fertig gemacht habt, nicht übel! Ich sage dazu nur eines: Viva Lera y Nadine!«

Lera schaut Nadine irritiert an.

»Was soll das denn nun wieder heißen? Und dann Spanisch? Weißt du, was Selena damit sagen will?«

»Ich glaube, ich habe da so eine Ahnung. Selena hat vermutlich wieder in alten Filmen vom letzten Jahrhundert auf der Erde gestöbert. Da gab es einen Film von Louis Malle mit zwei berühmten französischen Schauspielerinnen aus dieser Zeit, Brigitte Bardot und Jeanne Moreau. Eine Parodie auf Westernfilme und Märtyrer der mexikanischen Revolution. Die beiden jungen Frauen haben einen feindlichen Kommandanten auf vergleichbare Art völlig verrückt gemacht, allerdings haben sie mit Zaubertricks und Gesang gearbeitet. Sie gehörten einer Zirkustruppe an.«

Selena hat natürlich das letzte Wort.

»Kluges Mädchen! Nadine! Oder vielleicht Maria ...?«

EXODUS

Ich denke, dass es nun Zeit ist, Lera von meiner Idee zu erzählen. Sie kam mir, als Aylen von den vielen Grünen berichtete, die nur noch weglaufen und sich verstecken wollen.

Als ich fertig bin, meint sie:

»Das ist zwar riskant, aber es könnte klappen und würde vielen Grünen Hoffnung geben. Wir sollten es versuchen. Komm! Lass uns mit deinen Eltern darüber reden.«

Wir erzählen Florian und Nadine von der Idee.

Beide schauen uns lange schweigend an. Dann sagt Nadine:

»Ihr beiden wisst hoffentlich: Wenn das schief geht, kann es unser aller Ende bedeuten und das vieler Grüner gleich mit.« Und dann ergänzt sie.

»Aber ich bin sehr stolz auf euch. Ich denke, ihr seid jetzt erwachsen. Ihr bekommt von uns jede Unterstützung, die ihr braucht. Und ihr habt dabei das Kommando.«

Aylen ist skeptisch.

»Das wird so nicht klappen. Es ist schon einmal schief gegangen. Wir hatten damals viele Kämpfer verloren. Deshalb wird es auch schwierig, eine ausreichende Anzahl Freiwilliger zusammen zu bekommen.«

»Aber dieses Mal sind wir dabei«, wende ich ein, »und wir haben Selena. Unsere Chancen sind also um ein

Vielfaches höher. Es darf allerdings mit Ausnahme von Voagen kein Blauer unter den Freiwilligen sein, ja, nicht einmal davon wissen. Wir können uns keinen möglichen weiteren Verrat leisten.«

»Wie viele Leute braucht ihr denn?«

»Zwanzig dürften genügen. Mehr können wir auch nicht mit Selena transportieren. Sie ist eigentlich für maximal sechs Besatzungsmitglieder gebaut.«

Aylen denkt kurz nach.

»Also brauchen wir noch neunzehn Freiwillige.«

»Wieso neunzehn?«

»Na, ihr glaubt doch wohl nicht, dass ich mir es nehmen lasse, dabei zu sein.«

»Das ist keine gute Idee, Aylen. Wenn es schief geht, sind deine Leute führerlos. Das darf nicht passieren.«

»Wenn das schief geht, brauchen meine Leute keinen Anführer mehr. Die werden dann nur noch weglaufen und sich verstecken. Keiner wird mehr kämpfen wollen. Wir haben Jahrhunderte in Versklavung oder in Angst vor Versklavung gelebt, das lässt sich nicht so ohne Weiteres ablegen. Also, bis wann braucht ihr die Unterstützung?«

»Ich schätze, wir brauchen insgesamt zwei Monate für die Vorbereitung und für das Training der Freiwilligen. Kannst du sie innerhalb von sieben Tagen anwerben?«

»Ich werde sehen, was ich tun kann!« Damit verschwindet Aylen.

Als Erstes senden wir einen Hilferuf nach Gea. Wir brauchen für unser Vorhaben Unterstützung durch Techniker und Wissenschaftler. Es gibt ein Schwesternschiff von Selena, das gebaut wurde, nachdem das erste vor zwanzig Jahren von Blauen gekapert und bei der anschließenden Verfolgungsjagd zerstört wurde. Wir hoffen, dass sie uns damit zu Hilfe kommen.

Eine Woche später hat Aylen es geschafft. Vor uns steht eine hoch motivierte Truppe aus sieben Frauen und zwölf Männern. Es seien ihre Besten versichert Aylen. Aber wir müssen die Frauen ablehnen, wir können nur Männer gebrauchen. Sieben Frauen als Männer zu schminken ist zu aufwendig.

Zwei Tage später haben wir unsere Mannschaft zusammen. Als wir uns ihnen gegenüber als die Aliens zu erkennen geben, die angeblich umgekommen sind, bricht Jubel aus. Ihre Freude, dass wir am Leben sind, ist nicht gespielt, und Zweifel am Erfolg des Unternehmens sind wie weggeblasen.

Nun beginnt ein hartes Training. Die Grünen müssen binnen kurzer Zeit lernen, sich wie Soldaten zu benehmen. Dazu verwenden wir Videoaufzeichnungen von militärischen Ausbildungen. Und Selena betätigt sich wieder als Maskenbildnerin, diesmal auch bei Aylen.

Das Training ist abgeschlossen und der Tag der Entscheidung nahe. Von Gea haben wir immer noch keine Rückmeldung.

Wir schließen unseren Teil der Vorbereitung dennoch ab und werden die Aktion starten, denn unser Zeitfenster ist eng.

Der Abend der Entscheidung ist da. Es ist immer noch nicht gelungen, eine Verbindung zu Gera herzustellen. Jedenfalls bleibt die Antwort aus. Das können wir uns nicht recht erklären, denn die Übertragung an sich ist bewährt. Doch wir haben keine Wahl. Wir können unser Vorhaben nicht verschieben. Zwanzig Leute sitzen aneinander gequetscht auf dem Boden des Schiffes. Wir vier befinden uns mit Aylen und Voagen an den Konsolen in Selenas Kommando-Raum. Auch hier sind noch einige Kämpfer untergebracht. Sie hocken ebenfalls auf dem Boden. Unser Ziel ist die Reparaturhalle einer Fabrik mit gewaltigen Ausmaßen, in der die technisch rückständigen Raumschiffe der Blauen gebaut und gewartet werden. Das Gelände gehört nicht zum militärischen Bereich. Das vereinfacht unseren Plan. Die Reparatur eines gewaltigen Kriegsschiffes ist nach unseren Informationen heute beendet worden und das Schiff soll morgen wieder vom Militär übernommen werden. Heute Nacht ist also die einzige Möglichkeit, an das Raumschiff zu kommen. Durch das vorsorgliche Training haben wir eine komplette Mannschaft zusammen, die ein Kriegsschiff der Blauen steuern kann.

Wir landen in einer abgelegenen und stockdunklen Ecke des Geländes. Nachdem Selena sichtbar geworden ist, schweben unserer Kämpfer nach und nach im Antigrav-Aufzug zu Boden. Das dauert eine Zeit lang, weil nicht mehr als vier Personen im Aufzug befördert werden können. Unsere Truppe ist mit Kampfanzügen der Blauen ausgestattet. Sie nimmt Aufstellung und marschiert dann angeführt von Florian und Aylen im

Gleichschritt auf das beleuchtete Haupttor der Halle zu. Vor den Wachen halten wir. Mein Vater salutiert zackig.

»Kapitän Jurik und seine Mannschaft bereit zur Übernahme des Schiffes!«

Die Wache ist verunsichert.

»Wieso sind Sie jetzt schon hier, Kapitän? Die Übernahme soll doch erst morgen früh erfolgen.«

»Der Plan hat sich geändert. Hier sind die Papiere.«

Florian hält ihm einen Stapel Papiere hin.

»Tut mir leid Kapitän, da muss ich erst telefonieren, das kann ich so nicht entscheiden.«

Der Mann will zu dem an der Wand hängenden Apparat greifen, als er und seine Leute auch schon betäubt von unseren Strahlern am Boden liegen. Wir öffnen das große Tor und marschieren in die Halle.

Auch hier werden wir von einer Gruppe Wachsoldaten aufgehalten. Florian will gerade das Gleiche wiederholen, als einer der Soldaten ›Verrat‹ schreit und auf unsere Gruppe feuert. Er hat seine vor dem Eingang am Boden liegenden Kameraden entdeckt. Zwei unserer Leute brechen getroffen zusammen. Es folgt ein heftiger Schusswechsel. Die enorme Reaktionsschnelligkeit von Florian, Lera und mir erweist sich wieder einmal als unüberwindbar. In Kürze liegen alle Wächter betäubt am Boden und wir erstürmen das Schiff. Drinnen kommt uns ein Techniker entgegen, aber er hat keine Chance.

Wir tragen unsere beiden Verletzten ins Schiff und öffnen die Hallendecke. Unsere Mannschaft schafft es tatsächlich, nach nur zwei Wochen theoretischer Übungen das Schiff in Betrieb zu nehmen. Meine Eltern, Lera und ich bleiben zurück.

Das Kampfschiff erhebt sich, steigt aufwärts aus der Öffnung des Hallendachs und nimmt Fahrt auf in Richtung eines versteckt gelegenen, engen Talkessels im Reservat der Grünen. Dort wird Aylen mit unseren Kämpfern und weiteren Grünen das Blauen-Raumschiff mit einer riesigen Plane tarnen. Es müsste schon blöd kommen, wenn die Blauen ihr Schiff entdecken würden.

Noch immer haben wir keine Nachricht von Gea. Wir sind beunruhigt. Auch wird es langsam eng. Wir brauchen die Techniker und Wissenschaftler, um das Schiff mit geanischer Technik auszurüsten. Damit können wir, so mein Plan, das umgerüstete Schiff für einen Exodus der Grünen verwenden. Und zwar der Grünen, die nicht mehr gegen ihre Unterdrücker kämpfen wollen oder können. Das Ziel soll ein Planet sein, den Viviane, Nadine und Florian auf ihrer Reise durch die Galaxie besucht haben. Er trug pflanzliches und tierisches Leben und war von einer menschlichen Zivilisation besiedelt gewesen, die sich vor vielen Millionen Jahren selbst ausgerottet hatte.

Doch dann passiert etwas, das uns erstarren lässt. Noch während Aylen und ihre Leute mit der Tarnung des Schiffes beschäftigt sind, fängt Selena einen Notruf auf. Und der kommt aus dem gekaperten Schiff. Wir müssen darin einen oder mehrere Gegner übersehen haben. Wir fliegen sofort zum Talkessel – und kommen zu spät. Über dem Kessel schwebt ein Kriegsschiff der

Blauen und feuert auf das Schiff und unsere Leute. Wir können nichts tun, Selena besitzt keine Angriffswaffen.

Eine Rakete des Angreifers trifft unser gekapertes Schiff. Teile explodieren und wir sehen Kämpfer von Aylen durch die Luft schleudern. Wer kann, versucht sich in die Höhlen in den umliegenden Felswänden zu retten. Schließlich trifft eine zweite Rakete ihr Ziel und das Schiff geht in Flammen auf.

Nachdem das Kriegsschiff abgezogen ist, landen wir und suchen nach Überlebenden. An einer Felswand finden wir zwei Männer. Der eine liegt auf dem Boden, und der andere macht sich an dessen Bein zu schaffen, genauer, an dem was vom Bein noch übrig ist. Er bindet es oberhalb des Knies ab. Der Rest vom Bein fehlt. Wir kommen näher und erkennen, dass der Verletzte eine Frau ist. Aylen. Sie hat schwere Verbrennungen im Gesicht. Der Mann, der sich um sie kümmert, ist Voagen.

Wir schaffen die beiden ins Schiff. Selena versorgt Aylen mit Medikamenten, die ihr die Schmerzen nehmen und sie ansprechbar machen.

»Aylen, Selena wird dich wieder hinbekommen. Auch dein Bein. In jeder deiner Zellen ist der gesamte Bauplan deines Körpers gespeichert. Unsere geanische Medizin ist in der Lage, diesen Bauplan zu aktivieren. Selena kann hier an Bord dein Bein regenerieren, falls nötig, sogar deine inneren Organe. Es wird zwar ein paar Monate dauern, bis alles nachgewachsen ist, aber du musst dir keine Sorgen machen. Es wird alles wieder so sein wie früher. Selena ist sogar in der Lage, bei der Wiederherstellung einige Baumängel der Evolution zu beseitigen. Wenn du dein Einverständnis gibst, wird dein

Körper nach der Behandlung erheblich leistungsfähiger sein.

»Ist das wahr? Oh bitte, ja, macht das!« Aylen stehen vor Rührung und Erleichterung die Tränen in den Augen.

Dann kümmern wir uns um die restlichen Überlebenden und zählen die Toten. Wir beklagen 23 Tote und finden acht Verletzte, die notdürftig erstversorgt werden. Später wird Selena sich auch um sie kümmern.

Während Aylen noch von Selena medizinisch versorgt wird, verbreitet sich das Fiasko mit dem Kampfschiff der Blauen wie ein Lauffeuer unter den Grünen. Die Kommunikation der über den Planeten verstreuten Gruppen erfolgt über Lichtsignale mithilfe einfacher Spiegel. Wir erfahren von im Wesentlichen zwei Reaktionen. Die einen wollen weiterkämpften nach dem Motto ›Jetzt erst recht!‹, andere – und das ist die größere Gruppe – haben Angst und wollen sich nur noch verstecken.

Weit draußen in einem der Reservate vereinbaren wir ein Treffen der Gruppen- und Clanführer. Wir wollen sie über die neue Lage informieren und auch die Zögerlichen davon überzeugen, den Kampf fortzusetzen. Wir lassen uns von Selena dort absetzen und warten auf das Eintreffen der Führer. Wir nutzen die Zeit, mit den nach und nach eintreffenden Grünen die Lage zu besprechen. Etliche erfahren erst hier von unserer Anwesenheit und von den Möglichkeiten, die unser Raumschiff bietet. Wir hoffen, ihnen auf diese Weise Mut zu machen.

Es ist ein warmer sonniger Tag. Auf einer Waldlichtung haben wir den Versammlungsort eingerichtet. Überall auf dem Boden sitzen Gruppen und diskutieren und es kommen ständig neue an.

Auf einmal beginnt die Luft um uns herum zu vibrieren und wie aus dem Nichts erscheint über unseren Köpfen ein riesiges Raumschiff. Es erfüllt die Luft mit einem unangenehmen Dröhnen und muss über vierhundert Meter lang sein. Alle schauen entsetzt nach oben, selbst meine sonst so kontrollierten Eltern sind fassungslos. Warum hat Selena uns nicht gewarnt?

»Das ist ein Schiff der Blauen!«, schreit Nadine gegen den Lärm an, »ich kenne diese Bauart. Genau so ein Schiff hat damals Gea überfallen. Und sie haben offensichtlich die gleiche Tarnung entwickelt wie die Geaner, indem sie Licht umleiten können. Dazu müssen sie aber die Schwerkraft beherrschen. Wie kann das sein? Wir haben doch ihre Entwicklung beobachtet. Sie waren noch lange nicht soweit, dass sie mit dieser Technik umgehen konnten.«

Unter den Grünen, breitet sich Panik aus. Im großen Durcheinander versuchen sie, zu entkommen oder sich irgendwo zu verstecken. Auch wir rennen los. Das Schiff schwebt fünf Meter über dem Boden. Unten bildet sich ein schwach leuchtender breiter Zylinder.

»Das ist ein Antigrav-Aufzug!«, ruft Lera atemlos, »den haben sie also auch!«

Florian fasst sich und versucht, im Laufen über sein implantiertes Gerät Kontakt zu Selena herzustellen. Aber Selena antwortet nicht.

Wir wollen eine der Höhlen erreichen, die die Grünen überall als Verstecke eingerichtet haben. Im Laufen blicke ich über die Schulter zurück und sehe eine Gruppe von etwa zwanzig Männern und Frauen im Antigrav-Aufzug des fremden Schiffes zu Boden schweben. Sie sind in Tunika-ähnliche Gewänder gekleidet und werden offenbar von einer Frau und einem Mann angeführt.

Ich weiß sofort, was los ist und rufe den anderen zu: »Bleibt stehen! Es sind Geaner. Das sind Viviane und Adon.«

Die anderen schauen im Laufen vorsichtig zurück. Völlig verwirrt, aber erleichtert bleiben sie stehen. Langsam gehen wir zurück. Die Gruppe kommt uns entgegen, und es gibt eine herzliche Begrüßung. Besonders natürlich mit Leras Eltern.

Als Erstes wollen wir wissen, wie sie an das Schiff gekommen sind.

»Erinnert ihr euch an das Schiff, mit dem die Blauen vor zwanzig Jahren Gea überfielen? Das ließen sie zurück als sie das Schwesternschiff von Selena kaperten und damit flüchteten. Wir haben es umgebaut und mit geanischer Technik ausgerüstet. Deswegen hat es auch so lange gedauert. Wir dachten, das könnte bei dem Exodus der Grünen helfen.«

Ich bin erleichtert.

»Das hilft uns sehr. Besonders weil unser Versuch, ein Blauen-Schiff zu kapern und für den Exodus umzubauen, gescheitert ist. Wir sollten aber warten, bis Aylen wieder ganz gesund ist und die Führung übernehmen kann.«

Während Aylens Abwesenheit haben Lin und Voagen die Führung übernommen und wir beginnen, den Exodus zu organisieren. Zunächst müssen wir erfahren, wie viele Ausreisewillige es gibt. Lin überlegt.

»Ich schätze die Zahl derer, die aufgeben und nicht mehr gegen die Sklavenhalter kämpfen wollen, auf vielleicht fünftausend. Aber es gibt noch mindestens weitere dreitausend, die als Sklaven bei den Blauen leben. Von denen kann ich natürlich nicht sagen, wie viele bereit wären zu kämpfen und wie viele einfach nur in Freiheit leben wollen. Und ich habe auch keine Ahnung, wie wir die alle befreien können.«

»Hm! Das wird nicht einfach«, äußert sich Adon. »Das Schiff fasst etwa 500 Leute und erreicht bei weitem nicht Selenas Geschwindigkeit. Wenn wir als Ziel den Planeten ins Auge fassen, auf dem die Zivilisation vor 350 Millionen Jahre ausgestorben ist, dann dauert ein Flug etwa zwei Monate. Wir brauchen also grob geschätzt dreieinhalb Jahre um Fünftausend zu evakuieren.«

Lin bittet uns inständig.

»Auch wenn es aufwendig ist – ihr solltet es trotzdem tun. Viele unserer Leute sind verängstigt, weil sie ständig auf der Flucht sein müssen, immer in der Gefahr, gefangen zu werden und als Sklaven zu enden. Für ein Leben ohne Angst und Verfolgung würden sie Alles geben.«

Während die geanischen Techniker und Wissenschaftler noch an einigen Verbesserungen am Schiff arbeiten treffen die ersten Auswanderungswilligen ein. Es sind ausschließlich Grüne. Unter den gemischtrassigen Paaren ist keines, das fort will. Sie sehen diesen Planeten als ihre Heimat an und wollen notfalls bis zum Tode für die Befreiung von den Unterdrückern kämpfen. Auch blaue Überläufer bleiben vorerst außen vor. Es muss sich erst zeigen, ob sie die ihrer Rasse eigene sehr starke Aggressivität im Griff haben. Da jedoch etliche mit den Grünen gegen ihre eigenen Leute zusammenarbeiten, könnte man daraus schließen, dass dieses Verhalten möglicherweise erlernt und nicht angeboren ist. Aber das herauszufinden, soll jetzt nicht unser Problem sein.

Aylen ist wieder gesund und begeistert von ihren neuen körperlichen Fähigkeiten.

»Ich kann es gar nicht erwarten, ein paar Blaue fertigzumachen«, erklärt sie ungeduldig.

Nadine bremst ihren Tatendrang.

»Aylen. Komm auf den Boden zurück. Du besitzt zwar eine ungeheuer schnelle Reaktionsfähigkeit und schnell laufen konntest du ja schon immer, aber du bist kein Superweib. Du bist verletzbar, wie alle anderen Menschen auch, und unbewaffnet kannst du gegen einen bewaffneten Feind kaum etwas ausrichten, außer vielleicht im rasenden Zickzack fortlaufen.«

Dann beginnt der Exodus. Lange Schlangen von Auswanderern haben sich vor der Schleuse gebildet. Mit staunenden Augen sehen die Grünen ihre Mitreisenden im Antigrav-Aufzug nach oben schweben und im Bauch des Schiffes verschwinden. Adon und Viviane stehen neben dem Aufzug und teilen die Menschen in Gruppen zu maximal zwanzig ein. Mehr auf einmal kann der Aufzug nicht bewältigen. Etliche der Wartenden werfen scheue, aber auch bewundernde Blicke auf Leras Eltern und auf die anderen anwesenden Geaner. Auf Grüne wirkt helle Haut ausgesprochen exotisch, sie haben so etwas noch nie gesehen und die braunen Augen von Viviane schon gar nicht. Manche berühren vorsichtig deren Körper und streichen über die Haut. Florian hatte mir von der ersten Begegnung mit den Grünen erzählt. Auch damals bewunderten sie Haut- und Augenfarbe unserer Eltern und zeigten deutlich, dass sie sich davon auch erotisch angezogen fühlten. Die Grünen haben nämlich ein sehr entspanntes Verhältnis zur Sexualität. Aber damals wie heute ist der Respekt vor diesen Fremden so groß, dass sie sich nicht trauen, deutlicher zu werden.

Schließlich sind alle an Bord. Adon und Viviane leiten diesen ersten Teil des Exodus. Von den Geanern sind zwei Techniker dabei. Wir bleiben über Selena in ständigem Kontakt. Der Funkverkehr unterliegt nicht der Lichtgeschwindigkeitsgrenze, da er außerhalb der vierdimensionalen Raumzeit stattfindet.

Das Schiff hebt unter voller Tarnung mit 498 Auswanderern ab. Alles verläuft ruhig. Es passiert unbehelligt den Sperrgürtel automatischer Abwehrraketen, den die Blauen um ihr inneres Sonnensystem errichtet haben.

Doch dann gibt es eine Explosion im hinteren Teil des Schiffes dort, wo sich die Technik für den Antrieb, den Schutzschirm und die Tarnung befindet. Tarnung und Schutzschirm fallen aus. Das Schiff wird sichtbar. Es ist zwar inzwischen unerreichbar für die automatischen Abwehrraketen, aber drei große Kriegsschiffe des Militärs, die sich scheinbar zufällig in der Nähe befinden, nehmen sofort die Verfolgung auf. Innerhalb des Sonnensystems kann der Quantenantrieb nicht aktiviert werden, es befindet sich zu viel Masse im Raum. Die feindlichen Schiffe kommen näher und feuern Raketen ab. Adon kann den Geschossen ausweichen. Das Schiff ist trotz seiner immensen Masse sehr wendig, denn Adon hat beliebig viel Energie zur Verfügung, um die Massenträgheit auszugleichen, und da die Geaner die Gravitation beherrschen, bekommen die Reisenden von den ruckartigen Manövern nichts mit. Außerdem ist er ein geschickter Pilot mit enormer Reaktionsschnelligkeit. Aber allzu lange wird er dem Trommelfeuer nicht standhalten können. Viviane klammert sich angstvoll an ihn. Doch Adon bleibt erstaunlich ruhig.

Dann geschieht etwas Merkwürdiges. Es ist, als seien die fremden Schiffe und ihre Geschosse gegen eine unsichtbare Wand geprallt. Sie verharren auf der Stelle im Raum.

Adon grinst Viviane an.

»Ich hab ganz vergessen dir zu sagen, dass wir die Blauen isoliert haben. Auf unserem Weg von Gea hierher haben wir eine Art Hülle aus Staubteilchen um deren Sonnensystem gelegt. Nur ist das kein Staub, sondern es sind Nanoteilchen, die in der Lage sind, den

Antrieb jedes fremden Schiffes zu blockieren, wenn es sich in eine Richtung bewegt, die vom Sonnensystem fortführt. Wenn sie umdrehen, wird alles wieder funktionieren. Wir haben das inzwischen auch um Gea gemacht, nur mit umgekehrtem Vorzeichen. Kein fremdes Schiff kann in das Sonnensystem um Gea eindringen. Wir sind damit unauffindbar. Doch jetzt sind die Blauen isoliert. Sie werden nie wieder ein Schiff losschicken können, um andere Zivilisationen zu überfallen.«

»Aber was ist«, fragt Viviane, »wenn sie in ferner Zukunft auf einem technischen Stand sind, der sie die Blockade durchbrechen lässt?«

»Das wird noch Hunderte von Jahren dauern. Und sollte es soweit kommen, setzen wir fortschrittlichere Techniken ein. Wir sind ihnen um ein paar tausend Jahre in der Entwicklung voraus und wir entwickeln uns weiter. Das werden sie niemals einholen.«

Adon denkt einen Moment nach, dann fährt er fort.

»Doch, ich denke, es wird gar nicht erst so weit kommen. Die Blauen beuten ihre Planeten rücksichtslos aus. Einen haben sie bereits zerstört und radioaktiv verseucht. Es wird keine zweihundert Jahre dauern, dann ist auch der zweite Planet unbewohnbar. Und in den nächsten hundert Jahren werden sie rücksichtslos um die letzten Ressourcen kämpfen und sich gegenseitig umbringen. Die blaue Rasse wird in spätestens dreihundert Jahren nahezu ausgestorben sein. Allerdings werden ihre Gene in den Mischlingskindern aus Partnerschaften mit den Grünen überleben. Bevor das alles jedoch geschieht, müssen wir rechtzeitig alle überlebenden Grünen ebenfalls evakuieren. Was wir dann mit den noch lebenden blauen Überläufern machen, weiß ich jetzt noch nicht. Aber sie ihrem Schicksal auf den Planeten zu überlassen, können wir nicht machen. Da muss uns etwas einfallen, aber nicht heute – das hat ja noch viele Jahre Zeit.«

Dann wird Adon ernst.

»Unser Problem ist im Augenblick aber ein anderes. Warum setzte Tarnung und Schutzschirm genau in dem Augenblick aus, als sich drei fremde Schiffe in der Nähe befanden? Das kann kein Zufall sein. Ich befürchte, wir haben einen Maulwurf unter unseren Leuten.«

»Der muss sich aber nicht auf dem Schiff befinden«, wendet Viviane ein. »Die Gegner können schon länger von uns gewusst haben und haben nur darauf gewartet, problemlos zuschlagen zu können.«

»Aber wie haben sie dann unsere Tarnung im genau richtigen Moment abschalten können?«

Die Frage ist berechtigt. Über unsere Funkverbindung haben wir unten auf dem Planeten alles mitbekommen und beginnen mit der Suche nach der Schwachstelle. Lera scannt wieder einmal alle blauen Überläufer, die in irgendeiner Form mit der Aktion zu tun hatten. Aber Fehlanzeige. Das kann nur bedeuten: Wenn es einen gab, dann hat er sich abgesetzt.

Den entscheidenden Hinweis bekommen wir ausgerechnet von jemandem, von dem wir es nicht erwartet hätten. Voagen, den mein Vater damals bei der ersten Begegnung als schlitzohrigen Ganoven kennengelernt hat, gesteht uns verschämt, dass er zwischenzeitlich unseren geanischen Technikern und Wissenschaftlern die unsinnigsten Sachen und Gerätschaften angedreht hat, indem er deren Funktionalität in höchsten Tönen anpries und dabei das Blaue vom Himmel herunter log. Im Gegenzug hat er einen kleinen Kasten von der Größe einer Autobatterie bekommen, der unglaubliche Mengen an Energie speichern kann.

»Fragt doch mal eure geanischen Helfer«, wendet er sich mit treuem Dackelblick an meine Eltern, Lera und mich, »ob nicht einer unserer blauen Verbündeten unter einem Vorwand einen Geaner dazu gebracht hat, etwas unter das Gepäck zu schmuggeln.«

Wir vier nehmen seinen Vorschlag auf und forschen bei unseren Geanern nach. Mit Erfolg. Voagen lag richtig.

Ich übermittele unsere Erkenntnis an Adon.

»Die Schwachstelle liegt bei unseren eigenen Helfern. Unsere geanischen Techniker und Wissenschaftler sind zu vertrauensselig. Sie kennen keine Hinterlist und üblen Tricks, weil es das auf unserem Planeten nicht gibt. Diese Schwäche hat der Gegner ausgenutzt, um eine Zeitbombe an Bord zu schmuggeln. Wir werden hier möglicherweise weitere Probleme bekommen. Der Feind weiß offenbar von dem Exodus.«

»Zumindest ist geklärt«, teilt uns Adon mit, »dass der Saboteur sich nicht bei uns an Bord befindet, und die Schäden bekommen unsere beiden Techniker schnell in den Griff.«

Er fährt fort.

»Doch was wollen die Blauen machen? Uns können sie nicht aufhalten, und wenn wir zurückkommen, werden sie das nicht feststellen können. Unsere Tarnung ist perfekt. Außerdem werden sie in den nächsten Jahren mit vergeblichen Versuchen beschäftigt sein, die Blockade zu durchbrechen.«

Adon zögert einen Moment. Dann kommt seine Stimme klar und bestimmt aus dem Kommunikationsgerät.

»Ich wollte es Euch erst sagen, wenn ich meine Berechnungen abgeschlossen habe. Teilt es bitte auch der Führungsriege um Aylen mit. Meine beiden Techniker und ich werden die Reisezeit dazu nutzen, an Verbesserungen des Antriebs zu arbeiten. Wir stehen ja nicht mehr unter Zeitdruck. Es ist so gut wie sicher, dass dieses Schiff am Ende nahezu die Geschwindigkeit von Selena erreichen wird. Das würde die Reisezeit von einigen Monaten auf wenige Wochen verkürzen. Damit wird der Exodus viel schneller zu bewerkstelligen sein beziehungsweise wir können, wenn gewünscht, viel mehr Grüne evakuieren.«

Hinter uns hören wir Jubelschreie. Aylen, Lin, Voagen und Grüne aus der Führungsriege liegen sich vor Freude in den Armen. Sie haben mitgehört.

Die Erde

Leras Eltern sind für etliche Monate fort und auch wir beschließen, uns auf den Weg zu machen. Es wird Zeit zur Erde aufzubrechen und die Menschen vor der Invasion der Blauen warnen. Meine Eltern sowie die Wissenschaftler und Techniker von Gea warten dagegen auf die Rückkehr des Exodus-Schiffes. Sie nutzen die Zeit, das Leben der noch freien Grünen vor Angriffen der Herrenrasse zu schützen und sie aktiv beim Kampf gegen die Unterdrückung zu unterstützen. Sie stören sämtliche Kommunikationssysteme der Blauen während die Grünen unter Führung von Nadine, Aylen und Florian immer wieder Befreiungsaktionen versklavter Grüner initiieren.

Lera und ich fliegen allein zur Erde. Wir betrachten es als Abnabelungsprozess von unseren starken Eltern. Aber es macht uns auch stolz, dass unsere Eltern uns zutrauen, diese Aufgabe zu bewältigen. Selenas Datenspeicher versorgen uns mit allen Informationen über den Planeten. Dieses Wissen ergänzen wir auf dem mehrtägigen Flug durch die Aufzeichnungen des getarnten Beobachtungssatelliten.

Die Menschheit hatte beim letzten Besuch unserer Eltern einen verheerenden Bürgerkrieg hinter sich, den nur jeder Fünfte überlebte. Danach war sie auf den Stand der vorindustriellen Zeit zurückgefallen.

Die neuen Daten des Satelliten verblüffen uns. Die Menschen haben in den letzten zwanzig Jahren technisch enorme Fortschritte gemacht. Es muss etwas geschehen sein, das für den gewaltigen Sprung in Technik, Wissenschaft und Forschung verantwortlich ist. Es gibt bewohnte Forschungsstationen auf dem Mond. Auf dem Mars befinden sich Siedlungen unter Kuppeln aus einem durchsichtigen und offenbar sehr widerstandsfähigen Material, und auf einigen Asteroiden baut man Rohstoffe ab. Zwischen Mars, Asteroiden, Mond und Erde herrscht reger Schiffsverkehr, allerdings nur mit Antrieben im Unterlichtgeschwindigkeitsbereich.

Auf dem Planeten sehen wir keinerlei zerstörte Gebiete. Städte und Industrieanlagen sind wieder aufgebaut. Die Erde hat sich in nur etwas mehr als zwanzig Jahren von den schweren Verwüstungen des fünfzehn Jahre dauernden Bürgerkrieges erholt. Neue Städte sind entstanden und es gibt wieder eine weltumspannende Kommunikation. Manche der zerstörten Megastädte in Fernost hat sich die Natur zurückgeholt. Die endlosen Trümmerfelder sind von der Vegetation überwuchert. Da von fast neun Milliarden Menschen nur eineinhalb überlebt haben, sind viele dieser Städte nicht mehr besiedelt worden.

Überrascht stellen wir fest, dass die Industrie keine Abgase produziert. Die Luft ist sauberer, als vor 80 Jahren, als unsere Eltern die Erde zum ersten Mal verließen. Das Zeitalter der Energie aus fossilen Brennstoffen ist offenbar überwunden und durch elektrische ersetzt worden, die in mehr als ausreichender Menge zur Verfügung zu stehen scheint.

Aber es gibt keine Weltregierung. Sie wäre die logische Folge aus den Erfahrungen der Vergangenheit gewesen. Stattdessen haben sich einzelne Regierungen zu Staatenbünden zusammengeschlossen, wie der Verband der Staaten Nord- und Südamerikas, die Union der Südostasienstaaten, der Verbund australisch-neuseeländisch-pazifischer Staaten und eine europäische Union im losen Verbund mit Russland. Nur China besteht als Einzelstaat weiter. Es gibt eine Nachfolgeorganisation der Vereinten Nationen, aber sie hat wenig Einfluss. Es sieht so aus, als hätten die Menschen nichts aus der verheerenden Vergangenheit gelernt. Mit einer Ausnahme: Man hat genug von Krieg und Gewalt. Es gibt keine Armeen, also haben die Regierungen offenbar kein Interesse an militärischen Auseinandersetzungen. Sie bezeichnen sich als Demokratien, aber es macht uns stutzig, dass die Wahlbeteiligung, den offiziellen Angaben nach, bei nahezu einhundert Prozent liegt.

»Wie sollen die Menschen unter diesen politischen Bedingungen der Invasion der Blauen in zwei Jahren begegnen?«, fragt Lera resignierend.

Also müssen wir etwas unternehmen. Selena soll herausbekommen, welche der Staatenbünde überhaupt in der Lage wären, eine Verteidigung aufzubauen. Zu denen wollen wir dann Kontakt aufnehmen.

Die Recherchen ergeben, dass sowohl die amerikanischen Staaten, als auch der europäische Verband in Frage kämen.

Nur, wie kommen wir an die entsprechenden Regierungen heran? Wir könnten natürlich mit dem Raum-

schiff einfach so erscheinen. Es würde sicherlich einigen
Wirbel auslösen und einen Kontakt ermöglichen. Aber
zwei Gründe halten uns davon ab. Erstens hatten unsere Eltern mit der damaligen US-amerikanischen Regierung schlechte Erfahrungen gemacht, als sie mit Selena
dort landeten. Zweitens trauen wir den Regierungen
nicht. Die hohen Wahlbeteiligungen lassen uns daran
zweifeln, dass die Regierungen demokratisch gewählt
sind. Außerdem wollen wir herausbekommen, wie das
Energieproblem gelöst wurde. Elektrische Energie in
großen Mengen zu speichern, erforderte auf der Erde
bisher einen gewaltigen Aufwand mit nur geringer Ef-
fektivität.

Selena landet unter voller Tarnung am Rande der neu-
en europäischen Hauptstadt Novo Brussels. Wir mischen uns unter die Leute.

Zunächst fallen uns unzählige Bettler auf. Armut
scheint folglich ein Problem der neuen Gesellschaften
zu sein. Das können wir uns nicht erklären. Wenn sie
das Energieproblem gelöst haben und somit Energie für
alle vorhanden ist, dürfte es keine Armut mehr geben.

Wir versuchen mit ein paar alten Männern beiläufig ins
Gespräch zu kommen. Sie sitzen in einem Park schweigend in der Sonne. Doch unsere Fragen stoßen auf
Unverständnis. Wieso fragen wir nach etwas, das allgemein bekannt ist. Sie fühlen sich auf den Arm genommen und wenden sich ab.

Wir gehen weiter. Vor uns liegt eines der wenigen im
Großen Krieg nicht zerstörten Gebäude. Inschrift am
und Plakate vor dem großen Haus weisen darauf hin,

dass es sich um ein neu eröffnetes geschichtliches Museum handelt, in dem Ausstellungen die Zeit während und nach dem verheerenden Krieg dokumentieren.

Zwei Flügeltüren führen in eine Eingangshalle. Auf beiden Seiten gelangt man über breite Treppen in einem Viertelbogen nach oben. Eine Dame im blauen Kostüm mit einem Aktenordner unter dem Arm kommt uns entgegen. Wir sprechen sie an und geben uns als Reporter aus, die jemanden suchen, der als Zeitzeuge von der Wiederaufbauphase nach dem Großen Krieg erzählen kann und darüber wie die Veränderungen zustande kamen. Wir haben Glück! Sie ist die Verwaltungschefin des Museums und bereit, uns persönlich Rede und Antwort zu stehen.

Etwas später sitzen wir zusammen und sie erzählt.

»Die Wende kam, als der Owen erfunden wurde. Das geschah im fünften Jahr nach dem Großen Krieg. In Hamburg hatte eine Wissenschaftlergruppe unter der Leitung von Owen Myers eine Möglichkeit entwickelt, riesige Energiemengen auf kleinstem Raum zu speichern. Sie arbeiteten im Hamburger Weltwirtschaftsarchiv und beschäftigten sich eigentlich damit, Daten aus den Zeiten des Großen Krieges zu archivieren. Da sie aber elektrischen Strom brauchten, um ihr weltumspannendes Funknetz aufrecht zu erhalten – es war alles ja zerstört – erfanden sie so nebenbei den Owen-Akku oder, wie man heute kurz sagt, den Owen. Heute baut man Owens, die über fünf Terawattstunden oder fünf Milliarden Kilowattstunden Energie zur Verfügung stellen können; das ist ungefähr so viel wie eine Stadt wie Novo Brussels in einem halben Jahr verbraucht. Und diese Geräte sind nicht größer und schwerer als eine Autobatterie früherer Zeit.«

Lera und ich schauen uns an. Wir wissen, wie Owen und seine Wissenschaftler die Entdeckung der fast unbegrenzten Speicherung elektrischer Energie bewerkstelligt hatten. Als meine und Leras Eltern vor über 20 Jahren die halbzerstörte Erde aufsuchten, ließen sie ihm und seinen Leuten solch ein Gerät da, damit sie ihr weltumspannendes Funknetz verbessern konnten. Sie hatten ihn allerdings davor gewarnt, das Gerät auseinanderzunehmen. Die Energie, die dann freigesetzt worden wäre, hätte eine Stadt wie Hamburg in einem riesigen Loch verschwinden lassen. Es muss seinen Leuten aber trotzdem gelungen sein, das Gerät zu analysieren und nachzubauen.

»Was ist aus Owen geworden?«, wollen wir wissen.

»Er hat leider nichts von seiner Erfindung gehabt. Kurz, nachdem er und seine Mitarbeiter damit an die Öffentlichkeit traten, starb er an einem Herzinfarkt. Die Aufregung war wohl zu groß für ihn. Er war ja damals über achtzig Jahre alt.«

Dann fragen wir, wie es zu der verbreiteten Armut gekommen ist.

»Ein Owen-Akku ist enorm teuer. Kein normaler Mensch könnte den bezahlen, wenn nicht die Energieunternehmen gleichzeitig einen Kredit geben. Daher sind fast alle Bürger hoch verschuldet. Und wenn sie dann in einen finanziellen Engpass geraten und ihre Raten nicht mehr bezahlen können, wird ihnen der Owen abgenommen. Sie haben keinen Zugang mehr zu elektrischer Energie und sind folglich von allem abgeschnitten. Denn auf elektrischer Energie beruht das gesamte Wirtschaftssystem.«

Lera und ich schauen uns an. Irgendetwas stimmt da nicht. Auf Gea lernt jeder Schüler, wie Speicher gebaut werden, die elektrische Energie in fast unbegrenzter Menge zur Verfügung stellen können, und der Bau ist auch nicht sonderlich aufwendig oder teuer. Wenn Owens Techniker das Prinzip verstanden hatten und ihn nachbauen konnten, dann wussten sie, dass das relativ einfach zu bewerkstelligen war.

Wir fragen die Frau:

»Wie teuer ist denn so ein Owen?«

»Ungefähr 120.000 Doubles, also etwa zehn durchschnittliche Jahresgehälter.«

»Erklären sie doch bitte unseren Lesern, wie es zu dem Double kam. Früher hatte man unter anderem Dollars und Euros.«

»Der Doble, Double oder Doppel ist eine Weltwährung. Ursprünglich kommt der Name von dem Wort ›World-Dollar‹, kurz: W-Dollar, double-you-dollar ausgesprochen. Das ist jedoch fast schon ein Zungenbrecher, daher verkürzte man auf Double.«

Plötzlich bricht ihr Redeschwall ab, sie schaut auf ihre Armbanduhr und dann auf den Aktenordner in ihrer Hand. Mit einem verlegenen Lächeln erklärt sie:

»Entschuldigen Sie bitte, ich kann ihnen leider nicht mehr Zeit widmen. Sie verstehen. Die Arbeit ruft.«

Damit verabschiedet sie sich.

Wir sind zwar etwas schlauer, aber irritiert wegen der Ungereimtheiten.

Bevor sie hinter der nächsten Tür verschwindet, rufe ich ihr nach.

»Sagen Sie uns noch eins: Wie können wir Kontakt zu dem Regierungspräsidenten aufnehmen?«

»Überhaupt nicht! Er gibt keine Interviews. Niemand kommt an ihn heran.«

Dann ist die Tür zu.

Da wir nun einmal hier sind, nutzen wir die wieder existierenden Computer im Leseraum. Wir wollen Genaueres über die Energieunternehmen herausfinden.

Es gibt weltweit fünf solche Unternehmen: World Energy (WE), Energy for Everyone (EfE), Happy Energy (HappEn), United Electric (UE) und Gobal Energy (GloEn). Sie stehen in Konkurrenz zueinander und versorgen die Menschen mit Owens. Die Preise unterscheiden sich allerdings nur minimal. Als wir versuchen, etwas über die Struktur der Unternehmen herauszubekommen, stürzt der Computer ab und lässt sich auch nicht wieder hochfahren.

Wir geben auf und verlassen das Gebäude. Draußen empfängt uns ohrenbetäubender Lärm. Drei Fahrzeuge halten mit quietschenden Bremsen und lautem Sirenengeheul vor dem Museum und sechs Uniformierte stürmen ins Haus.

Wir haben da wohl mit unserer Recherche bei den Energieunternehmen in ein Wespennest gestochen.

Die nächsten Tage treiben wir uns im Regierungsviertel herum. Wir versuchen, als Zuschauer an den Sitzungen des Parlaments teilzunehmen, erfahren aber, dass die Sitzungen nicht öffentlich sind. Stundenlang lungern wir vor dem Gebäude herum, bis sich gegen Abend die großen Türen öffnen und eine Gruppe Herren mittleren Alters in dunklen Anzügen heraustritt. Wenig später verlassen einzelne Nachzügler das Gebäude. Lera nimmt die Gelegenheit sofort wahr.

Einer der letzten Herren eilt die Stufen herab und rennt sie um. Sie fällt zu Boden. Bestürzt beugt er sich über sie und will ihr aufhelfen. Sie stützt sich auf ihn, während er sich tausendmal bei ihr entschuldigt. Er hätte sie leider nicht gesehen, da er in Gedanken versunken gewesen sei. Sie lächelt ihn an und sagt, sie hätte sich den Fuß wohl leicht gezerrt und es auch ihre Schuld sei, sie hätte besser aufpassen müssen. Der Mann betrachtet Lera nun genauer und seine Augen, in denen sich Bewunderung und Begehrlichkeit abwechseln, gleiten über ihren fantastischen Körper.

»Soll ich Sie in ein Krankenhaus bringen?«, fragt er eher zögerlich. Man sieht ihm an: Er hofft, dass sie ablehnt. Was sie auch tut.

»Darf ich Sie dann wenigstens als Entschädigung zu einem Kaffee oder Tee einladen?«

Er darf.

Auf dem Weg zum Café hakt sich Lera bei ihm unter. Sein Blick gleitet immer wieder verstohlen zu ihr hinüber, sie muss mit ihrem Aussehen einen gewaltigen Eindruck bei ihm hinterlassen haben. Dann verschwinden beide in einem Restaurant und ich kann nur warten.

Nach einer Stunde kommen sie heraus. Lera humpelt kaum noch. Sie unterhalten sich angeregt. Dann bleiben sie stehen und Lera haucht ihm zu Abschied einen Kuss auf die Wange. Er will sie umgreifen und festhalten, aber sie windet sich aus seiner Umarmung und läuft, immer noch leicht humpelnd, davon. Sie dreht sich noch einmal um, lächelt ihm zu und ist hinter einer Gebäudeecke aus seinem Sichtfeld verschwunden.

»Puh, das war heftig«, stöhnt sie, »der hätte mich am liebsten gleich ins Bett gezerrt. Ich hab in seinen Gedanken gelesen und einiges erfahren: Er ist Abgeordneter. Es gibt 500 davon und darunter sind gerade einmal sechs Frauen. Man hat sich offenbar, was die Emanzipation angeht, zurückentwickelt. Die Abgeordneten haben keinerlei Befugnisse, sie können lediglich die Vorlagen der Regierung abnicken.«

»Siehst du eine Möglichkeit, über ihn an den Präsidenten heranzukommen?«, frage ich Lera.

»Ich glaube, eher nicht. Dafür ist er ein zu kleines Licht. Aber er hat einen guten Bekannten unter den Abgeordneten, der zu dem Beraterkreis des Präsidenten gehört. Vielleicht kann er mich mit dem bekannt machen. Ich bin mit ihm morgen nach der Sitzung verabredet. Ich glaube er frisst mir aus der Hand. Er ist unheimlich scharf auf mich.«

Lera grinst mich schelmisch an.

»Falls er allerdings zudringlich werden sollte, muss ich ihn mir wohl gewaltsam vom Leibe halten.«

Bei der nächsten Verabredung bezirzt sie ihren neuen Freund.

»Ich finde es toll, so berühmte Leute kennenzulernen, die im Parlament arbeiten. Kannst du mir nicht auch deinen Freund vorstellen. Ich würde ihn gern kennenlernen.«

Das will er aber auf keinen Fall. Der Freund könnte ihm ja seine neue Freundin ausspannen. Doch sie bearbeitet ihn immer wieder, so lange, bis er zustimmt. Sie verspricht ihm dafür eine Nacht, ›die er nie vergessen wird‹.

Das Treffen findet am folgenden Tag statt. Es kommt genau so, wie es der Abgeordnete befürchtet hatte. Sein Freund ist von Lera hingerissen.

Als Lera später zu mir kommt, ist sie sichtbar geschafft.

»Du musst mir helfen, den Abgeordneten loszuwerden. Wir müssen ihn dazu bringen, dass er von sich aus aufgibt und mich kampflos seinem Freund überlässt. Ich weiß, dass er verheiratet ist. Damit müsste doch etwas anzufangen sein?«

Ich habe eine Idee.

»Finde einen Tag heraus, an dem er nach der Sitzung von seiner Frau zuhause erwartet wird. Dann fängst du ihn ab und bettelst so lange, bis er sich bereit erklärt, wenigstens ein paar Minuten mit dir zu verbringen. Geht einen Kaffee trinken. Er muss unter Zeitdruck stehen, damit er nicht auf die Idee kommt, mit dir ein Schäferstündchen zu verbringen. Zum Abschied turtelst du auf der Straße noch ein bisschen mit ihm herum und ich mache Fotos.«

Zwei Tage später habe ich eindeutige Fotos und klingele vormittags an der Haustür seiner Wohnung. Eine junge, gut aussehende Frau öffnet und schaut mich misstrauisch und abweisend an. Sie ist allein. Er ist in einer Sitzung.

»Entschuldigen Sie, dass ich Sie so überfalle«, versuche ich sie zu besänftigen, »ich habe hier ein paar Fotos, die Sie interessieren dürften. Ich bin Privatdetektiv.«

Damit halte ich ihr eines der Fotos hin.

»Ich habe fünf Fotos, die ich Ihnen gern verkaufen würde. Ich brauche dringend Geld.«

Der Betrag, den ich dann nenne, ist lächerlich gering. Sie geht daher sofort darauf ein. Weitere vier Fotos wechseln gegen ein paar Scheine den Besitzer. Ich bedanke mich höflich und bin verschwunden.

Lera erfährt später, dass seine Ehefrau ihm am Abend dermaßen die Hölle heiß machte, dass er sich nicht mehr traut, sie weiterhin zu treffen. Damit ist für sie die Bahn frei, den Berater des Präsidenten auszuhorchen.

So bringen wir zunächst in Erfahrung, wo der Präsident wohnt, wann er zu Sitzungen des Parlaments fährt, wie viele Bewacher er hat, und dass er Kontakt zu einem Mitarbeiter eines Energieunternehmens pflegt. Doch jetzt kommt der kniffligste Teil der Aktion: den Abgeordneten dazu zu bringen, fast ohne Gegenleistung Leras Wunsch zu erfüllen. Also beginnt Lera heftig mit ihm zu flirten und zu schmusen. Erst jetzt ist er bereit, sie beim nächsten Anlass dem Präsidenten vorzustellen.

Ich muss gestehen, dass ich ihren Aktionen mit gemischten Gefühlen gegenüberstehe. Doch ich mache mir immer wieder bewusst, dass ich mich zum Einen voll auf sie verlassen kann – sie würde eine bestimmte Grenze niemals überschreiten – und zum Anderen schon lange damit lebe, als Partnerin eine starke und höchst attraktive Frau zu haben, die die Blicke sämtlicher Männer auf sich zieht.

Die Tage vergehen. Dann ist es soweit. Lera und ihr neuer Freund sind auf dem Weg zum Präsidentenpalast. Dort findet einer der üblichen und zahlreichen Empfänge statt. Sie wollen gerade das Eingangsportal betreten, als sie von einer Gruppe Uniformierter umringt werden. Sie werden angeführt von einem jungen Mann, den ich als den Abgeordneten erkenne, an den sich Lera zuerst herangemacht hat.

»Nehmt sie fest«, befiehlt er. Und an die beiden gewandt:

»Sie sind festgesetzt wegen des Verdachts der Bildung einer Terrorgruppe. Den geplanten Anschlag auf den Präsidenten konnten wir gerade noch vereiteln.«

Und leiser sagt er zu seinem Freund, wie ich später von Lera erfahre:

»Du glaubst doch wohl nicht, dass ich mir so ohne Weiteres meine Freundin ausspannen lasse.«

Ich muss zusehen, wie Lera abgeführt wird. Gegen eine solche Übermacht komme auch ich mit meinen besonderen Fähigkeiten nicht an.

DER WIDERSTAND

Ich nehme über mein mikroskopisch kleines, unter die Haut implantiertes Gerät Kontakt zu Selena auf. Auch Lera hat so ein Gerät. Über das Raumschiff kann ich auf diese Weise mit Lera kommunizieren, wenn sie gerade unbeobachtet ist und sprechen kann. Selena und Lera können natürlich telepathisch zueinander Kontakt aufnehmen, das geht aber nur innerhalb eines begrenzten Radius.

Nach kurzer Zeit meldet sich Lera über das Gerät. Sie muss also weiter als 500 Meter vom Schiff entfernt sein.

»Sie haben mich in eine Polizeistation gebracht und in eine Zelle gesteckt. Ich gehe davon aus, dass ich demnächst zu einem Verhör gebracht werde.«

»Kannst du sagen, wo sich die Station befindet.«

»Nein. Ich war in einem geschlossenen Mannschaftswagen. Die Fahrt hat etwa eine Viertelstunde gedauert. – Da kommt jemand und schließt die Zelle auf. Ich melde mich, sobald ich kann.«

Es vergehen zwei volle Stunden und ich werde unruhig. Dann meldet sie sich. Sie ist nur schwer zu verstehen.

»Entschuldigt bitte, dass ich kaum zu verstehen bin, meine Lippen sind geschwollen. Sie haben mich geschlagen. Aber macht euch keine Sorgen. Ich bin okay.

Also der Mann, der mich verhört hat, ist der Polizeichef der Stadt. Er wollte von mir wissen, wer meine

Hintermänner sind, beziehungsweise, mit wem ich zusammenarbeite. Es scheint hier eine oder mehrere Untergrundorganisationen zu geben, hinter denen seine Leute seit Langem her sind. Daher wurden wir schon auf vagen Verdacht hin festgenommen. Er wollte von mir wissen, was ich mit dem Berater des Präsidenten zu tun habe. Ich habe ihm gesagt, dass ich gerne bedeutende Persönlichkeiten kennenlerne, aber das hat er mir nicht geglaubt.«

»Hör zu Lera, ich hole dich da raus. Selena sucht schon nach Polizeistationen, die sich im Umkreis von fünfzehn Minuten Fahrzeit mit dem Auto befinden.«

Wenige Sekunden später hat sie drei gefunden. Wir nähern uns der Ersten und Selena versucht, telepathischen Kontakt aufzunehmen.

Erst bei der Dritten klappt es. Das Raumschiff setzt mich unbemerkt in einer Nebenstraße ab. Ich trage den schusssicheren Raumanzug und verstecke unter einem Umhang einen kleinen Strahler.

Inzwischen kommt die Nachricht von Lera, dass sie erneut zu einem Verhör geführt wird. Sie kann jetzt mit mir telepathisch kommunizieren, sie ist also nicht mehr weit entfernt.

Diesmal sitzt ihr ein anderer Mann gegenüber. Er ist groß und kräftig. Unter den buschigen Augenbrauen glitzern eiskalte graugrüne Augen. Er ist nicht von der Polizei, teilt mir Lera mit, hat aber offenbar eine höhere Position inne als der Polizeichef. Er wird von einer Gruppe bezahlt, hinter der ein großes Unternehmen steht, das sich Glon oder so ähnlich nennt, wie Lera seinen Gedanken entnehmen kann.

Er fackelt nicht lange und reißt ihr mit seiner großen Pranke die Bluse herunter.

»Wenn ich mit dir fertig bin, wirst du kleine Schlampe froh sein, mir alles zu erzählen, was ich wissen will. Darauf kannst du dich verlassen.«

Währenddessen betrete ich die Polizeistation mit aktiviertem Betäubungsstrahler. Hinter dem Tresen sitzen drei Beamte. Zwei davon fallen sofort zu Boden. Ich richte die Waffe auf den Dritten, der zitternd die Hände hebt. Er muss davon ausgehen, dass ich seine Kollegen erschossen habe.

»Los! Führe mich zum Verhörzimmer! Und keine falsche Bewegung, sonst bist auch du tot.«

Auf dem Weg durch den Flur öffnet sich eine Seitentür, ein Polizist tritt auf den Flur und bricht ebenfalls betäubt zusammen. Entsetzt schaut der Polizist auf seinen am Boden liegenden Kollegen und weist stotternd auf eine Tür am Ende des Ganges.

»D-d-dort das Ver-ver-hörzimmer!«

Dann geht auch er zu Boden.

»Du kannst loslegen!«, teile ich Lera mit, »ich bin in wenigen Sekunden da.«

Darauf hat sie gewartet. Ihr Peiniger ist inzwischen zudringlich geworden und dabei, seine Hose zu öffnen. Er geht langsam auf Lera zu, die mit scheinbar ängstlichem Blick aufsteht und vor ihm zurückweicht. Ein für ihn völlig überraschend kommender heftiger Tritt zwischen seine Beine lässt ihn aufschreien. Dann hagelt es Tritte und Schläge, die so schnell kommen, dass er keine

Chance zur Gegenwehr hat. Als ich die Tür öffne, liegt er bereits am Boden und rührt sich nicht mehr.

Nichts wie raus hier. Wir rennen über den Flur und stürzen auf die Straße. Kaum haben wir das Gebäude verlassen, geht der Alarm los. Männer rennen aus den Türen und nehmen die Verfolgung auf, doch sie sind viel zu langsam für uns. Wir sind schneller als jeder Mensch auf der Erde. Dann hören wir Sirenen. Sie verfolgen uns mit Fahrzeugen. Wir laufen in eine Nebenstraße und sind erst einmal aus ihrem Sichtfeld. Doch die Straße endet an einer hohen Mauer. Wir drücken uns in einen Eingang. Eines der Fahrzeuge biegt mit quietschenden Reifen in unsere Straße ein. Es kommt näher und sie werden uns in Kürze sehen können. Da öffnet sich hinter uns eine Tür und vier Arme ziehen uns ins Gebäude.

»Schnell. Folgt uns!«, fordern uns zwei Männer und eine Frau auf. Sie führen uns durch einige verschachtelte Räume. Schließlich öffnen sie einen großen Schrank, dessen Rückwand zur Seite schwingt und einen Hohlraum dahinter freigibt. Wir springen hindurch. Die Männer bleiben draußen und schließen sowohl die Verbindung zum versteckten Raum als auch die Schranktüren.

Die Frau führt uns einige Stufen hinunter in einen unterirdischen Gang. Sie geht voraus, öffnet eine weitere Tür am Ende des Ganges und wir betreten einen wohnlich eingerichteten Raum. Um einen Tisch sitzen zehn Leute, darunter vier Frauen und mustern uns.

»Setzt euch!«, fordert uns unsere Begleiterin auf. Sie ist mittelgroß und schlank mit schwarzen Haaren. Ihre großen, fast schwarzen Augen schauen mich selbstsicher an. Sie ist etwa in unserem Alter und erinnert mich ein bisschen an die Beschreibung meines Vaters von der jungen Aylen, nur dass diese Frau hier hellhäutig ist. Sie strahlt Autorität aus und scheint die Anführerin zu sein, denn die anderen am Tisch schauen schweigend zu ihr auf, als sie das Wort an uns richtet.

»Zunächst einmal, ich bin Helen. Wir sind vor kurzer Zeit auf euch aufmerksam geworden und haben dann eure Aktionen verfolgt. Zuerst, als ihr das Museum verlassen habt und dann bei eurer Flucht vor der Polizei. Wir haben auch mitbekommen, wie schnell ihr seid, und wir konnten es nicht glauben«.

Dann wendet sie sich Lera zu.

»Deine Kontaktaufnahmen zum Abgeordneten und zum Berater des Präsidenten haben wir aufmerksam verfolgt. Wir werden aber trotz einiger Informationen nicht schlau aus Euch. Wir vermuten, dass ihr auf unserer Seite steht. Aber zu wem gehört ihr eigentlich? Gibt es jemanden, der euch finanziert? Und vor allem: Was habt ihr letztendlich vor?«

Lera überlegt kurz und antwortet:

Ich heiße Lera. Und wir danken euch für eure Hilfe. Wir waren tatsächlich in großer Bedrängnis. Dennoch bitte ich um Verständnis, dass wir – bevor wir Einzelheiten erzählen – gerne wissen möchten, wer ihr seid.«

Die Anführerin schaut Lera tief in die Augen, wirft einen Blick auf ihre Mitstreiter und sagt:

»Also gut. Wir arbeiten gegen die Regierung. Und da ihr von der Polizei verfolgt wurdet, weil ihr offensichtlich nach Informationen sucht, die nicht öffentlich sind, denken wir, dass wir am gleichen Strang ziehen. Also, wer seid ihr, was bezweckt ihr und was habt ihr herausbekommen?«

Helens dunkle Augen fixieren jetzt mich. Ich bin kurz davor, mich darin zu verlieren, was Lera nicht verborgen bleibt. Sie sieht mich empört von der Seite an. Ich ignoriere ihren Blick und antworte:

»Bevor ich preisgebe, wer wir sind, bin ich gern bereit unseren Informationsstand offen legen. Die Regierung wird nach unserer Kenntnis nicht demokratisch gewählt und das Parlament hat nur eine Alibi-Funktion. Wir vermuten dahinter ein totalitäres System. Denn auch der Präsident wird nicht wirklich gewählt, jedoch haben wir noch nicht herausbekommen, wie er zu seinem Amt kommt. Er hat scheinbar unbegrenzte Befugnisse und ist für niemanden erreichbar oder zu sprechen. Jedenfalls kommen wir nicht an ihn heran.«

Helen schaut uns an, als wären wir nicht ganz dicht.

»Das ist alles? Wollt ihr uns veralbern? Wo kommt ihr her? Vom Mond? Das weiß doch jeder, der auch nur ein bisschen die Augen und Ohren offenhält.«

Helens Augen funkeln wütend:

»So wird das nichts mit uns. Soll ich Euch wieder rausschicken?«

Jetzt ist es Lera, die beruhigend eingreift und ihr den Hintergrund erklärt. Lera erzählt unsere Geschichte und von der bevorstehenden Gefahr. Als sie fertig ist ernten wir ungläubiges Staunen. Alle reden durcheinander und löchern uns mit ihren Fragen.

Schließlich setzt Helen sich durch und zwingt die Runde zur Ruhe.

»Wenn das wahr ist, was ihr sagt, können wir einpacken, dann sehe ich für unsere Zukunft schwarz. Aber wer sagt uns, dass das die Wahrheit ist?«

»Das kann euch in der Tat niemand bestätigen«, gebe ich zu. »Aber ihr habt selbst gesagt, dass kein Mensch zu solch einer Schnelligkeit, wie ihr sie bei uns gesehen habt, fähig ist. Und noch etwas: Wenn ihr uns das Material besorgen könnt, ist es für uns ein Kinderspiel, einen Owen-Akku zu bauen. Das Aufladen könnte unser Schiff besorgen. Es kann problemlos jede beliebige Energiequelle in eurem Sonnensystem anzapfen. Wir könnten euch sogar beibringen, Owens selbst herzustellen.«

Die ganze Runde blickt uns ungläubig an.

»Mein Gott, das wäre fantastisch. Damit könnten wir langfristig das Monopol der GloEn brechen«, kommt es aus einem der Anwesenden heraus.

»Wieso Monopol?«, frage ich verwundert, »es gibt doch fünf Unternehmen, die sich gegenseitig Konkurrenz machen.«

»Das sieht nur so aus. Tatsächlich sind alle Unternehmen mit der Global Energy verflochten. Die anderen Gesellschaften sind mehr oder weniger Tochterfirmen, die von der GloEn gesteuert werden. Diese Unternehmensgruppe bestimmt mittlerweile sämtliche Wirtschaftsabläufe der Erde. Sie regelt die Raumfahrt, da nur sie Raumschiffe besitzt. Sie bestimmt die Politik, weil sie mit ihren finanziellen Mitteln politische Entscheidungen nach ihrem Gusto kaufen kann. In jeder Regierung dieser Erde sitzt inzwischen ein GloEn-Berater, der dem jeweiligen Präsidenten zur Seite steht. Vermutlich ist das

Machtgefälle jedoch umgedreht. Wir glauben, diese Berater ordnen mehr an, als dass sie beraten. Folglich wären sämtliche Präsidenten dieser Erde Marionetten der Energieunternehmen und werden von ihnen eingesetzt, natürlich unter dem Anschein einer demokratischen Wahl.

Die Fäden der Unternehmensgruppe ziehen sich bis in die privaten Bereiche aller Ebenen. Wer einen Owen erwirbt – und den braucht jeder, der am gesellschaftlichen Leben teilnehmen will, wird verpflichtet, an Wahlen teilzunehmen. Eine Opposition gibt es nicht. Bei Leuten, die sich verweigern funktioniert der Owen nach einigen Wochen nicht mehr. Man müsste dann einen Neuen kaufen, doch den kann man nicht bezahlen, weil man noch die enorm hohen Raten für den alten weiterhin aufbringen muss. Darum ist die Wahlbeteiligung bei fast 100 Prozent. Die Wahl ist offiziell zwar geheim, aber wir glauben, dass das nicht stimmt. Die GloEn-Gruppe betreibt vermutlich Wahlbetrug im großen Stil.«

Lera und ich sind überzeugt, dass wir dieser Gruppe vertrauen können. Um sie von der Korrektheit unserer Aussagen zu überzeugen, warten wir bis zur Nacht und gehen mit fünfen von ihnen zu einem einsamen Platz außerhalb der Stadt. Darunter sind Helen, ihr Stellvertreter Gérard sowie drei weitere aus der Gruppe.

Über unseren Köpfen erscheint im Dunkel eine riesige Kugel, die sich ohne erkennbaren Antrieb bewegt. Es ist Selena. José, ein älterer Mann platzt heraus.

»Ich hab von diesem Schiff gehört. Vor über achtzig Jahren ist es schon einmal erschienen und Astronauten von der Erde sind zweimal damit zum Mars geflogen. Es war noch vor dem Großen Krieg. Danach wurde erzählt, das Schiff werde von bösartigen Aliens gesteuert. Aber das stimmte nicht, wie später herauskam. Es wurde später nie wiedergesehen.«

Auch Helen erinnert sich an die Geschichte.

»Mein Großvater hat mir davon erzählt. Er hatte alles gesammelt, was über das Raumschiff und seine Besatzung berichtet wurde.«

Sie sieht mich an.

»Du heißt Ben. Das ist merkwürdig. Mein Großvater hat von einem Ben berichtet. Er war CIA-Agent, hatte aber dann den drei angeblichen Aliens auf der Flucht vor dem US-Geheimdienst und militärischem Abschirmdienst geholfen. Er soll später von seinen eigenen Leuten erschossen worden sein.«

»Das ist richtig Helen«, erwidere ich und schaue in ihre abgrundtiefen, großen Augen. »Ein Ben hatte damals tatsächlich den Dreien geholfen. Diese hießen Nadine, Viviane und Florian. Sie waren auch keine Aliens, sondern stammten von der Erde. Der CIA-Agent hatte sich in Viviane verliebt. Sie waren ein Paar, ebenso wie Nadine und Florian, meine Eltern. Ben wurde, kurz bevor die vier das sichere Raumschiff erreichten, von seinen eigenen Leuten erschossen. Nach einiger Zeit lernte Viviane dann den späteren Vater von Lera kennen. Wir beide wurden fast gleichzeitig geboren. Da ich ein Junge war, beschlossen meine Eltern und Leras Mutter, mich Ben zu nennen, in Gedenken an den Ben von damals, der ihre Flucht vor Geheimdienst und Militär im Wesentlichen ermöglicht hatte.«

»Dann seid ihr beiden also die Nachkommen von den Menschen, die damals mit dem Schiff kommunizieren und es lenken konnten?«, stellt Helen fest.

»Ja, unsere Eltern sind diese damals Verfolgten und sie sind von der Erde.«

Sie schaut uns erleichtert an. Damit ist das Eis gebrochen und wir sind in der Widerstandsgruppe aufgenommen.

»Gibt es noch mehr solche Gruppen?«, will ich später von Helen wissen.

»Ja, aber niemand weiß, wie viele. Ich weiß von zweien und in diesen Gruppen gibt es wieder einige, die von anderen wissen, aber keiner weiß von allen. Das dient auch unserer Sicherheit, so kann niemand, falls er in die Hände der Machthaber gerät, alle verraten. Ich schätze aber, dass es in allen Staatenverbänden jeweils zwanzig Gruppen gibt. Wahrscheinlich sogar mehr.«

Lera und mir ist jetzt klar, was wir zu tun haben. Wir müssen zumindest an den hiesigen GloEn-Berater herankommen und ihn vom Präsidenten trennen. Nur so haben wir vielleicht eine Möglichkeit, den Präsidenten auf unsere Seite zu ziehen.

Das wird nun zur vordringlichsten Aufgabe der Untergrundbewegung: herausbekommen, wer der Berater ist, wo und wie er lebt. Wir nehmen Kontakt zu einer weiteren Widerstandsgruppe auf. Auch die werden darauf angesetzt.

Nach einigen Wochen geht der erste Hinweis ein. Es gibt einen Abgeordneten, der den Berater kennt, da er oft mit dem Präsidenten Kontakt hat, aber der sitzt in Untersuchungshaft. Als sein Name genannt wird, kommt es aus Lera unwirsch heraus.

»Na toll, das ist ja ganz was Neues! Das ist der Mann, der zusammen mit mir verhaftet wurde, weil sein Freund mich ihm nicht gönnte.«

»Dann müssen wir eben an den heran«, sagt Helen und hat schon eine Idee.

Wir nutzen die Kontakte, die unsere Gruppe zum Gefängnis hat und erfahren darüber Namen und Adresse seiner Anwältin. Der statten Lera und ich einen Besuch ab unter dem Vorwand, ihre anwaltliche Hilfe in Anspruch nehmen zu wollen.

Zwei Tage später sitzen wir in dem luxuriös ausgestatteten Büro der Juristin. Wir bräuchten ihre Hilfe, so erklären wir ihr, weil wir Probleme mit den Raten für den Owen haben. Währenddessen scannt Lera ihre Gedanken.

Doch dann steht die Frau unvermittelt auf und entschuldigt sich. Sie müsse dringend auf Toilette, und ist auch schon verschwunden.

»Ich habe ihr das suggeriert«, bekennt Lera. »Da drüben liegt nämlich die Klientenakte unseres Mannes und darin ist auch ihre Vollmacht.«

Ich schnappe mir die Akte und finde das Papier. Lera signalisiert mir, dass die Zeit knapp wird. Der büroeigene Kopierer muss seine Arbeit tun. Ich werde gerade noch rechtzeitig fertig.

Die Anwältin ist zurück und dringt auf einen neuen Termin, sie wolle sich angeblich in das Thema einarbeiten. Das jedoch glauben wir ihr nicht, denn mit diesem Problem wird sie sicher schon öfter zu tun gehabt haben. Wir sind froh, dass sie keine Identifikationspapiere von uns verlangt hat.

Später im Schiff ist es für Selena ein Leichtes, eine täuschend echte Kopie der Vollmacht herzustellen, auf der Leras falscher Name und ihr Bild prangt. Das Bild zeigt sie allerdings so, wie sie nach der Maskierung durch den Schiffscomputer aussehen wird.

Am nächsten Tag lässt sie sich einen Termin zum Besuch des gefangenen Abgeordneten geben. Sie hat sich inzwischen von Selena unkenntlich machen lassen, wie schon einmal, damals auf dem Planeten der Grünen und Blauen.

Lera wird als vorgebliche Anwältin in den Besuchsraum geführt. Zweifel sowohl der Wärter als auch des Gefangenen begegnet sie mit dem Hinweis, dass die reguläre Anwältin erkrankt sei und sie die Vertretung übernommen habe. Auch dafür hatte Selena ihr ein entsprechendes Papier ausgestellt.

»Ich denke, ich kann Sie hier herausholen«, beginnt sie das Gespräch. »Sie haben doch einflussreiche Freunde und Bekannte, wie einen Berater des Präsidenten und auch den Präsidenten selbst. Ich will versuchen, den Berater einzuschalten. Können Sie mir sagen, wie ich an den herankomme?«

Der Inhaftierte schöpft Hoffnung und gibt bereitwillig Auskunft.

»Ich kenne ihn allerdings nur flüchtig, so eng sind wir nicht miteinander, aber ich habe seine Adresse. Er fährt mit seiner gepanzerten Limousine mit Leibwächtern jeden Morgen ins Präsidialamt und meist mittags zurück.«

Lera denkt nach.

»Und wie kann ich Kontakt aufnehmen?«

Er reibt sich ratlos das Kinn.

»Eigentlich gar nicht. Er vergibt keine Termine und lebt abgeschottet und gut bewacht in seinem Privathaus. Das Anwesen am Rande der Stadt gleicht einem Hochsicherheitstrakt. Es wird rund um die Uhr von Sicherheitsleuten bewacht und überall sind Kameras angebracht.«

Während der inhaftierte Abgeordnete spricht, schaut Lera in seinen Kopf und überprüft seine Gedanken. Er sagt in allem die Wahrheit.

Schon am folgenden Tag ist der Schwindel aufgeflogen. In allen Zeitungen finden sich Fahndungsbilder von Lera in ihrer Verkleidung. Aufgrund der Aussagen des Gefangenen vermutet man die Planung eines Anschlags auf den Präsidenten oder einen seiner Berater und hat die Sicherheitsmaßnahmen verstärkt.

Am Abend, wir befinden uns wieder in dem versteckten unterirdischen Raum in Helens Haus, sitzt am Tisch ein fremder Mann. Er muss 60 bis 70 Jahre sein, ist ärmlich gekleidet und trägt einen ungepflegten grauen Vollbart. Unter seinen buschigen Augenbrauen schauen wache blaue Augen hervor. Sie passen so gar nicht zu seinem runzeligen Gesicht.

»Wer ist das?«, frage ich Helen, die mich mit einem tiefen Blick aus ihren strahlenden Augen anschaut.

»Das ist Sven Petterson«, antwortet sie. »Ich glaube er kann euch einiges erzählen. Ihr werdet staunen.

Los Sven, erzähl unseren beiden Aliens was du weißt!«, fordert sie den alten Mann auf.

»Ich bin Wissenschaftler mit dem Schwerpunkt für Niedrigenergietechnik. Das heißt: Ich war es. Bis ein paar Leute von einem der Energieunternehmen dafür sorgten, dass ich ins Gefängnis kam. Man warf mir vor, ich hätte illegal einen Owen gebaut und für eigene Zwecke verwendet. Das stimmte nicht ganz. Ich hatte zwar einen Akku gebaut, aber der hatte lediglich die Kapazität von einem Millionstel eines üblichen Owen-Akkus. Ich hätte auch einen richtigen Owen bauen können, doch das schien mir zu gefährlich. Aber es half nichts, ich erhielt fünfzehn Jahre Haft und anschließend lebenslang Berufsverbot. Ich durfte keinen Owen mehr erwerben und lebe seitdem auf der Straße.«

»Woher weißt du, wie man einen Owen baut?«, unterbreche ich ihn.

»Ich lebte früher im zerstörten Hamburg. Wir waren eine Gruppe Wissenschaftler und Techniker, die über ein altes Funkgerät Kontakte zu anderen Menschen aufnehmen wollten. Es gab ja damals nichts mehr. Keine Telekommunikation, keine Computer und so gut wie keine funktionierenden technischen Geräte. Einer unserer Mitarbeiter, ein alter Mann, der so etwas wie ein Faktotum und Mädchen für alles war, zeigte uns an einem Montagmorgen nach einem Wochenende, das er allein an unserem Arbeitsplatz verbracht hatte, einen kleinen Kasten. Er sagte, dass damit unser Energieproblem gelöst sei, dieser Kasten hätte Energie in unvorstellbarer Menge gespeichert, aber wir dürften auf keinen Fall versuchen, das Gerät auseinanderzunehmen.

Zuerst hielten wir ihn natürlich für verrückt, aber untersuchten dann den Kasten doch etwas genauer. Wir haben unsere Tests mindestens zwanzig Mal wiederholt, weil wir es einfach nicht glauben wollten. Aber das Ergebnis war immer das Gleiche. Wir hielten unvorstellbar große Energiemengen in unseren Händen. Wir bestürmten natürlich den alten Mann mit der Frage, woher er das Ding habe, und er tischte uns die nächste unglaubliche Geschichte auf. Er hätte sie von Aliens geschenkt bekommen, die aber eigentlich gar keine Aliens waren, jedenfalls drei von den Vieren. Die seien mit einem kugelförmigen Raumschiff bei ihm gelandet und hätten ihm das Gerät dagelassen. Daraufhin erzählte er uns die Geschichte von dem Raumschiff, das schon einmal vor 80 Jahren auf der Erde erschienen war.«

Er schaut uns mit kritischem Blick an.

»Seid ihr die Aliens von damals? Man hat mir erzählt, dass ihr in so einem Kugel-Raumschiff gekommen seid.«

»Nein, Sven. Das waren unsere Eltern. Sie haben uns davon erzählt – und der alte Mann war Owen Myers nicht wahr. Was ist dann passiert?«

»Die nächsten sechs Monate verbrachten wir damit, das Gerät zu analysieren. Dann dauerte es ein weiteres

Jahr, bis wir das Prinzip verstanden und Owen meldete es weltweit als Patent an.«

Der Mann macht eine Pause, dann sieht er uns tief in die Augen.

»Und jetzt kommt das Schärfste: Owen hat das Patent niemals an irgendein Energie- oder sonstiges Unternehmen verkauft. Im Gegenteil, er hat sogar in einem Testament verfügt, dass der Owen allen Menschen der Erde zur Verfügung stehen solle. Ich habe das Testament gesehen. Ich war dabei, als er es schrieb.«

»Und wo ist das Testament jetzt?«

»Es verschwand, gleichzeitig mit Edward Ferguson, einem unserer Techniker. Der machte sich an dem Tag davon, als Owen an einem Herzinfarkt starb. Kurz darauf tauchte ein Papier auf, in dem Owen angeblich das Patent an ein Energieunternehmen verkauft hätte. Aber das ist eine Fälschung. Ich glaube auch nicht an den Herzinfarkt, da passierte zu viel auf einmal und Owen war zwar alt, aber kerngesund.«

Gérard, der zweite Anführer der Gruppe, bestätigt Svens Angaben und ergänzt.

»Es gibt seit Langem ein Gerücht. Als Owen den Owen-Akku erfand und als Patent angemeldet hatte, soll dieser junge Mitarbeiter Ferguson die Unterlagen entwendet und sich damit aus dem Staub gemacht haben. Dieser Mann soll später eine Firma gegründet haben, die er Global Energy nannte. Einige wenige Leute glauben sogar, dass die GloEn noch heute von nur einem Mann geleitet wird, genau von diesem ehemaligen Mitarbeiter. Er müsste über sechzig Jahre sein. Aber das sind Gerüchte. Und keiner weiß bis heute Genaueres über die Struktur der GloEn.

Aber eines weiß ich, wenn wir irgendwann menschenwürdige Verhältnisse auf der Erde herstellen wollen, dann müssen die GloEn und ihre Tochterunternehmen zerschlagen werden. Das ist unser vordringlichstes Ziel.«

Ich bremse ihn.

»Nein, Gérard, wir dürfen die GloEn nicht zerschlagen. Jedenfalls jetzt noch nicht. Sie sind die Einzigen, die Raumschiffe haben und sie sind paramilitärisch organisiert. Damit können nur sie der Invasion der Blauen etwas entgegensetzen. Wenn wir gegen die Blauen vorgehen wollen, dann geht das nur mithilfe der GloEn und der anderen Energieunternehmen, die mit der GloEn verbunden sind.«

»Das bedeutet aber, du willst den Teufel mit dem Beelzebub vertreiben.«

»Es bleibt uns nichts Anderes übrig.«

»Und wie willst du das bewerkstelligen?«

»Wir müssen an die Schaltzentrale der Macht kommen, also an das Herz von GloEn und sie überzeugen oder zwingen mit uns zusammenarbeiten.«

»Das ist unmöglich. Sowohl an die Zentrale heranzukommen als auch sie dann noch auf unsere Seite zu ziehen. Ihr beiden habt keine Vorstellung davon, wie mächtig die GloEn ist und wie brutal sie vorgeht.«

Am Abend ziehen Lera und ich uns ins Schiff zurück. Wir haben eben den Schlafraum betreten, als Lera mit einer Wildheit über mich herfällt, die mich völlig überrascht. Sie lässt mir kaum Zeit zum Luftholen. Wir versinken in einem Taumel aus Lust und Leidenschaft.

Später liegen wir schwer atmend nebeneinander.

»Was war das denn, Lera? Wolltest du mich umbringen? Ich bin ja kaum zum Atmen gekommen.«

Sie beugt sich mit einem Lächeln über mich.

»Wieso? Hat es dir nicht gefallen?«

»Aber ja! Es war toll! Das darfst du gern wiederholen.«

»Wiederholen? Das kannst du haben!«

Damit wirft sie sich wiederum auf mich und beginnt ihr forderndes Liebesspiel von Neuem.

Es dauert eine Zeit lang, bis ich wieder zur Besinnung komme und einigermaßen klar denken kann.

»Wow, Lera! Was ist mit dir los? So kenne ich dich gar nicht.«

Sie beugt sich erneut zu mir herüber und schaut mich verschmitzt an.

»Nun! Ich dachte, ich sollte dich einmal richtig fordern. Damit du nicht auf dumme Gedanken kommst.«

Und mit einem leichten Vorwurf in der Stimme fährt sie fort.

»Ich sage da nur ein Wort: Helen.«

Ach du meine Güte! Lera ist eifersüchtig! Ich glaub’ es nicht. Geaner sind niemals eifersüchtig, sie haben ein völlig entspanntes Verhältnis zur Sexualität. Da müssen wieder einmal ihre irdischen Gene durchgekommen sein.

Aber ich freue mich. So ein bisschen Eifersucht tut meinem Ego gut. Lera schaut mir in die Augen sowie auf den Mund und runzelt die Stirn.

»Sehe ich da etwa ein Grinsen um deinen Mund? Ich habe ins Schwarze getroffen, nicht wahr. Mit Helen. Du Schuft!«

Ich beeile mich ihr zu versichern, dass ›da überhaupt nichts sei‹.

»Ich gebe zu, Lera, Helen ist sehr attraktiv und in ihren schwarzen Augen kann man sich schon verlieren. Aber was ist sie gegen dich? Du bist und bleibst für mich die schönste und begehrenswerteste Frau der gesamten Galaxie.«

Während mir Lera bei dem ersten Satz am liebsten an die Gurgel gesprungen wäre, kann ich sie mit dem letzten wieder beruhigen.

»Das Letztere wollte ich hören, Ben. Absolution erteilt!«

»Aber ganz etwas Anderes, Lera. Ich mache mir Sorgen. Wir haben so viel vor uns und ich habe manchmal Angst, dass dir etwas passieren könnte. Du gehst immer so viele Risiken ein.«

Lera schaut mich mitleidig und etwas spitzbübisch an.

»Leidest du etwa unter post-coitaler Traurigkeit, mein armer Erdling?«

»LERA! Nimm mich bitte ernst. Ich weiß wirklich nicht, wie wir das Alles schaffen sollen. Schau, wir müssen den Präsidenten auf unsere Seite bekommen. Das ist aber nur möglich, wenn wir den Agenten der GloEn ausschalten. Dann heißt es, an die Spitze der GloEn heranzukommen, die wir dann zu überzeugen haben, mit uns gegen die drohende Invasion vorzugehen. Gleichzeitig wollen wir aber die Macht des Unternehmens und seiner Tochtergesellschaften brechen, damit sich der letzte Wille von Owen erfüllt. Nur so kann sich die Menschheit zu einem friedlichen Volk entwickeln, das dann in ferner Zukunft Kontakt zu fremden Zivilisationen wie zum Beispiel die der Grünen auf ihrem neuen Planeten aufnehmen könnte.«

Selena mischt sich ein.

»Hört! Hört! Ihr jungen Leute habt euch wohl ein bisschen übernommen. Wie wäre es, wenn ihr mal einen alten und weisen Computer zurate ziehen würdet. Ich kenne da zufällig einen.«

Lera ignoriert Selena. Sie schmiegt sich wieder an mich.

»Wir schaffen das schon. Lass uns eine Sache nach der anderen machen.«

Doch Selena lässt nicht locker. Außerdem musste sie schon immer das letzte Wort haben.

»Keine schlechte Idee, Lera. Also Ben, hör auf dein kluges Mädchen. Wir Mädels sind euch voraus. Du solltest uns öfter zurate ziehen.«

»Danke Selena. Ich werde ganz sicher bald deine Hilfe brauchen. Hier ist nämlich einiges zu tun.«

Damit sie auch wirklich das letzte Wort behält, flötet sie noch:

»Es ist doch schön zu wissen, dass man wenigstens ab und zu mal gebraucht wird.«

Wir fallen in einen tiefen Schlaf. Am nächsten Morgen meldet sich Selena schon wieder zu Wort.

»Ihr wollt doch an den GloEn-Mann herankommen, trotz der verstärkten Sicherheitsmaßnahmen. Möglicherweise könntet ihr den Vorschlägen eines hyperintelli-

genten und hochsympathischen Computers wie mir
etwas abgewinnen.«

»Rede nicht lange drum herum, Selena. Lass hören.«
Dann erzählt sie uns von ihrer Idee.

Selenas Idee

»Nicht schlecht Selena, das könnte klappen.«

»Nicht wahr. Und vor allem kann ICH wieder etwas tun. Hier ständig auf der Erde herumhängen und ab und zu mal von euren Kumpels bestaunt werden, ist nicht gerade das, was ich mir vorgestellt habe, bevor wir hier ankamen.«

In diesen Tagen sind unsere Freunde vom Untergrund damit beschäftigt, die Gewohnheiten und den Tagesablauf des Beraters sowie sein außerhalb der Stadt liegendes Anwesen zu beobachten.

Die Wachen in und um sein Haus sind verstärkt worden. Chauffiert wird er in einer gepanzerten Limousine mit einem bewaffneten Fahrer und drei Sicherheitsleuten, die nicht von seiner Seite weichen.

Nach einer Woche kommt die Nachricht, dass er sich länger beim Präsidenten aufgehalten hat und erst in der Dämmerung nach Hause fahren wird. Darauf haben wir gewartet. Es ist alles vorbereitet.

Sein Fahrzeug hat die Stadt verlassen. Es verlangsamt und biegt in eine Nebenstraße ein, die zu seinem eineinhalb Kilometer entfernten Anwesen führt. Plötzlich fährt das Auto gegen eine unsichtbare Wand. Fahrer und Beifahrer knallen gegen die Windschutzscheibe und verletzen sich an den Köpfen. Die drei Passagiere im Fond werden gegen die Rücklehnen der Vordersitze gedrückt, kommen aber ohne Verletzungen davon.

Sie schreien ihren Fahrer an.

»Was hast du gemacht? Was soll das abrupte Bremsmanöver? Warum fährst du nicht weiter?«

»Ich kann nicht! Irgendetwas blockiert von außen.«

Es ist das Raumschiff, das vor dem Auto unsichtbar gelandet ist und seinen Schutzschirm eingeschaltet hat.

Die Wagentüren öffnen sich und die drei Bodyguards steigen aus, um nachzusehen, was vor dem Auto los ist. Darauf haben unsere im Straßengraben lauernden Mitstreiter gewartet. Schnell sind mit den von Selena gebauten Betäubungsstrahlern alle drei am Wagen ausgeschaltet.

Der Fahrer sieht seine Leute zu Boden gehen, verriegelt Fenster und Türen und versucht vergeblich, erneut gegen die unsichtbare Barriere anzufahren. Unser GloEn-Mann auf der Rückbank versucht währenddessen, über sein Handy Hilfe herbeizuholen. Er bekommt keine Verbindung. Selena hat den Funkverkehr blockiert. Wütend schmeißt er das Gerät auf den Fahrzeugboden. Sie sind zwar in ihrem Fahrzeug gefangen, aber wir können auch nicht hinein. Doch damit haben wir gerechnet. Unsere Leute schleppen Pakete von Dynamitstangen zum Auto und befestigen sie unter dem Fahrzeug. Wir wissen, die Schwachstelle eines solchen gepanzerten Autos ist der Boden. Es sind Attrappen, aber das können die beiden im Auto nicht wissen. Wir halten ein Schild ans Fenster. ›Wenn Sie nicht sofort rauskommen und sich ergeben, sprengen wir den Wagen in die Luft‹. Anders ist eine Kommunikation nicht möglich. Die gepanzerten Wände und Scheiben lassen keinen Ton durch. Doch, statt die Türen zu öffnen, haut der Fahrer den Rückwärtsgang rein und setzt mit aufheulendem Motor zurück. Er kommt nicht weit. Nach 100 Metern knallt er auch hinten gegen eine unsichtbare Wand. Selena hat sich blitzschnell hinter ihn gesetzt. Noch zweimal versucht er durch Vor- und Zurücksetzen der Falle zu entkommen. Dann gibt er auf. Auch er weiß, dass der Fahrzeugboden einer Explosion nicht standhalten würde.

Mit erhobenen Händen kommen beide aus dem Fahrzeug, werden betäubt, und wir bringen den GloEn-Mann ins Schiff. Den Fahrer und die Bodyguards lassen wir auf der Straße liegen, sie werden irgendwann zu sich kommen. Bevor wir verschwinden, löscht Selena ihre Erinnerungen an den Überfall. Unsere Leute packen die Sprengstoffattrappen ein und verschwinden ebenfalls.

Wenig später sitzen wir im Versteck der Untergrundbewegung. Wir haben unseren Gefangenen hierher gebracht. Er sitzt uns mit verbundenen Augen gegenüber und Lera dringt in seine Gedanken ein.

»Von mir erfahrt ihr nichts«, kommt es trotzig aus ihm heraus.

»Das brauchen wir auch gar nicht. Wir wissen schon alles. Wir wissen, dass Sie unter dem Namen Peter Montgomery bekannt sind. In Wirklichkeit heißen Sie Pete Collins. Wir wissen auch wie ihr unmittelbarer Vorgesetzter aussieht, nur den Namen haben wir nicht. Mit der drei Zentimeter langen Narbe über seinem linken Auge ist er nicht zu verwechseln. Er steht in der Hierarchie der GloEn ganz oben, aber nicht an erster Stelle. Sie erhalten seine Anweisungen jeden ersten Freitag im

Monat um fünf Uhr durch einen Boten, der mit dem Codewort ›Collins‹ zu Ihnen durchkommt. Wir wissen auch von Ihren Befehlen unliebsame Mitarbeiter töten zu lassen. Sowohl am Sonntag vor zwei Wochen, als auch letzten Donnerstag und wir wissen deren Namen«.

Während Lera dies erzählt, sackt er immer mehr in sich zusammen. Es erschüttert ihn, wie viel wir von ihm wissen. Als sie dann auch noch Einzelheiten aus seinem Privatbereich berichtet, bricht er vollends zusammen. Und sie lässt nicht locker.

»Sie haben zwei Möglichkeiten. Entweder sie arbeiten als Gefangener mit uns zusammen, dann sind ihre Überlebenschancen relativ groß, oder wir bringen alle Namen und was Sie sonst noch wissen an die Öffentlichkeit. Wir brauchen keine Bestätigung von Ihnen, wir wissen, dass alles wahr ist. Sie wissen es und – was Ihnen das Genick brechen wird – ihre Leute, die es betrifft, wissen es ebenfalls. Für die gibt es nur eine mögliche Quelle, woher diese Informationen kommen, diese Dinge kennen nur Sie. Ihr Leben dürfte daraufhin keinen Pfifferling mehr wert sein, wenn wir sie freilassen würden.«

Sie fährt fort: »Wir haben eine ganze Menge Papiere und Dokumente vorbereitet, die sie bitte unterschreiben, falls Sie sich dafür entscheiden, mit uns zusammenzuarbeiten. Wir lassen Sie jetzt allein, und Sie haben eine halbe Stunde Zeit, Ihre Entscheidung zu treffen.«

Wir nehmen ihm die Augenbinde ab und verlassen den Raum.

Als wir zurückkommen, hat er alle Papiere unterschrieben. Es ist ein sogar ein Blatt dabei, das nicht von uns vorbereitet war. Er hat es selbst hinzugefügt. Was wir darauf lesen versetzt uns in Erstaunen. Er bestätigt, dass ein Mann namens Bill Jenkins, heute in der Hierarchie der GloEn ganz oben und früher ein guter Freund eines gewissen Edward Ferguson, vor Jahren einen Owen Myers auf Geheiß seines Freundes umgebracht hat und den Mord als Herzinfarkt hat aussehen lassen. Leider kenne er Jenkins nicht und wisse auch nicht, wie er aussieht.

Er schaut Lera verlegen an.

»Wissen Sie, ich hänge am Leben und möchte noch nicht sterben.«

»Okay«, sagt Lera, »auch, wenn wir Sie derzeit nicht freilassen können, haben sie was gut bei uns.«

›BERATER DES PRÄSIDENTEN UNTER MYS-
TERIÖSEN UMSTÄNDEN SPURLOS VER-
SCHWUNDEN
Seine Bewacher leiden unter Amnesie und können sich an nichts erinnern. Das Fahrzeug, in dem der Berater gesessen hat, ist mit einem Unfallschaden an Front- und Rückseite einen Kilometer vor seinem Haus aufgefunden worden‹,

so lauten die Schlagzeilen sämtlicher Presseerzeugnisse des nächsten Tages.

Tags darauf zeigen wir Helen das freiwillige Schreiben unseres Gefangenen.

Als sie mit dem Lesen fertig ist, laufen ihr Tränen über die Wangen.

»Ich wusste, dass mein Opa nicht eines natürlichen Todes gestorben ist. Jetzt habe ich endlich den Beweis. Und der Mörder lebt noch und läuft frei herum. Könnt ihr da nicht etwas unternehmen?«

»Wir wollen dir gern helfen, Lera, aber es wird nicht leicht sein. Der Mann gehört zum engsten Zirkel der Führungselite der GloEn. Da ist schwer heranzukommen.«

Zuerst einmal machen wir uns Gedanken, wie wir an den Präsidenten herankommen. Wir bitten unseren Gefangenen, uns eine detaillierte Zeichnung von der Suite des Präsidenten zu erstellen, die sich auf den obersten Etagen des Präsidentenpalastes befindet, er kennt sich dort ja gut aus.

»Was wollt ihr damit?«, fragt er. »Habt ihr vor, den Präsidenten ebenfalls zu kidnappen oder sogar zu töten?«

»Nein, wir haben vor, ihn umzudrehen, also auf unsere Seite zu bringen. Wir werden ihm nichts tun.«

Er erklärt sich bereit, solch eine Zeichnung zu erstellen. Dann soll er uns noch alles über den Präsidenten erzählen, seine Gewohnheiten, eventuelle Schwächen und alles, was für uns von Bedeutung sein könnte.

Schon während seines Berichtes beginnen Leras Augen zu leuchten, und ich ahne, dass sie schon wieder etwas ausbrütet, und das ist meistens mit einem großen Risiko für sie selbst verbunden. Meine Vermutung bestätigt sich, als wir später mit unseren Verbündeten zusammensitzen und Lera ihren Plan erläutert. Ich weiß, es hat keinen Zweck ihr die Sache auszureden, denn, wenn sie sich etwas in den Kopf gesetzt hat ...

Wir tauchen ins Rotlichtmilieu der Stadt ein und finden mithilfe unserer Verbündeten schnell heraus welche Typen hier das Sagen haben. Nachdem etliche Geldscheine den Besitzer gewechselt haben, kommt es zu einer Zusammenkunft mit dem einflussreichsten Zuhälter und Besitzer des exklusivsten Bordells der Stadt. Hier gehen Regierungsbeamte ein und aus.

Lera und ich werden in einen Raum im hinteren Bereich des Etablissements geführt, dessen prunkvolle und kostspielige Ausstattung kaum zu überbieten ist. Wir nehmen in zwei großen mit weißem Leder bezogenen Sesseln hinter einem Tisch mit ebenfalls weißer Marmorplatte Platz. Kurz darauf betritt der Besitzer den Raum; ein großer kräftiger Mann, dessen Gesichtszüge auf eine enge Verwandtschaft mit der ausgestorbenen Gattung der Neandertaler schließen lassen. Seine tief liegenden von Augenbrauenwülsten fast verdeckten Augen bleiben an Lera hängen.

»Donnerwetter! Das ist doch mal ein Mädchen! Eine Schönheit! So was habe ich schon lange nicht mehr gesehen. Was willst du für sie haben? Ich bezahle jeden Preis!«

Kein Wunder, dass er hingerissen ist. Lera ist zur Hälfte Geanerin und nach irdischen Maßstäben sind alle Bewohner Geas ausnehmend gut aussehend.

»Über den Preis werden wir sicherlich einig. Später. Aber wir stellen eine Bedingung: Sie steht nur Personen aus den allerhöchsten Kreisen zur Verfügung.«

Der Mann macht eine abwehrende Handbewegung.

»Das ist für mich keine Bedingung, sondern eine Selbstverständlichkeit. Also raus damit, wo ist die Bedingung?«

»Nun gut. Sie will zuerst Erfahrungen mit solchen Männern sammeln und sich den ersten selbst aussuchen. Daher wollen wir Ort und Zeit des ersten Males bestimmen. Und zwar ohne irgendeinen Vorlauf. Wir entscheiden. Eventuell sogar innerhalb weniger Stunden.«

»Hm, sehr ungewöhnlich! Aber wenn das eine einmalige Sache bleibt, kann ich damit leben. Und über den Preis reden wir danach. Übrigens: Mein Anteil beträgt 75 Prozent. Das hört sich viel an, aber die Kunden, von denen wir reden, zahlen eine mindestens vierstellige manchmal sogar fünfstellige Summe.«

Wir werden handelseinig. Beim Hinausgehen spürt Lera seinen bewundernden, aber auch lüsternen Blick im Rücken.

»Er hat vor, mich für sich persönlich zu verwenden, wenn ich ihm dann ganz gehöre. Aber soweit wird es nicht kommen«, teilt sie mir auf dem Rückweg mit.

Nun müssen wir noch herausbekommen, wann der Präsident wieder seinem Laster frönt, sich eine Prostituierte kommen zu lassen. Nach Aussagen unseres Gefangenen geschieht das ein- bis zweimal im Monat und fast immer donnerstags.

Also schweben wir jeden Donnerstagabend im getarnten Schiff über dem Anwesen des Präsidenten und Selena scannt jeden Herauskommenden. Lera ist einsatzbereit. Sie ist aufreizend und äußerst knapp gekleidet, trägt eine rote Perücke und ist etwas zu stark geschminkt.

Am dritten Donnerstag meldet Selena, dass ein Bote den Palast verlassen hat, der auf dem Weg zum Bordell ist. Es ist soweit.

Lera betritt das Etablissement und verlangt nach dem Besitzer, der ihr hocherfreut und schmierig grinsend entgegenkommt.

»Wir rechnen noch heute Nacht mit einem Mann, der dich – und du wirst staunen – zum Präsidenten höchstpersönlich bringt. Ich denke, das dürfte deinen und den Ansprüchen deines Bosses genügen.«

Der Bote erscheint und Lera wird ihm vorgestellt.

»Donnerwetter! Wo habt ihr das Juwel denn her? Ich schätze, der Präsident wird sehr zufrieden sein.«

Der Bordellbesitzer sonnt sich in seiner Eitelkeit und verzieht den Mund zu einem unterwürfigen Grinsen.

»Das ist meine Neue. Bring sie mir bloß heil wieder zurück. Ich habe noch Großes mit ihr vor.«

Kurz darauf kommen Lera und der Bote im Präsidentenpalast an. Jedes Mal, wenn sie an Wachen und Bodyguards vorbeikommen, erntet Lera bewundernde Blicke.

Sie betritt den Schlafraum des Präsidenten. Zur gleichen Zeit setzt Selena mich auf dem flachen Dach des Palastes ab. Meine schwarze Kleidung mit nur einem schmalen Seeschlitz, unter der ich den schusssicheren Raumanzug trage, macht mich nahezu unsichtbar. Bei mir habe ich eine Kletterausrüstung mit Seilen und Karabinerhaken. Ich befestige das Seil an einer Vorrichtung, an der normalerweise ein Korb für Fensterputzer angebracht wird und warte auf das telepathische Zeichen von Lera.

Das Problem ist, dass alle Fenster und Balkontüren durch eine Alarmanlage gesichert sind, die nur auf Geheiß des Präsidenten und auch nur für kurze Zeit entsichert werden kann. Die elektrische Versorgung des gesamten Anwesens wird durch einen Owen-Akku sichergestellt und ist somit autark. Es gibt keine Möglichkeit, von außen auf das Sicherungssystem Einfluss zu nehmen.

Der Präsident ist entzückt über seine neue Gespielin und will sofort zur Sache kommen. Lera gesteht ihm verschämt, sie habe noch nie einen Präsidenten als Kunden gehabt und sei sehr aufgeregt. Sie müsse daher dringend vorher auf Toilette. Sie verschwindet für ein paar Minuten im Bad.

Als sie zurückkommt, lächelt sie ihn verlegen an.

»Herr Präsident, es ist mir peinlich, aber kann ich das Fenster im Bad für einen kurzen Moment öffnen? Es riecht unangenehm. Es ist mir wirklich äußerst peinlich.«

Mit einer generösen Geste greift der Mann zum Telefon und stellt die Verbindung zur Schaltzentrale des Anwesens her.

»Schaltet bitte für ein paar Minuten den Alarm für das Badezimmerfenster ab. Ich muss lüften.«

Lera wirft ihm einen dankbaren Blick zu, geht zurück ins Bad und öffnet das Fenster für mich. Gemeinsam betreten wir mit vorgehaltenen Strahlern das Schlafgemach.

Entsetzt schaut der Mann in die Mündungen unserer Waffen und will den Alarmknopf neben dem Bett betätigen.

»Wenn Sie auch nur einen Finger rühren, sind sie tot«, herrsche ich ihn an.

»W-was w-wollen Sie von mir? Wollen Sie mich umbringen?«, stottert er.

»Nein, Herr Präsident. Wir haben nicht vor, Sie zu töten, wenn es sich vermeiden lässt. Wir möchten, dass Sie sich das hier in aller Ruhe durchlesen.«

Damit überreiche ich ihm eine Mappe, in der alle Dokumente über die Untaten der GloEn und ihrer Handlanger und alles, was wir von unserem Gefangenen erfahren haben, zusammengestellt ist.

Etwas unwillig nimmt er die Mappe entgegen und beginnt zögernd zu lesen. Doch schon nach kurzer Zeit hat er sich regelrecht in die Papiere vertieft. Wir hören ihn ab und zu ›Mein Gott‹ murmeln. Nach einer halben Stunde legt er den Ordner zur Seite und betrachtet uns eine Zeit lang schweigend.

»Das ist schlimm. Da muss etwas geschehen. Aber ich fürchte, nicht einmal ich kann da aktiv werden. Wenn die Leute von der GloEn erfahren, dass ihr Mann in meiner Regierung ausgeschaltet ist und ich damit zu tun habe, schicken die ein Killerkommando, um mich zu beseitigen. Und sie werden die Besten schicken, damit nichts schief geht. Ich wäre nicht der erste Präsident, den seine Feinde umbringen lassen, weil er ihnen nicht passt. Die früheren USA hatten darin eine lange Tradition.«

»Herr Präsident. Wir versichern Ihnen, dass unsere Verbündeten auch nicht übel sind. Das sehen Sie schon daran, dass wir Ihren GloEn-Mann ausschalten und problemlos in Ihren Sicherheitsbereich eindringen konnten. Wir versprechen Ihnen, dass wir Sie vor dem Killerkommando schützen werden. Sie müssten nur bereit sein, unsere Leute als Bodyguards einzustellen und dafür andere zu entlassen.«

Der Präsident erklärt sich zur Zusammenarbeit bereit. Lera kehrt auf demselben Weg zurück, den sie gekommen ist, verfolgt von den Blicken sämtlicher Männer der Wachmannschaften. Ich werde von Selena vom Balkon des Palastes aufgenommen, dessen Tür der Präsident unter dem Vorwand, er brauche frische Luft, hat entsperren lassen.

Am nächsten Tag werden wir als Berater und Sicherheitsleute des Präsidenten von ihm persönlich eingestellt.

Lera durchforstet die Gehirne aller Bodyguards des Präsidenten. Daraufhin können wir dem Mann eine Liste von Untergebenen vorlegen, die absolut loyal ihm gegenüber sind. Solche, bei denen Lera Zweifel hatte, werden entlassen und gegen unsere ausgetauscht, eine davon ist Helen. Es herrscht unter unseren Verbündeten Verwunderung darüber, wieso wir treffsicher die schwarzen Schafe haben herausfinden können. Ich erkläre es damit, dass Lera von ihren Genen her zur Hälfte Alien ist und Fähigkeiten hat, die wir aus Sicherheitsgründen geheim halten wollen.

Irgendwann spricht mich Helen an.

»Sie kann Gedanken lesen, nicht wahr.«
»Ja, Helen! Aber behalte das bitte für dich.«

Wir begleiten den Präsidenten von nun an auf allen seinen Wegen und Lera scannt die Umgebung auf bestimmte Reizwörter. Sie kann natürlich nicht die Gedanken aller Menschen aus der näheren Umgebung aufnehmen.

Nach einer Woche hat sie einen Treffer bei einem unserer Sicherheitsleute. Er fand eine Summe auf seinem Konto, die so hoch war, dass er sich hat umdrehen lassen. Die gleiche Summe noch einmal sollte nach der Aktion folgen und hätte ihn auf einen Schlag zu einem Multimillionär gemacht. Kein Wunder, dass er schwach wurde. Der Mann ist einer der nächtlichen Wachen vor dem Schlafraum des Präsidenten. Er soll die zweite Wache ausschalten und somit den Weg für die Mörder freimachen.

»Sie kommen heute nacht mit fünf Profis«, gibt uns Lera bekannt.

Wir hocken mit sechs Leuten im Schlafzimmer des Präsidenten und warten. Zwei von uns befinden sich auf der Männertoilette. Der zweite Wächter, der vom Bestochenen ausgeschaltet werden soll, gehört zu uns.

Dann kommt Leras Warnung. Sie haben den Pförtner überwältigt und kommen.

Unser Mann draußen gibt vor, dringend auf Toilette zu müssen und bittet seinen Kumpel, allein Wache zu halten. Er sei gleich zurück.

Die schwer bewaffneten Killer betreten, nach allen Seiten sichernd, den Gang vorm Schlafzimmer. Über Lera bekommen wir mit, was draußen geschieht.

»Wo ist dein Kollege?«, wollen sie wissen.

»Auf Klo. Dort entlang.«

Einer der fünf verlässt die Gruppe und bewegt sich vorsichtig auf die Toilette zu.

Die Klinke der Schlafzimmertür wird langsam nach unten gedrückt und fast geräuschlos öffnet sich die Tür. Die vier Killer stürmen in den Raum und feuern Salven auf das leere Bett. Bevor auch nur einer von ihnen reagieren kann, werden sie von uns überwältigt und gehen betäubt zu Boden. Unsere drei Leute auf der Toilette haben den Fünften ausgeschaltet.

Am nächsten Morgen lädt der Präsident zu einer Pressekonferenz ein, auf der die Attentäter vorgeführt werden. Damit bleibt auch der überwiegend von der GloEn gesteuerten Presse nichts anderes übrig, als davon zu berichten.

MISSGLÜCKTES ATTENTAT AUF DEN PRÄSIDENTEN

Alle fünf Attentäter sind festgenommen und werden verhört. Man geht davon aus, dass ein Unternehmen mit Mafia-ähnlichen Strukturen dahintersteckt. Es ist nur noch eine Frage der Zeit, bis man weiß, wer die Hintermänner sind.

»Die Leute von GloEn werden toben«, sagt Lera, »und sie werden etwas unternehmen. Ich glaube unsere fünf Attentäter sind in höchster Lebensgefahr, obwohl sie sich in Polizeigewahrsam befinden.«

Lera behält recht. Am nächsten Tag kommt die Meldung, dass es auf einer Wache einen Schusswechsel gegeben habe. Die Attentäter hätten einem Wachmann die Waffe entwendet und wollten sich freischießen. Dabei seien sie erschossen worden.

Doch die GloEn belässt es nicht bei diesem Anschlag. Der nächste Mordversuch findet in der Öffentlichkeit statt. Der Präsident ist zur offiziellen Eröffnung des Museums für die Geschichte des Großen Krieges gekommen. In der Empfangshalle ist ein Rednerpult aufgebaut. Der Präsident schreitet die Stufen hinauf. Plötzlich nimmt Lera von einem Mann oben auf der Empore eine große Anspannung wahr. Aus den Augenwinkeln sieht sie, wie er mit einer Waffe auf den Redner zielt. Sie springt auf den Präsidenten zu und reißt ihn um. Die Kugel schlägt hinter den beiden in die Wand ein. Wachleute sind sofort zur Stelle und nehmen den Attentäter fest.

Auch ein dritter Versuch, den Präsidenten zu töten, schlägt fehl.

Es ist erstaunlich – der Mann hat trotz allem seinen Humor nicht verloren. Nach einem vierten missglückten Anschlag meint er sarkastisch:

»Ihr könnt mich Fidel nennen. Ich komme mir langsam vor wie der damalige kubanische Staatschef Fidel Castro. Der hatte ebenfalls eine Reihe von Mordversuchen des damaligen amerikanischen Geheimdienstes überlebt und ist letztendlich eines natürlichen Todes gestorben.«

Doch der Gegner ändert nun seine Strategie.

Eine Woche nach dem letzten Anschlag bringen nahezu alle Zeitungen ein bebildertes Interview mit einer Prostituierten, die sich als Maitresse des Präsidenten zu erkennen gibt und von abstoßenden Sexpraktiken in allen Details berichtet. Sie sei hierzu vom Präsidenten gezwungen worden. Die Presse schwelgt in den perversesten Schilderungen und fordert den Rücktritt des Regierungsoberhauptes.

Was an der Sache dran ist, wollen wir von ihm wissen.

»Richtig ist, dass ich sie, wie viele andere als Prostituierte, habe kommen lassen, genauso wie damals Eure Freundin. Falsch ist, dass die Frau mehrfach bei mir war. Auch die beschriebenen Sexpraktiken sind aus der Luft gegriffen. Wenn ich mit käuflichen Frauen Sex hatte, so spielte der sich im Bereich des Normalen ab. Viele würden ihn sogar als ausgesprochen fantasielos bezeichnen. Ich hoffe, dass Sie mir glauben. Ich gebe Ihnen mein Wort als Präsident.«

»Ich habe mir so etwas schon gedacht«, sagt Lera, »man will Sie jetzt hierüber aus dem Amt entfernen, da man keine Kontrolle mehr über Sie hat und die Anschläge missglückt sind.«

Wir entscheiden, uns an die Prostituierte heranzumachen. Unsere Leute haben keine Mühe herauszubekommen, wo die junge Frau wohnt und arbeitet. Sie ist in dem uns bekannten Edelbordell beschäftigt und steht seit Veröffentlichung des Artikels unter dem Schutz einer privaten Security-Firma. Zwei bewaffnete Männer begleiten sie jeden Morgen nach der Arbeit von der Tür des Bordells bis in ihre Wohnung und holen sie am nächsten Abend dort wieder ab. Tagsüber wird das Haus ebenfalls von Männern der Security-Firma überwacht.

Lera und ich verkleiden uns als Postboten. Wir wollen gerade eine der Klingelknöpfe unten am Eingang drücken, als die Haustür von innen aufgerissen wird und die beiden Sicherheitsleute uns in den Flur zerren. Drinnen tasten sie uns ab und kontrollieren alle Briefe und Päckchen, die wir bei uns tragen. Anschließend lassen sie uns durch. Doch das wollen wir gar nicht. Nur wenige Minuten später liegen sie von uns gefesselt in einem leeren Kellerraum.

Kurz darauf klingelt Lera an der Wohnungstür des Mädchens und ruft:

»Die Post ist da. Ein Päckchen für Sie.«

Das Mädchen blickt durch den Spion und öffnet daraufhin die Tür einen Spalt breit. Ich habe mich seitlich versteckt, gemeinsam drücken wir die Wohnungstür auf und drängen in den Flur.

Nur wenig später sitzt das Mädchen ängstlich zitternd vor uns auf dem Sofa.

Lera durchforscht seine Gedanken.

»Wir wissen, dass du vor zwei Tagen genau um neun Uhr morgens Besuch hattest und ich kann dir auch beschreiben wie der Mann aussah. Er hat dir zehntausend Doubles in einen grünen Umschlag in Zweihunderter-Scheinen gegeben. Das Geld liegt, bis auf 400 Doubles, die du schon verbraucht hast, in der rechten Schublade der Kommode im Schlafzimmer. Du siehst, wir wissen alles über dich. Du wirst uns jetzt ein Schriftstück unterschreiben, auf dem du das alles bestätigst und uns den Namen des Mannes aufschreibst, denn du kennst ihn. Auch das wissen wir.

Das Geld darfst du übrigens behalten, es interessiert uns nicht.«

Die junge Frau ist zwar eingeschüchtert, aber sie hat mindestens genauso viel Angst vor ihrem Auftraggeber. Sie erkennt jedoch schließlich, dass sie aus dieser Nummer nicht lebend herauskommen würde und unterschreibt.

Lera gibt ihr noch einen Rat.

»Erzähle besser niemandem von unserem Besuch, vor allem nicht deinem Auftraggeber, wenn du nicht in Schwierigkeiten kommen willst und sie dir das Geld wieder abknöpfen. E wäre das Beste für dich, schleunigst deine Sachen zu packen, das Geld zu nehmen und weit wegzufahren. Und das unbedingt, bevor heute Abend die Wachleute kommen um dich abzuholen. Die werden dann vermutlich ihre gefesselten Kumpane finden und Alarm schlagen. Du solltest auch niemandem sagen wohin du fährst.«

Damit verlassen wir ihre Wohnung.

Am nächsten Morgen stehen wir vor der Sekretärin des Chefredakteurs der größten und einflussreichsten Tageszeitung. Sie will uns natürlich keinen Termin geben.

»Sagen Sie ihrem Chef, dass es um eine wertvolle Information geht. Genau um den Wert von fünfzig 200-Double-Scheinen.«

Sie verschwindet und ist gleich darauf zurück.

»Der Herr Chefredakteur lässt bitten!«

Der Mann, dessen Beschreibung Lera dem Gedächtnis der Prostituierten entnommen hat, sitzt hinter einem riesigen Schreibtisch, der mit Stapeln von Papieren zugemüllt ist.

Wir nehmen auf zwei Sesseln ihm gegenüber Platz. Er mustert uns ausgesprochen unfreundlich.

»Was wollen Sie? Wollen Sie mich erpressen?«

Wir legen ihm das Schriftstück vor.

»Lesen Sie.«

Er liest. Dann blickt er auf.

»Was soll das? Das ist eine Fälschung. Ich werde alles abstreiten.«

»Es ist keine Fälschung und sie wissen das. Sie waren am Dienstag vor drei Tagen genau um neun Uhr bei der Frau. Ihr Chauffeur kann das bestätigen. Sie hatten einen dunkelblauen halblangen Mantel an und trugen eine blau-weiß-rot-gestreifte Krawatte. Wir haben einen Zeugen, der sie dort hat aussteigen und in das Haus gehen sehen.

Das mit dem Chauffeur und dem Zeugen ist ein Bluff. Aber er wirkt.

»Und was haben Sie jetzt vor?«, fragt er uns mit leicht zitternder Stimme.

»Wir werden das nicht an regierungstreue Zeitungen weitergeben, wenn Morgen ein Artikel in ihrer Zeitung erscheint, der die ganze Geschichte um den Sexskandal des Präsidenten dementiert und als Lügengeschichte enttarnt. Andernfalls werden wir nicht nur veröffentlichen, was wirklich gelaufen ist, sondern darüber hinaus auch noch einige für sie sehr kompromittierende Einzelheiten aus ihrem Privatleben an die Öffentlichkeit zerren.«

Und dann erzählt sie Dinge, die ihn leichenblass werden lassen.

»Wie können Sie das alles wissen«, stammelt er, »das ist ja unheimlich.«

»Wir wissen es, das sollte Ihnen genügen.«

Am kommenden Tag erscheint der gewünschte Artikel auf der Titelseite der Tageszeitung und der Präsident avanciert zum beliebtesten Politiker seit dem Großen Krieg. Dazu haben natürlich auch die missglückten Attentate beigetragen.

Eine Woche später kommt der Chefredakteur bei einem Autounfall ums Leben und die angebliche Mätresse des Staatsoberhauptes ist unauffindbar.

Inzwischen haben wir den Präsidenten über unsere wirkliche Identität aufgeklärt und ihm von der drohenden Gefahr durch die Invasion der Blauen erzählt. War er bisher trotz der Attentatsversuche immer noch recht gefasst, so ist er jetzt sichtbar getroffen. Nach einer Weile sagt er:

»Es ist völlig unmöglich, in so kurzer Zeit eine Verteidigungsflotte im Weltraum aufzubauen. Außerdem fehlen mir dafür die Mittel und Kompetenzen. Die GloEn wäre die einzige Macht, die so etwas bewerkstelligen könnte. Sie haben bereits eine Raumflotte von Handelsschiffen, die man mit Waffen ausrüsten könnte. Die Struktur des Energieunternehmens ist schon jetzt paramilitärisch und sie experimentieren mit der Gravitation.

Man weiß, dass die Gravitation beherrschbar ist seit vor über 80 Jahren das fremde Raumschiff, euer Schiff, aufgetaucht war.

»Aber um die Gravitation in den Griff zu kriegen«, wende ich ein, »braucht man Geld. Viel Geld. Und zwar so viel, wie keiner der existierenden Staatenverbände aufbringen könnte.«

»Ihr habt keine Ahnung, wie viel Geld die GloEn hat. Das kann sich keiner vorstellen. Und de facto ist die GloEn bereits jetzt so etwas wie eine Weltregierung. Sie steuert sämtliche Regierungen durch ihre Berater. Nur tritt sie nicht offiziell auf, denn sie ist weder demokratisch gewählt noch hat sie demokratische Strukturen. Hinzu kommt, dass meine Regierung und ich inzwischen ihr erklärter Feind sind. Sie auf unsere Seite zu bekommen, ist unmöglich.«

Wir können nicht ausschließen, dass er recht hat. Aber die Alternative wäre, aufzugeben. Wir müssen also weitermachen und einen Weg finden, Kontakt zur obersten Etage der GloEn aufzunehmen, und der führt über den Mann mit der Narbe, den unmittelbaren Vorgesetzten unseres gefangenen GloEn-Beraters. Lera fertigt ein Phantombild an und legt es Collins vor.

»Sie können ihre Lage entscheidend verbessern, wenn Sie mit mir zusammen dieses Phantombild ihres Vorgesetzten vervollständigen.«

Er ist dazu bereit, aber erklärt uns für wahnsinnig.

»Das werdet ihr niemals schaffen. Die Leute an der Spitze von GloEn sind so abgeschirmt, da kommt nicht einmal eine Maus durch.«

Lera wirft ihm einen ironischen Blick zu.

»Das klingt ja fast so, als würden Sie sich Sorgen um uns machen. Haben Sie vergessen, dass Sie praktisch von uns gekidnappt wurden?«

»Nein! Das habe ich nicht vergessen. Aber mir wird langsam bewusst, was es mit meinem ehemaligen Arbeitgeber auf sich hat. Es sieht so aus, als hätte ich mein Leben bisher auf der falschen Seite verbracht.«

Später, als wir allein sind, sagt Lera zu mir:

»Hast du das mitbekommen: Er hat von seinem *ehemaligen* Arbeitgeber gesprochen. Es scheint so, als ob unser Gefangener auf einmal Sympathien für uns empfindet.«

Die Führungsriege von GloEn ist durch die vier fehlgeschlagenen Mordversuche und den missglückten Versuch, den Präsidenten in der Öffentlichkeit zu diskreditieren, inzwischen so aufgescheucht, dass sie möglicherweise Fehler machen. Es war schon ein Fehler, den Chefredakteur der größten Tageszeitung durch einen Autounfall umkommen zu lassen, denn der Nachfolger ist einer unserer Leute. Selena und Lera haben mit ihren telepathischen Fähigkeiten ein bisschen nachgeholfen. Der ist nun dabei, die Chefetage der Zeitung zu säubern. In Kürze wird die größte europäische Tageszeitung frei von der Zensur durch Energieunternehmen berichten können.

Helens Freunde haben derweil Verbindungen zu anderen Untergrundorganisationen aufgenommen. Die Erfolge in Europa gegen die GloEn haben sich herumgesprochen, der Zulauf ist enorm.

Helen verteilt das Phantombild. Nach einer Woche bekommen wir einen Hinweis von der Untergrundbewegung in Washington. Der Mann ist des Öfteren gesehen worden. Er geht im dortigen Verwaltungsgebäude der GloEn ein und aus. Andere berichten von einem Bereich in diesem Gebäude, das mit Ausnahme unseres Phantoms niemand betreten darf.

Wir fliegen mit Helen nach Washington und nehmen Kontakt zum dortigen Untergrund auf. Hier bekommen wir die Informationen, nach denen wir seit Langem suchen.

Ein Mann namens Edward Ferguson ist unumschränkter Alleinherrscher des Energie-Imperiums. Er besitzt ein Anwesen in Nevada/Nordamerika, das gesicherter ist als das frühere Fort Knox, in dem die US-Amerikaner damals ihre Goldschätze lagerten. Eine Armee von über einhundert Soldaten ist zur Sicherheit dort stationiert. Keine Maus kann unbeobachtet hineingelangen. Hier hielt sich der Mann in den letzten Jahren hauptsächlich auf.

Es gibt ein zweites Domizil. Das befindet sich im Hauptfirmensitz der GloEn in Washington. Dieses Gebäude hat dreizehn Etagen. Ferguson bewohnt die Elfte und Zwölfte, wenn er sich dort aufhält. Die Zehnte wird vollständig von den Wachmannschaften eingenommen. Sie leben dort. Auch die Dreizehnte ist für das Wachpersonal reserviert. Seine Suite ist daher von oben und unten gesichert.

Das Gebäude hat drei Zugänge. Der Haupteingang wird bewacht. Auch am Nebeneingang, einem Personaleingang, stehen Kontrollen, ebenso an der Zu- und Ausfahrt der Tiefgarage. Doch die Kontrollen kommunizieren nicht miteinander. Das ist bei den vielen Besuchern auch kaum möglich.

Und wir erfahren, dass Ferguson seit einigen Wochen ständig dort zu sein scheint.

»Ich vermute«, sagt Helen, »dass die GloEn aufgescheucht ist durch das, was in Novo-Brussels passiert ist. Es würde zu ihm passen, dass er die Sache selbst in die Hand nehmen will, weil er seine Leute für unfähig hält. Der muss richtig sauer sein.«

»Was ist mit dem Dach?«, will ich von unseren Informanten wissen.

»Auf dem Dach befindet sich ein Hubschrauber-Landeplatz. Auch der wird Tag und Nacht bewacht.«

»Und das Reinigungspersonal? Der macht doch sicherlich nicht selber sauber.«

»Das Reinigungspersonal wohnt ständig dort. Deren Wohnungen sind in der achten Etage unterhalb des Wachpersonals.«

»Was ist mit der Neunten?«

»Damit haben wir ein Problem. Es scheint, als gäbe es die neunte Etage gar nicht. Möglicherweise soll das einen Angreifer verwirren.«

»Es muss doch eine Möglichkeit geben, innerhalb des Gebäudes nach oben zu kommen. Ein Fahrstuhl. Ein Treppenhaus.«

»Fahrstuhl und Treppenhaus führen nur bis zur achten Etage. Es gibt aber zwei Fahrstühle, die direkt in die elfte und zwölfte Etage gehen. Zwei, falls einer ausfällt. Es ist also nur einer in Betrieb. Der wird unten von vier

Wachleuten bewacht und jeder, der nach oben fährt, wird von zweien dieser Leute begleitet. Man kommt nur nach oben, wenn man Ferguson bekannt ist. Der einzige, der ohne Weiteres nach oben darf, ist seine rechte Hand, der zweite Mann in der Hierarchie.«

»Und wer ist das?«

»Wie er wirklich heißt, wissen wir nicht Er scheint unter diversen Namen bekannt zu sein. Er trägt eine Narbe über dem linken Auge und scheint ein Weggefährte aus alten Zeiten zu sein. Dieser Mann ist auch der einzige, der hin und wieder in der Öffentlichkeit auftritt. Er wird überall der ›GloEn-Mann‹ genannt. Ferguson selbst ist seit zehn Jahren nicht mehr in der Öffentlichkeit gesehen worden.«

Wir müssen die Zeit nutzen, solange Ferguson in Washington ist. Ist er erst einmal in seinem Anwesen in Nevada, wird es unmöglich sein, an ihn heran zu kommen.

Lera und ich bereiten uns darauf vor, Ferguson einen Besuch abzustatten. Helen will dabei sein.

»Ihr werdet jetzt sagen, dass ich ein Risikofaktor bin, weil ich nicht so schnell reagieren kann wie ihr. Aber glaubt mir, ich bin nahezu perfekt in allen Arten der Selbstverteidigung und habe gelernt, meinen Körper als Waffe zu benutzten. Meine Freunde können das bestätigen. Und ich möchte dabei sein, wenn es um die Mörder meines Großvaters geht. Auch wenn mir klar ist, dass wir vorerst nichts gegen sie unternehmen können, weil wir auf ihre Hilfe angewiesen sind.«

Wir lassen uns erweichen.

Am Tag darauf stehen wir drei vor dem Firmenpalast der GloEn. Eine Reihe klassizistischer über fünf Etagen reichender Säulen bildet die Vorderfront. Die beiden mittleren säumen die ebenfalls überdimensionale Drehtür, die von zwei Männern bewacht wird. Sie kontrollieren jeden, der ins Gebäude hinein will. Wir erzählen ihnen, dass wir einen Termin hätten und nennen den Namen eines Mitarbeiters, den die dortige Widerstandsgruppe vor Längerem im Unternehmen eingeschleust hat. Einer der Wachen telefoniert daraufhin. Dann nickt er seinem Kumpel zu.

»Die dürfen rein. Der Termin ist okay.«

Doch bevor wir ins Gebäude können werden wir auf Waffen abgetastet. Unter unserer Kleidung tragen wir nur die hochelastischen und schusssicheren Raumanzüge. Die lassen sich von normaler Wäsche nicht unterscheiden. Waffen haben wir keine dabei.

Dann betreten wir die Empfangshalle. Eine Empfangsdame hinter einem erhöhten runden Tresen weist uns die Etage an. Ein Fahrstuhl bringt uns hoch. Oben verstecken wir uns in einer kleinen Kammer. Erst kurz nach Mitternacht verlassen wir unser Versteck und schleichen über das Treppenhaus nach unten. Um diese Zeit soll die Ablösung der Wachen unten am privaten Aufzug kommen. Sie kommen normalerweise über den jedem zugänglichen Aufzug herunter, der uns am Tag nach oben gebracht hat und sich auf dieser Seite des Gebäudes befindet.

Wir fangen sie ab, fesseln und knebeln sie, ziehen uns ihre Sachen über und verstecken sie in einem Abstellraum. Dann suchen wir den Tag und Nacht bewachten Aufzug auf der anderen Seite auf.

»Wo ist euer vierter Mann?«, werden wir von den Fahrstuhlwächtern gefragt.

Der musste noch auf Klo, wird gleich kommen. Wir warten solange.

Dann jedoch bemerken sie, dass wir die Falschen sind. Sie kennen offenbar ihre Ablösung. Bevor sie jedoch reagieren können, liegen auch sie betäubt und gefesselt auf dem Boden und werden von uns zu den anderen in den kleinen abschließbaren Raum gezerrt.

Wir nehmen ihnen Schlüssel und Identitätskarten ab, betreten die Fahrstuhlkammer und entsperren den Aufzug. Es geht nach oben.

Der Fahrstuhl stoppt in der zwölften Etage. Die Tür öffnet sich und wir schauen in die Mündungen von acht Gewehren. Sie haben offensichtlich überall versteckte Überwachungskameras. Mit erhobenen Händen verlassen wir den Fahrstuhl. Dann geht alles sehr schnell. Unsere Körper wirbeln durch die Luft und die Gewehre schleudern davon. Auch Helen hat mit ihren Kampfgriffen zwei Gegner erledigt. Sie kann mit uns mithalten. Bevor die beiden letzten Gegner zu Boden gehen, höre ich ein Zischen. Es ist über uns. Dann rieche ich es: Aus der Sprinkleranlage über unseren Köpfen strömt etwas heraus. Es ist Gas. Wir verlieren das Bewusstsein.

Mit dem Teufel im Bunde

Ich wache auf und schaue mich um. Ich liege auf einer Matratze am Boden in einem Raum mit vergitterten Fenstern. Tageslicht bricht durch die Gitterstäbe herein. Meine Hand- und Fußgelenke tragen Metallmanschetten, die über elastische Stahlseile mit einem in der Wand eingelassenen Ring verbunden sind. Den Raumanzug hat man mir ausgezogen und ich trage stattdessen eine leichte Leinenjacke und –Hose.

›Bist du wach?‹, kommt die telepathische Frage von Lera. ›Wenn du mich hören kannst, dürften Helen und ich nicht weit entfernt von dir sein. Wir sind in einem Raum angekettet und man hat uns die Anzüge ausgezogen. Ich höre gerade Schritte vieler Stiefel im Gang. Sie sind an unserer Tür. Sie holen uns.‹

Kurz darauf höre auch ich Schritte und die Tür meines Raumes geht auf. Kräftige Männer lösen die Seile vom Ring. Ich werde in den Gang gestoßen. Von der anderen Seite kommt eine Gruppe auf uns zu, die Helen und Lera mit sich führt. Mit dem Fahrstuhl geht es eine Etage höher.

Wir befinden uns in einen Raum, der an einen mittelalterlichen Thronsaal erinnert. Der Thron ist hierbei ein erhöhter Sitz am Ende des Raumes umgeben von Monitoren und allerlei technischen Gerätschaften. Fensterlose Wände sind mit Vorhängen und Darstellungen der Niederlassungen verschiedener Tochterunternehmen geschmückt, ergänzt durch Grafiken, die das Firmengeflecht aufzeigen. Auf einer Weltkarte zeigen gelbe Punkte an, wo sich Niederlassungen der Unternehmen befinden. Die Regierungssitze sämtlicher Staatenverbände sind ebenfalls enthalten. Sie zeigen einen grünen Punkt, nur Novo-Brussels leuchtet rot. Wir sind offenbar in der Kommandozentrale des Energiekonzerns GloEn.

Auf dem erhöhten Sessel sitzt ein grauhaariger schlanker Mann. Das muss Ferguson sein. Man drückt uns auf Stühle unterhalb des »Thrones«. Wir sind umringt von seinen Männern, die ihre Waffen auf uns gerichtet haben und jede unserer Bewegungen beobachten. Ferguson hat in der vorangegangenen Nacht eine Kostprobe unserer Fähigkeiten erhalten und geht kein Risiko ein. Ich spüre eine leichte Unruhe in mir, der Mann strahlt Bösartigkeit aus.

Er mustert uns eine Zeit lang. Es ist totenstill. Dann beginnt er zu sprechen.

»Wer seid ihr? – Halt! Nein! Das will ich gar nicht wissen, ich weiß es bereits. Meine Leute haben mir Dinge berichtet, die ich zuerst nicht glauben wollte.

Du«, er schaut Lera an, »hast einen meiner kräftigsten Leute und besten Mann für Verhörmethoden mühelos ausgeschaltet. Dann steckt ihr auch hinter der Entführung meines Mannes, der den Präsidenten des europäischen Verbandes kontrolliert. Und ich vermute, dass ihr ebenfalls damit zu tun habt, dass sämtliche Attentate auf den Präsidenten fehlschlugen. Der Bursche ist mir inzwischen zu mächtig geworden. Er hat mit eurer Hilfe alle meine Leute in seiner Umgebung ausgeschaltet. Und dann musste ich heute nacht die Hälfte meines Wachpersonals betäuben, nur um euch in die Hände zu bekommen. Das war nicht witzig.«

Er blickt jeden von uns an und fährt fort.

»So schnell wie ihr seid, ist kein Mensch. Das erinnert mich an einen alten Freund von früher. Der erzählte mir von vier Fremden, die eines Tages bei ihm auftauchten und eine Gruppe angreifender bewaffneter Jugendliche mit einer Geschwindigkeit ausschalteten, die kein Mensch für möglich halten würde. Ich habe ihm das nicht geglaubt und für die Hirngespinste eines alten Mannes gehalten, aber ich sehe nun, ich habe mich geirrt.«

Unvermittelt schießt sein Arm vor, er zeigt auf uns und die Worte kommen wie aus einer Pistole geschossen aus ihm heraus.

»Ihr seid die Aliens von damals, jedenfalls drei von den Vieren. Ich weiß zwar nicht, warum ihr nicht älter geworden seid, vermute aber, dass es an der Zeitdilatation liegt. Ich weiß auch nicht, warum ihr nach über zwanzig Jahren zurückgekehrt seid, aber das werde ich herausbekommen. Was ich jedoch weiß: Ihr seid genauso sterblich wie wir Menschen, man kann euch verletzen und töten, auch das hat mir mein alter Freund berichtet.«

»Den du hast umbringen lassen, nachdem du ihm das Patent über den Owen-Akku gestohlen hast!«, platzt es aus Helen heraus.

Ferguson ignoriert ihren Vorwurf und fährt fort.

»Übrigens! Interessant, eure Anzüge. Das scheint ein intelligentes Material zu sein. Es erkennt offenbar, wenn es schlagartig verformt wird, wie zum Beispiel durch eine Gewehrkugel. Dann wird es in weniger als einer Mikrosekunde hart. So hart wie kein bekanntes Material auf der Erde. Und der Stoff kann offenbar noch viel mehr. Meine Leute arbeiten daran.«

Abrupt bricht er ab, mustert uns noch kurz und sagt.

»Ich merke, ich bin müde. Ich hatte euretwegen eine anstrengende Nacht hinter mir und habe keine Lust weiter mit euch zu reden. Was ich wissen will, werde ich ein anderes Mal erfahren.«

Er wendet sich an seine Männer und befiehlt.

»Abführen!«

Dann zögert er einen Moment und ruft einem der Wächter hinterher:

Hey, du da! Herkommen!«

Der Mann dreht sich um und schaut seinen Boss ängstlich an.

»Ich weiß nicht wieso, aber ich habe das Gefühl, dass mit deiner Loyalität mir gegenüber etwas nicht stimmt. Und wenn ich so ein Gefühl habe, hatte ich bisher immer recht.«

Der Mann stottert.

»N-nein Boss. Wie kommen Sie darauf. Sie wissen doch, ich gehöre seit Jahren zu Ihnen, sie konnten sich immer hundertprozentig auf mich verlassen und das ist immer noch so.«

Mit einer Stimme, die nicht die Spur einer Regung zeigt, befiehlt er seinen Leuten.

»Nehmt den Mann und beseitigt ihn.«

Zwei kräftige Männer nehmen den heftig um sich schlagenden und schreienden Mann in ihre Mitte.

Während die drei Männer sich entfernen, schaue ich Lera an. Sie ist völlig durcheinander. Aus ihren Augenwinkeln laufen Tränen. Ich versuche, telepathisch Kontakt zu ihr aufzunehmen, aber in ihrem Kopf herrscht völliges Chaos. Sie kann keinen klaren Gedanken fassen. Wie in Trance lässt sie sich von den Männern abführen und in ihren Raum bringen.

Es dauert eine halbe Stunde, bis sie wieder reagiert.

›Mein Gott, Lera, was ist los? So habe ich dich noch nie erlebt.‹

Nur sehr zögerlich kommen ihre telepathischen Gedanken durch die Wände bei mir an.

›Der Mann. Sie haben ihn umgebracht. Und ich bin schuld. Durch meine Schuld ist ein Mensch zu Tode gekommen.‹

›Wieso das? Er wurde von den Leuten Fergusons auf seinen Befehl hin umgebracht.‹

›Aber ich bin Schuld. Ich habe versucht, Ferguson zu manipulieren und auf unsere Seite zu ziehen. Aber das ging nicht. Ich kam nicht an seine Gedanken heran. Dann merkte ich, er ist ein einfacher Telepath. Nur er weiß es nicht. Er nutzt seine telepathischen Fähigkeiten intuitiv. Das ist auch der Grund, warum er solche Macht über seine Leute besitzt. Seine Fähigkeiten sorgen dafür, dass alle Menschen in seiner Gegenwart Furcht empfinden.

Da ich also an Ferguson nicht herankam, habe ich dem Wachmann die Furcht vor seinem Chef genommen und ihm suggeriert, Sympathie für uns zu empfinden. Ferguson hat die Veränderung bei seinem Mann gespürt und entsprechend reagiert.‹

›Aber Lera, du konntest nicht wissen, dass Ferguson so brutal vorgeht. Damit konntest du einfach nicht rechnen.‹

›Doch, ich hätte es ahnen können. Alles was wir über Ferguson wissen, sagt uns, dass er wohl einer der brutalsten und rücksichtslosesten Menschen dieser Erde ist. Und er ist für mich nicht der Erste. Ich hatte bereits bei den Blauen Brutalität kennengelernt.‹

Helen, die mit Lera im selben Raum eingesperrt ist, spürt, dass mit Lera etwas nicht stimmt. Sie nimmt sie in den Arm soweit es ihre Fesseln zulassen.

Dann sagt sie:

»Er weiß nicht, wer ihr seid. Er denkt, dass ihr und auch ich die Aliens von damals sind, von denen mein Großvater berichtet hat. Er hält uns und auch mich für eure Eltern. Es war ein schreckliches Gefühl, mit ihm in einem Raum zu sein. Er ist für den Tod meines Großvaters verantwortlich.«

Lera erzählt ihr alles, was passiert ist. Doch Helen versteht ihre Gedankengänge nicht. Sie weiß nichts von Leras angeborener Eigenschaft, nicht töten zu können. Sie erwidert:

»Lera, der Mann ist ein Verbrecher. Wer weiß, wie viele Menschen der auf dem Gewissen hat. Auch wenn es gefühllos klingt: Ferguson hat einen Mann töten lassen, der es ganz sicher verdient hat. Ich glaube, ich würde Freude oder zumindest Genugtuung empfinden, wenn ich Ferguson höchstpersönlich den Hals umdrehen könnte.«

Am nächsten Tag werden wir erneut zu Ferguson geführt. Neben ihm sitzt der Mann mit der Narbe. Unser Phantom.

Diesmal kommt Ferguson gleich zur Sache.

»So, heute seid ihr mal dran. Raus mit der Sprache: Warum seid ihr zurück auf die Erde gekommen und was wollt ihr von mir?«

»Wir sind zu Ihnen gekommen, weil wir Ihre Hilfe benötigen!«

Er mustert uns verblüfft und bricht dann in schallendes Gelächter aus.

»Weil ihr meine Hilfe braucht, beseitigt ihr meinen Agenten in Europa, hetzt den Regierungschef gegen mich auf, bringt meine Zeitung unter eure Kontrolle, brecht bei mir ein und beschuldigt mich des Mordes! Soll das ein Witz sein?«

»Nein, wir meinen es ernst. Es gab für uns keine andere Möglichkeit, an Sie heranzukommen.«

»Na, da bin ich aber gespannt, was für Märchen ihr mir jetzt auftischen werdet.«

Ich erzähle ihm von der bevorstehenden Invasion der Blauen und dass wir gekommen sind, um die Erdbewohner zu warnen und dass seine Unternehmensgruppe die einzige sei, die der Invasion vielleicht etwas entgegenzusetzen hätte.

Er glaubt uns kein Wort.

Es ist an der Zeit, unseren letzten Trumpf auszuspielen.

»Wir können Ihnen den Beweis liefern. Sie kommen mit uns auf unser Schiff. Das ist so schnell, dass wir Sie in wenigen Tagen in die Nähe des Invasionsschiffes bringen können. Sie können sich dann ein Bild von der Größe des Schiffes machen und feststellen, dass es sich tatsächlich auf Erdkurs befindet. Wir sind wieder zurück, lange bevor die Fremden dies Sonnensystem erreichen werden.«

Er schweigt. Man sieht, wie es in ihm arbeitet. Die Aussicht, das Alien-Schiff kennenzulernen, ist verlockend.

»Das Angebot ist nicht uninteressant, aber ich hätte da ein paar kleine Änderungen: Nicht ich komme mit euch auf das Schiff, sondern ihr mit mir und einigen meiner Leute. Ihr dürft euch auch nicht frei bewegen, sondern bleibt ständig an meine Männer gekettet, die euch keine Minute aus den Augen lassen werden. Und du«, er zeigt auf Helen, »bleibst unter Bewachung hier. Du scheinst mir die am wenigsten Gefährliche von euch dreien zu sein. Dich kann ich meinen Leuten anvertrauen. Bei euch beiden will ich lieber ständig dabei sein. Falls ihr irgendwelche faulen Tricks vorhabt, wird das eure Freundin hier nicht überleben.«

Und zu dem Mann mit der Narbe gewandt.

»Jenkins! Bringe das Mädchen fort. Die anderen bleiben hier.«

Helen starrt den Angesprochenen mit weit geöffneten Augen an.

»Sie heißen Bill, nicht wahr.«

»Ja, warum? Hast du was dagegen?«

Aber sie antwortet nicht und lässt sich, ohne Widerstand zu leisten, abführen. Sie weiß: Er ist der Mann, der ihren Großvater umgebracht hat.

Fergusons Angebot ist für uns akzeptabel. Er weiß nicht, dass der Schiffscomputer eine selbstständig handelnde Künstliche Intelligenz ist. Wenn es Probleme geben sollte, kann Selena eingreifen.

Zwei Tage später stehen wir nachts mit acht Leuten auf dem flachen Dach des GloEn-Gebäudes. Ferguson und seine rechte Hand Jenkins schauen nach oben, dahin, wo das Raumschiff erwartet wird. Die anderen sechs Bewacher lassen Lera und mich nicht aus den Augen, obwohl unsere Hand- und Fußgelenke mit Metallbügeln versehen sind, von denen Stahlseile zu den Handgelenken der Bewacher laufen.

Aus dem Dunkel erscheint über unseren Köpfen wie aus dem Nichts das Schiff.

Ferguson warnt uns beide.

»Keine Tricks. Ich bin in ständigem Kontakt mit meinen Leuten. Wenn ich nicht regelmäßig ein Codewort durchgebe, ist eure Freundin tot.«

Der Mann mit der Narbe will wissen, wie wir hineinkommen.

»Man muss nur laut ›Selena, öffne dich!‹ sagen, dann erscheint unter dem Schiff ein Antigrav-Aufzug. Damit können maximal vier Leute nach oben schweben.«

Im selben Moment höre ich Lera im Kopf.

›Ben, übertreib es nicht, Ferguson ist nicht blöd, obwohl ich nicht glaube, dass er das Märchen von Aladin und seiner Wunderlampe kennt.‹

›Okay, ich bin in Zukunft vorsichtiger.‹

»Kann das jeder sagen, oder geht das nur bei euch?«, unterbricht einer der Wächter unser gedankliches Zwiegespräch, während uns Ferguson und sein Mann misstrauisch ansehen.

»Das geht bei jedem, der den Satz spricht, versuch es.«

Der Mann sagt den Satz und unter dem Schiff erscheint ein schwach leuchtender Zylinder.

»Und jetzt?«, will er wissen.

»Man tritt in den Zylinder und stößt sich leicht vom Boden ab, der Rest geht von allein.«

»Und wie kommt man wieder zurück?«

»Umgekehrt. Sobald man sich im Schiff in der Schleuse befindet, verschwindet draußen der Zylinder. Dann muss man erneut den Satz sagen. Der Boden unter einem öffnet sich und man fällt langsam auf die Erde.«

Ferguson befiehlt zwei seiner Leute die Sache auszuprobieren, wir anderen bleiben unten.

Als sie unversehrt zurück sind, betreten auch wir das Schiff: Lera und ich jeweils mit zwei Bewachern. Zum Schluss kommen Ferguson, seine rechte Hand Jenkins und die beiden anderen Bodyguards. Kurz darauf sind wir alle im Kommandoraum versammelt. Selena hat die Situation natürlich erkannt und spielt mit.

»Wie kommuniziert ihr mit dem Schiff und kann ich das auch?« will Ferguson wissen. Er hat natürlich den Gedanken im Kopf, das Schiff zu übernehmen wenn er uns nicht mehr braucht.

»Man benutzt ein Passwort, aber davon abgesehen, kann es jeder.«

Auf dem Bildschirm erscheinen kurz in großen Buchstaben die Wörter ›PASSWORT: MÈNAGE À TROIS!‹ Innerlich muss ich schmunzeln. Ich weiß, worauf Selena anspielt. Ferguson beobachtet mich misstrauisch.

Dann lassen sich Ferguson und Jenkins das Schiff zeigen. Sie sind beeindruckt. Ferguson will sofort etwas über die Bewaffnung des Schiffes wissen und ist erstaunt, als ich ihm sage, dass das Schiff keine Angriffswaffen besitzt. Es kann sich nur durch einen Schirm verteidigen, den keine bekannten Waffen durchdringen können und durch seine perfekte Tarnung, indem es das Licht und jegliche Strahlung um sich herumleitet. Besonders interessiert ihn die künstliche Schwerkraft. Ich weiß, dass sein Unternehmen seit Jahren daran arbeitet.

Nun gebe ich den Befehl in die Tastatur, nach dem Raumschiff der Blauen zu suchen. Ferguson verfolgt misstrauisch meine Eingaben. Selena hat dafür gesorgt, dass alles, was ich schreibe, auf den Bildschirmen zu sehen ist.

»Wie lange wird es dauern, bis wir das Kriegsschiff der Blauen auf den Schirmen haben?«, will er wissen.

»Ich schätze, drei Tage und wir sind danach lange vor Ihnen wieder auf der Erde zurück. Wir sind ungefähr eine Million mal schneller als sie.«

Fergusons Misstrauen bleibt.

»Irgendetwas stimmt hier nicht. Dies ist ein Raumschiff mit einer Technik, die der auf der Erde weit überlegen ist. Aber die Art, wie ihr mir dem Schiff kommuniziert beziehungsweise es lenkt, ist dagegen auf einem vorsintflutlichen Niveau.«

Der Mann ist nicht dumm, aber ich habe sofort eine Erklärung parat.

»Sie haben recht. Das war auch bis vor Kurzem anders. Vor Monaten auf dem Flug zur Erde kollidierten wir bei abgeschaltetem Schutzschirm mit einem Asteroiden. Dabei ist ein Teil der Computertechnik zerstört worden und wir haben unseren vierten Mann verloren. Ich zeig Ihnen eine Aufzeichnung davon.«

Selena spielt blitzschnell einen manipulierten Ausschnitt eines Science-Fiction-Films der Erde auf den Monitor. Das überzeugt den Mann.

Zwei Tage vergehen. Ferguson und Jenkins haben sich zurückgezogen.

Lera und ich sind mit zwei Bewachern allein in der Kommandozentrale. Wir beobachten die Außenschirme. Das Raumschiff der Blauen müsste in den nächsten Stunden in Sichtweite kommen. Wir sind mit Hand- und Fußfesseln an der Konsole fixiert. Einer der Bewacher steht zwischen uns.

»Sagt mal. Ihr beiden seid doch Aliens und nennt euch aber Ben und Lera. Das sind doch irdische Namen. Ihr heißt doch sicher in Wirklichkeit anders, oder?«

›Doch‹ muss ein Lieblingswort von ihm sein.

»Klar heißen wir anders, aber das könnt ihr von der Erde nicht aussprechen. In Wirklichkeit heiße ich ›Krxgorax‹ und Lera ›Hrrumgrex‹.«

Aus den Augenwinkeln sehe ich, wie Leras Augen blitzen und ihre Mundwinkel zucken. Sie hat Mühe ein Lachen zu unterdrücken.

»Boah! Namen habt ihr! Die sind wirklich unaussprechbar.«

Dann starrt er wieder auf den Schirm, wo demnächst das fremde Schiff erscheinen soll.

»Kannst du jetzt dem Schiff den Befehl geben, den Ausschnitt da draußen zu vergrößern?«

»Kein Problem, aber es wird noch Stunden dauern, bis wir das Schiff orten können.«

Meine Finger gleiten über die Tastatur. Auf dem Bildschirm erscheint ›AUSSCHNITT VERGRÖSSERN‹.

Die Buchstaben verschwinden und stattdessen erscheint ›ZU BEFEHL KRXGORAX!‹

Lera prustet los vor unterdrücktem Lachen.

»Was hat sie? Warum macht sie so komische Geräusche?«

»Das ist bei uns Aliens das Zeichen für Rührung. Sie ist gerührt, wenn sie unsere echten Namen auf dem Bildschirm sieht.«

Der Mann schaut Lera mitleidig an.

»Das verstehe ich. Ihr habt sicher Heimweh.«

Lera prustet und gluckst schon wieder.

Der zweite Mann schnauzt seinen Kumpel an.

Halt endlich die Klappe, Boris! Das interessiert doch keinen Scheißdreck.«

»Mensch, stell dich nicht so an, Will. Wann hat man schon mal die Gelegenheit, sich mit echten Aliens zu unterhalten.«

Da stellt sich natürlich die Frage, sind wir nun echte oder falsche Aliens.

Ferguson und Jenkins sind zurück im Kommandoraum. Wir stehen vor den Monitoren, die von Fenstern nicht zu unterscheiden sind und warten auf das Auftauchen des fremden Schiffes. Ein heller Punkt vor schwarzem Hintergrund wird schnell größer.

»Und sie können uns wirklich nicht sehen?«, will Jenkins wissen.

»Nein, sie können uns nicht einmal orten.«

Das Schiff füllt nun den gesamten Monitor aus.

»Mein Gott, das ist ja riesig!«, stammelt einer der Wachmänner.

»Es ist fast fünf Kilometer lang und achthundert Meter im Durchmesser.«

Selena legt eine Grafik auf den Schirm, in der der Kurs des Schiffes dargestellt wird. Er endet exakt auf der Erde.

»Wie sehen die Fremden aus?«, will Ferguson wissen.

»Sie sehen aus wie normale Menschen. Sie haben dunkelbraune Haut und leuchtend blaue Augen und man würde sie eher nicht als besonders attraktiv bezeichnen. Diese Kombination aus Haut- und Augenfarbe ist auf der Erde selten, daher werden sie sich nur schwer unter die Menschen mischen können. Wie wir sie kennen, werden sie ohne Vorwarnung angreifen und sind darauf aus, möglichst viele Menschen zu töten. Sie haben Spaß am Töten und erlangen dadurch eine gewisse Befriedigung.«

Ich teile nun Ferguson unseren Plan mit.

»Als Erstes sollten Sie Ihre Handelsflotte zu einer Armee ausbauen und bewaffnen. Die Fremden haben Strahler, mit denen sie einen halben Planeten verbrennen können und vermutlich Atomwaffen. Damit haben sie bereits einen ihrer Planeten radioaktiv verseucht.

Und ich warne Sie, sollten Sie mit dem Gedanken spielen uns zu beseitigen. Sie brauchen uns. Nur wir kennen die Fremden, wir haben schon gegen sie gekämpft. Wir kennen ihre Stärken und Schwächen genau. Ohne uns sind Ihre Chancen, die Invasoren zu besiegen gering. Aber auch mit uns wird es nicht einfach. Sie sind unvorstellbar brutal. Ebenso brauchen wir Sie, wenn der Planet gerettet werden soll. Sie können uns also die Fesseln abnehmen. Solange die Fremden nicht besiegt sind, sind wir aufeinander angewiesen.

Lera ergänzt:

»Sie wissen sicherlich, dass es auf der Erde Untergrundbewegungen gibt, die Ihnen und Ihrem Imperium Sand ins Getriebe streuen. Wir schlagen Ihnen für die Zeit des Krieges gegen die Blauen einen Waffenstillstand vor. Der Untergrund hält sich mit Anschlägen zurück und wird dafür von Ihren Leuten in Ruhe gelassen.«

Nach einigem Zögern stimmt Ferguson zu, bleibt aber misstrauisch.

»Das Ganze läuft nur, wenn eure dritte Person meine Gefangene bleibt. Sie wird gut behandelt und es wird ihr an nichts fehlen. Wenn unsere Aktion erfolgreich beendet ist, lasse ich sie frei, wenn ich im Gegenzug das Schiff bekomme.«

Damit sind wir einverstanden, denn wir wissen, dass Selena ihm niemals die Befehlsgewalt über das Schiff einräumen würde. Und falls er denkt, er könne uns später beseitigen, dann unterschätzt er uns.

Weniger einverstanden sind die Vertreter aller Untergrundorganisationen. Wir haben nach unserer Rückkehr eine Versammlung einberufen, alle über die bevorstehende Gefahr informiert und ein Video vom fremden Raumschiff auf Erdkurs gezeigt.

»Es ist doch wohl klar, dass die GloEn, nachdem sie die Aliens besiegt hat, ihre Raumflotte nutzt, um uns auszulöschen«, wendet ihr Anführer Gérard erbost ein. »Wir graben damit unser eigenes Grab!«

»Es ist nicht gesagt«, erwidere ich, »dass die Aliens besiegt werden können. Wenn sie die Erde erobern, seid ihr alle tot oder versklavt. Und wenn wir es mit Fergusons Hilfe schaffen, die Aliens zu besiegen oder zu vertreiben, wird möglicherweise auch von seiner Raumflotte nicht mehr viel übrig sein. Ihr müsst also darauf vertrauen, dass wir am Ende ein Kräftegleichgewicht herstellen können.«

In Zusammenarbeit mit den Energieunternehmen wird eine riesige Propaganda-Maschinerie in Gang gesetzt. Die Menschen sind davon zu überzeugen, dass ihnen und der Erde Gefahr droht und man aufrüsten muss. Viele sträuben sich, denn der fünfzehn Jahre dauernde Bürgerkrieg vor über zwanzig Jahren hat die Menschen kriegsmüde werden lassen. Sie wollen nicht schon wieder kämpfen. Man erinnert sich auch an die Geschehnisse vor achtzig Jahren, als das amerikanische Militär friedliebende Aliens verjagte. Daher gibt es eine große Gruppe unter den Menschen, die den Fremden friedvoll gegenübertreten wollen. Diese werfen den Regierungen vor, sie nutzen die allgemeine Angst vor Fremden, die durch dümmliche Science-Fiction-Filme und -Romane aus der Zeit vor dem großen Krieg geschürt wurde. Darin waren die Menschen immer die Guten und die Aliens die Bösen, welche die Menschheit ausrotten, versklaven oder zumindest mit ekligem Schleim bewarfen.

Sogar Selena kann sich diesen Argumenten nicht verschließen.

»Ich kann die Menschen verstehen. Wenn man von dem Schleim einmal absieht und davon, dass es maßlos übertrieben ist, wenn ich an Ferguson und seine Kumpane denke, die Erdbewohner als »die Guten« hinzustellen, so zeichnet sich genau das ab, was in diesen Filmen als Schreckensszenario aufgebaut wird.«

Und weil Selena nur allzu gern Ironie in ihre Äußerungen bringt, ergänzt sie:

»Vielleicht können wir die Blauen von ihrem Vorhaben abbringen, wenn wir ihnen sagen, dass sie damit sämtliche Vorurteile dieser Welt über Außerirdische bedienen und ihr Verhalten daher richtig peinlich ist.«

Mit verstecktem Schmunzeln entgegnet Lera:

»Ich glaube, Selena, du nimmst die Sache nicht ernst.«

Doch der Schiffscomputer kann nichts unkommentiert lassen.

»Ich weiß nicht, was du hast, Lera. Ich habe schon einmal gefragt: Verdienen es die Menschen der Erde überhaupt, dass ihr euch so ins Zeug legt? Wenn ich nur an die Regierungen, die Energieunternehmen und deren Führungs-Mafia denke?

Doch auch Lera lässt nicht locker.

»Vielleicht solltest du aber auch Menschen wie die des Widerstandes, beispielsweise Gérard und Helen und nicht zuletzt den Regierungspräsidenten des europäischen Verbandes in deine Überlegungen einbeziehen. Dafür lohnt es sich dann vielleicht doch. Nicht alle

Menschen sind selbstsüchtig, macht- und geldgierig und rücksichtslos. Und drei davon kennst du schon seit Jahrzehnten. Ich sage nur: Nadine, Viviane und Florian. Auch sie sind Menschen der Erde.«

Selena gibt zum ersten Mal klein bei, aber wohl nur, weil sie das letzte Wort behalten will.

»Okay Lera, du hast mich überzeugt. Unterstützen wir also weiter den Aufbau einer Verteidigungsarmee.«

Es gibt besonders unter den jungen Leuten viele, die sich freiwillig zum Militärdienst melden, da die GloEn und andere Unternehmen sehr gut bezahlen. So sind die meisten Frachter nach knapp zwei Jahren umgebaut. Jetzt steht eine Kampftruppe mit 150 bewaffneten Raumschiffen und einem Heer von 20.000 Kämpfern bereit. Die Schiffe sind mit atomaren Waffen ausgerüstet. Wissenschaftler aus der alten Owen-Gruppe haben mit unserer Unterstützung riesige hochenergetische Strahler entwickelt, welche nahezu die gesamte Energie eines Owens auf einen Schlag freisetzen können.

Dann ist es soweit. Das fremde Schiff taucht am Rande des Sonnensystems auf. Die Aliens passieren Jupiter und die Monde, auf denen Rohstoffe abgebaut werden. Die Flotte der Erde hat sich zwischen Mars und Asteroidengürtel positioniert. Beobachtungssatelliten melden, dass die Fremden die Außenposten auf den Jupitermonden mit Hitzestrahlern beschießen, die das Oberflächengestein zum Schmelzen bringen. Man hat die Monde evakuiert, sodass keine Menschen zu Schaden kommen. Als diese Berichte die Erde erreichen, sind auch die letzten Kriegsgegner überzeugt und es verbreiten sich Angst und Schrecken.

Die ersten fünf Schiffe der Erde melden Ortungskontakt zum Gegner. Doch bevor sie auch nur eine Waffe zum Einsatz bringen, explodieren sie in Millionen kleinste Teilchen. Der Gegner hat offensichtlich ein weiterreichendes Ortungssystem und eine unbekannte Waffe. Bei den Blauen auf ihrem Planetensystem existierte solch eine Waffe nicht. Sie müssen sie auf ihrer langen Reise durch den Weltraum entwickelt haben.

Mit unserem getarnten Schiff beobachten wir das Geschehen. Außer Lera und mir ist noch Gérard an Bord, der die Verbindung zu den Untergrundbewegungen aufrechterhält. Ferguson weiß nichts von seiner Anwesenheit.

Eingreifen können wir nicht, da es unmöglich ist, Angriffswaffen mitzuführen. Töten ist nicht nur für die Geaner undenkbar, sondern auch für Selena, die von Geanern gebaut wurde. Aber wir kommen beliebig dicht an das fremde Schiff heran. Wir sind für sie unsichtbar. Das nutzen wir aus. Wir geben den nächsten Schiffen die genaue Position des Gegners durch und sie feuern ihre Waffen ab, noch bevor sie in seinen Ortungsbereich kommen. Fünfzig scharfe Raketen rasen auf den Gegner zu. Wir verfolgen die Annäherung und übertragen sie auf die Monitore der Erdschiffe. So können auch sie ihren Angriff sehen. Die erste Rakete trifft das Schiff und gibt mehrere Terawattstunden Energie auf einen Schlag frei. Die Einschlagstelle verfärbt sich dunkelrot und nimmt kurz darauf die alte metallische Farbe wieder an. Die nächsten Raketen treffen in Abständen von wenigen Minuten ein. Auch sie richten, bis auf eine vorübergehende Verfärbung der Außenhaut des Gegnerschiffes, keinen weiteren Schaden an. Dann reagieren die Aliens. Die restlichen dreißig Raketen erreichen ihr Ziel nicht mehr. Sie werden vorher von den Waffen der Fremden getroffen und vernichtet. Jetzt setzen die Erdschiffe Atomwaffen ein. Von weiteren fünfzig Raketen erreicht eine ihr Ziel, ohne jedoch Schaden anzurichten. Die anderen werden vorher durch Raketen des Gegners zur Explosion gebracht. Die Blauen haben einen Schutzschirm entwickelt, der schon fast an den von Selena herankommt. Kurz darauf explodieren vierzig unserer Schiffe. Der Gegner hat die Raketen zurückverfolgen und so die Lage unserer Schiffe orten können.

Dann ändern die Blauen schlagartig ihren Kurs. Dadurch geraten dreißig weitere Schiffe in ihren Ortungsbereich und explodieren kurz darauf.

Ich bin ratlos, wende mich verzweifelt an Selena.

»Selena, kannst du nicht analysieren um was für eine Art von Waffe es sich bei den Blauen handelt?«

»Tut mir Leid, Ben. Ich bin nicht in der Lage, Waffen zu analysieren. Ich weiß nur so viel, dass unser Verteidigungsschirm auch für diese Waffe nicht zu durchdringen ist.«

Wir nehmen Verbindung zum Kommandoschiff und Ferguson auf.

»Könnt ihr die Energiewaffen koordiniert abfeuern, dass sie gleichzeitig den Gegner treffen. Wir geben euch die genaue zukünftige Zielposition des fremden Schiffes zu dem Zeitpunkt durch, an den die Waffe des am weitesten entfernten Schiffes auftrifft. Die anderen feuern entsprechend später ab. Wir berechnen die Bahnen und geben den exakten Abschusszeitpunkt für jedes einzelne Schiff durch.«

Nach zehn Minuten kommt die Durchsage.

»Alle Schiffe bereit für den Abschuss. Wir warten auf den Zeitpunkt.«

Selena hat alle Berechnungen durchgeführt. Innerhalb der nächsten zwei Stunden feuert jedes Schiff in Abständen seine tödlichen Raketen ab. Fünfundneunzig Raketen sind auf Angriffskurs und kommen von allen Seiten auf das Schiff der Blauen zu. Fünfunddreißig Raketen werden abgefangen und explodieren vorzeitig, aber sechzig treffen den Gegner zur gleichen Zeit. Das ganze Schiff leuchtet hellrot auf. Das Rot wird dunkler und verschwindet. Wieder hat der Gegner die Kurse der Raketen berechnet und weitere sechzig unserer Schiffe sind verschwunden. Sie konnten aber vorher noch eine zweite und dritte Welle abfeuern, von denen immerhin noch jeweils fünfundzwanzig das gegnerische Schiff zweimal kurz hintereinander zum Glühen bringen, aber keinen sichtbaren Schaden anrichten.

So kommen wir gegen den Feind nicht an und werden nicht verhindern können, dass er die Erde erreicht.

Das feindliche Schiff kreuzt die Marsbahn. Es verlangsamt seine Fahrt. Knapp zweihundert zirka 180 cm lange Bündel verlassen das Schiff und stürzen auf den Mars zu. Die dünne Marsatmosphäre lässt sie nicht verglühen, da der Sauerstoffanteil nur 0,13 Prozent beträgt. Die Reibungshitze an den Kohlendioxidmolekülen, die 95 Prozent der Atmosphäre ausmachen, lässt sie aber verkohlen, so dass nur noch Staubpartikel die Oberfläche erreichen. Es muss sich um relativ weiches Material gehandelt haben.

»Selena, kannst du eine Erklärung finden, was das war?«

Der Computer spielt uns eine Aufzeichnung des Geschehens auf einen Monitor. Wir lassen heranzoomen und schauen uns entsetzt an.

Es handelte sich um Leichen. Unsere Angriffe, welche die Schiffshaut zum Glühen brachten, haben wahrscheinlich Blaue getötet, und zwar diejenigen, die sich im Außenbereich aufgehalten haben. Wir haben schon früher erlebt, dass die Blauen sich von ihren Getöteten trennen, weil sie sie als Ballast empfinden.

Wieder fragen wir den Schiffscomputer.

»Selena, haben wir Informationen darüber, wie viele Blaue sich auf dem Schiff befinden?«

»Nein, die Zahlen sind mir nicht bekannt. Ich kann nur Vermutungen anstellen. Bei ihrer ersten Expedition, die mit dem Überfall auf Gea endete, waren ursprünglich zweihundert Blaue an Bord. Das Schiff war aber deutlich kleiner. Nach der Größe dieses Schiffes zu urteilen schätze ich die Zahl auf fünfhundert bis maximal sechshundert Gegner. Darunter werden wieder etliche Frauen sein, die für Nachwuchs sorgen sollen, denn man wusste bei der Abfahrt nicht, wie lange die Reise dauern würde. Es befinden sich also noch etwa 350 Blaue an Bord, von denen etliche verletzt sein dürften.«

Wir ändern unsere Taktik. Die Schiffe verändern sofort die Position, nachdem sie ihre Waffen abgefeuert haben, damit der Gegner den Weg nicht zurückverfolgen kann. Wieder erreichen einige Raketen ihr Ziel und bringen die Außenhaut des gegnerischen Schiffes zum Glühen und Ferguson triumphiert.

Doch ich bremse seine Euphorie.

»Die Blauen werden sich ins Innere zurückgezogen haben und abwarten, bis die Temperatur wieder fällt. Die Kommandozentrale muss sich ebenfalls dort befinden, sonst hätten sie nicht so schnell auf den Angriff reagieren können. So kommen wir nicht weiter, Ferguson. Sagen Sie Ihren Schiffen, sie sollen sich zurückziehen.«

Doch Ferguson folgt seiner eigenen Strategie. Fünfzehn seiner Schiffe gehen mit Höchstgeschwindigkeit auf Kollisionskurs zum Gegner. Sie fliegen einen Kamikaze-Angriff. Alle fünfzehn werden vom Gegner zerstört,, bevor sie ihr Ziel erreichen.

»Ferguson! Haben Sie den Verstand verloren? Es war doch klar, dass die keine Chance hatten. Sie haben die Besatzung von fünfzehn Schiffen auf Ihrem Gewissen. Das war Mord!«

Ferguson gibt sich ungerührt.

»Wenn die Aliens die Erde erreichen, wird mein Imperium zerstört und die würden sowieso tot sein. Aber gut, ich werde mich jetzt mit den restlichen vierzehn Schiffen zurückziehen und erst einmal abwarten. Vielleicht ergibt sich in Zukunft eine Möglichkeit, den Fremden beizukommen. Eventuell dann, wenn sie ihr Schiff verlassen.

Und was euer Schiff angeht: Was müssen das für Idioten gewesen sein, die das gebaut haben. Es ist unglaublich schnell und so gut wie unsichtbar und dabei nicht in der Lage, einen einzigen Schuss abzugeben. Wie blöd muss man sein, so etwas zu bauen?«

Wir ignorieren ihn, doch Selena kann sich mal wieder eine Bemerkung nicht verkneifen.

»Was haltet ihr davon, Ferguson zum Ehrenbürger der Blauen zu ernennen? Er steht ihnen an Brutalität, Arroganz und Dummheit in nichts nach.«

Und dann ergänzt sie.

»Ich weiß nicht, ob es eine gute Idee ist, den Planeten Erde beim Kampf gegen die Invasoren zu unterstützen. Menschen wie Ferguson scheint es hier reichlich zu geben.«

Vom Regen in die Traufe

Die Nachricht, dass das Alien-Schiff die irdische Verteidigungsflotte geschlagen hat und in Kürze die Erde erreichen wird, führt zu Panik unter den Menschen und Chaos auf den Straßen. Sie verlassen fluchtartig die großen Städte. Sie hoffen verstreut auf dem Lande, versteckt in den Bergen, eingegraben in Höhlen den Angriff zu überleben. Die wenigen, noch aus der Zeit des Kalten Krieges vor über hundert Jahren existierenden öffentlichen Luftschutz- und privaten Atombunker sind restlos überfüllt. Die Menschen drängeln sich zu Hauf in den tiefer gelegenen U-Bahn- und Metrotunneln der Großstädte.

Wer es sich leisten kann, ergattert einen der begehrten Plätze in den zahlreichen Flugzeugen, die im Minutentakt von den Flughäfen der Welt starten mit Zielen abgelegener Gebiete, wie Malediven, Seychellen oder Inseln im gesamten Südseebereich. Ehemals exklusive Inseln und Inselgruppen wie Madeira, Kanaren, Kapverden, Mauritius und La Reunión sowie der gesamte Karibik-Raum sind bevorzugte Ziele der Flugzeuge, in denen sich die Menschen auf den Sitzen drängeln, dicht gedrängt auf dem Boden hocken und kleine Kinder in den Gepäckablagen liegen. Reisegepäck kann nur sehr begrenzt mitgenommen werden. Sämtliche noch betriebsbereiten Schiffe, vom riesigen Kreuzfahrtschiff bis zur kleinen Barkasse versuchen, überfüllt mit Flüchtenden, das offene Meer zu erreichen. Weg von den großen Siedlungen.

Regierungen, deren Funktionsträger nicht bereits geflüchtet sind, versuchen die Evakuierungen und die Flüchtlingsströme so gut es geht zu organisieren und haben sich zu einem losen Verband zusammengeschlossen. Was früher endlose Debatten und komplizierte Entscheidungswege erforderte, wird allerorten in vereinfachten Verfahren binnen Minuten beschlossen. Der Zeitdruck ist enorm.

Das, was früher gern als Schreckensszenario in primitiven Science-Fiction-Romanen beschrieben wurde, scheint furchtbare Realität zu werden.

Dann erreicht das Alien-Schiff die Erde, und die erste, immerhin fast menschenleere Großstadt in Nordamerika verglüht unter dem Beschuss der Fremden. Beton, Stein und Glas verschmelzen zu einer glasigen Masse. Um dies Inferno zu überleben, muss man sich in mindestens zehn Meter unter der Oberfläche befindlichen Tunnelsystemen aufhalten. Wir hoffen, dass diejenigen, welche die Stadt nicht verlassen konnten, dort überlebt haben.

Das riesige Schiff verschwindet, nur um wenig später über einer Stadt in Südostasien aufzutauchen. Auch diese Stadt ist im Zentrum überwiegend von den Einwohnern verlassen worden.

Hier versucht man, das Schiff mit einem Kampfgeschwader aufzuhalten. Zwanzig bis dreißig kleine, mit Waffen ausgerüstete Jagdflieger stürzen auf den Angreifer zu.

Wir erleben es über Selenas Monitore mit und schütteln ungläubig den Kopf. Wenn die hochgerüsteten Kampfschiffe der GloEn und ihrer Tochterunternehmen gegen die Fremden nichts ausrichten konnten, wie wollen diese Flugzeuge, die dagegen wie Spielzeuge wirken, ihnen Schaden zufügen können? Und richtig: Bevor die Flugzeuge auch nur in die Nähe des Blauen-Schiffes kommen, verglühen sie unter dem Beschuss der Fremden in Feuerbällen.

Kurz darauf erleidet die Stadt das gleiche Schicksal wie vorher die in Nordamerika. Eine dicke Schicht aus geschmolzenem Glas und Beton bedeckt die Fläche, wo vorher noch Hochhäuser und Glaspaläste standen.

Als dann eine dritte Stadt in Europa zugrunde geht, wollen die Regierungen den Angreifern die Kapitulation übermitteln. Doch sie haben keine Möglichkeit mit den Blauen Verbindung aufzunehmen. Sie kennen ihre Sprache nicht und haben keine Vorstellung, wie die Kommunikation ablaufen soll.

Der europäische Präsident nimmt über die Untergrundbewegung Kontakt zu uns auf und bittet um Hilfe. Wir würden die Blauen und ihre Sprache doch kennen. Vielleicht wüssten wir eine Möglichkeit der Kontaktaufnahme.

Daraufhin sitzen wir mit Gérard und einigen Führungskräften des Untergrunds zusammen im Schiff und beraten.

Selena meldet sich telepathisch in Leras und meinem Kopf, sodass die anderen von dieser Kommunikation nichts mitbekommen.

›Als vor über zwanzig Jahren ein Schiff der Blauen Gea überfiel, gelang es mir, mich in das Kommunikationssystem der Blauen einzuloggen. So konnten wir damals mithilfe eurer Eltern die Invasoren letztlich besiegen. Wenn sie ihr System nicht grundlegend geändert haben, müsste das weiterhin funktionieren.‹

Wir lassen der Regierung über unsere Freunde vom Untergrund mitteilen, dass wir eine Nachricht an den Gegner übermitteln können.

Der Inhalt der Kapitulationserklärung war bereits beschlossen und so wird diese Nachricht von uns noch am gleichen Tag übermittelt. Und es klappt. Nach Zugang der Kapitulation verzichten die Blauen auf weitere Zerstörungen.

Das neu eingerichtete Verwaltungszentrum in Novo Brussells wird per Erklärung der provisorischen Weltregierung über unseren Kommunikationskanal formell übergeben. Das riesige Raumschiff landet daraufhin in dessen Zentrum, etliche Häuserblöcke zerquetschend.

Gérard ist entsetzt und gleichzeitig irritiert.

»Wieso wollen die Blauen nicht wissen, woher die Menschen ihre Sprache kennen? Das muss sie doch wundern. Sie landen auf einem für sie völlig fremden Planeten und erhalten eine Botschaft in ihrer Sprache und dann noch über ihr eigenes Kommunikationssystem. Ich zumindest würde da misstrauisch werden.«

»Die Blauen wundert nie etwas«, erklärt Lera. »Sie halten sich für den Mittelpunkt des Universums und alle anderen für minderwertig. Sie gehen wie selbstverständlich davon aus, dass man entweder ihre Sprache spricht oder überhaupt keine ›richtige‹ Sprache hat.«

Eine Zeit lang herrscht trügerische Ruhe. Es kommen keine Nachrichten aus dem besetzten Regierungsviertel nach draußen. Gelegentlich gibt es Gerüchte, die von einer großen Menge Menschen berichten, die wie Tiere in riesigen Käfigen gehalten werden, und es wird von einer Vielzahl von Toten berichtet, die aus Häusern geholt und einfach auf die Straße gekippt werden. Dann startet das fremde Raumschiff und kehrt nach ein paar Stunden wieder zurück. Wir sitzen mit unseren Verbündeten zusammen und überlegen verzweifelt, was wir tun können.

Eines Abends bringt einer unserer Mitstreiter, der bisher als Personenschützer des europäischen Präsidenten gearbeitet hat, einen fremden Mann in unser Versteck. Er hat seinen Kopf mit einer Kapuze bedeckt und vermittelt einen gehetzten Eindruck. Dann streift er die Kopfbedeckung zurück und schaut Lera und mich an. Wir sind überrascht. Es ist der Präsident. Auch die anderen haben ihn erkannt und es hagelt Fragen.

Mit einer fahrigen Handbewegung bringt er die Gruppe zum Schweigen und stammelt:

»Ich konnte es nicht ... Ich konnte es einfach nicht ... Das war zu viel ...!«

»Was konnten Sie nicht? Was war zu viel?«, will ich von ihm wissen. »Erzählen Sie.«

Er schaut uns mit einem gequälten Gesichtsausdruck an, nimmt schwerfällig am großen Tisch Platz und verlangt nach einem Glas Wasser.

Dann erzählt er, anfangs noch stockend.

»Nachdem das Raumschiff gelandet war, verließ eine Abordnung von fünf Blauen ihr Schiff und ließ sich in mein Büro führen. Mit Zeichensprache gaben sie mir zu verstehen, dass ich alles auszuführen hätte, was sie befehlen, andernfalls würden sie mich töten. Ich hatte verstanden und nickte. Anschließend verlangten sie nach Dolmetschern, die in der Lage wären, in kürzester Zeit ihre Sprache zu lernen. Die waren schnell zur Stelle, denn wir waren darauf vorbereitet. Einige fähige Dolmetscher hatten bereits die Grundstruktur der Sprache der Blauen analysiert, nachdem wir von euch die Übersetzung der Kapitulation erhalten hatten.

Schon am kommenden Tag war eine Kommunikation möglich.

Wir hatten eine Versammlung der Präsidenten und führenden Mitgliedern sämtlicher Regierungen einzuberufen. Alle waren bereits nach zwei Tagen zur Stelle. Dann hatten wir Papiere zu unterzeichnen, in denen wir verpflichtet wurden, sämtliche Befehle der Invasoren unverzüglich auszuführen. Jede Befehlsverweigerung hätte den Tod nicht nur des Verweigerers zur Folge, sondern auch sämtlicher Menschen in seinem Umfeld.

Als Erstes hatten wir das von ihrem Schiff zerquetschte Areal von Trümmern frei zu räumen und mit einem elektrisch gesicherten hohen Zaun zu umgeben. Dann machten sich einige Blaue in Gruppen auf, geschützt durch ihre Raumanzüge, Menschen einzufangen und dort zu internieren. Dabei geschah etwas Furchtbares. Ferguson muss irgendwie davon erfahren haben. Eines seiner Raumschiffe tauchte über einer Gruppe von Fängern auf und tötete mit seinen Energiestrahlern fünf Blaue und etliche bereits gefangene Bewohner der Stadt. Daraufhin zogen sich alle Blauen sofort in ihr Schiff zurück. Das Raumschiff startete und hinterließ einen riesigen Krater im Zentrum unserer Stadt. Dann war es verschwunden.

Nach einigen Stunden kehrte es zurück und später erfuhren wir, dass sie die Basis der restlichen Erdflotte ausgemacht und das Flugfeld sowie die benachbarte Stadt dem Erdboden gleichgemacht hätten. Wie sie den Ort so schnell gefunden hatten, war uns allen ein Rätsel. Dann schnappten sie sich drei von uns Präsidenten, darunter den amerikanischen. Sie wollten wissen, ob sie nun alle Schiffe der irdischen Verteidigungsflotte vernichtet hätten.«

Ich unterbreche ihn.

»Haben sie gesagt, wie viele Schiffe sie zerstört haben?«

»Ja, zehn.«

»Dann hat Ferguson noch vier Schiffe«, wirft Lera ein.

»Das allerdings wusste keiner von uns«, fährt der Präsident fort. »Ferguson hat nie die genaue Zahl der im früheren Kampf verlorenen Schiffe bekannt gegeben.

Sie haben uns gefoltert und dabei den amerikanischen Präsidenten getötet.«

Mit diesen Worten krempelt der Mann seine Ärmel hoch. Die Arme sind voller Brandwunden.

»Was geschah dann?«, wollen wir wissen.

»Dann befahlen sie uns, Menschen zusammenzutreiben und zu internieren.«

»Wozu brauchten sie die? Was hatten sie vor?«

»Das ist genau der Punkt, an dem es bei mir aussetzte. Als Nächstes sollten wir nämlich aus den Reihen der Regierungsbeamten, die noch nicht geflohen waren, Treiber stellen. Diese sollten eine große Gruppe der Gefangenen durch die Straßen und vor die Gewehre der dort postierten Blauen treiben, die diese dann wie bei einer Treibjagd abknallen wollten. Töten bereitet ihnen offensichtlich eine große Befriedigung.

Doch was die Invasoren da von uns verlangten, das konnte ich nicht. Mit Hilfe meines von euch gestellten Leibwächters konnte ich fliehen. Er brachte mich dann hierher.«

Als der Präsident geendet hat, herrscht minutenlang entsetztes Schweigen.

Gérard fasst sich als Erster. Verzweifelt wendet er sich an uns.

»Es muss doch eine Schwachstelle geben. Irgendetwas, wo wir sie zu fassen bekommen können. Jeder hat doch irgendwo einen schwachen Punkt. Ihr kennt die Blauen. Denkt nach. Da muss es doch etwas geben.«

Wir sitzen lange zusammen und überdenken die katastrophale Lage. Dann hat Lera endlich eine Idee, die sie der Gruppe unterbreitet.

»Du hattest Recht, Gérard. Sie haben eine Schwäche. Und die haben die Grünen, die auf ihrem Planeten von den Blauen wie Sklaven gehalten werden, schon seit vielen Jahren ausgenutzt, um immer wieder einzelne der verhassten Sklavenhalter zu töten. Es die Schwäche der Blauen für hübsche Mädchen und Frauen. Da ihre eigenen Frauen eher grobschlächtig sind und, auch für ihren Geschmack, selten hübsch, drehen sie regelmäßig durch, wenn sie eine gut aussehende Frau zu sehen bekommen. Das haben die Grünen ausgenutzt, um immer wieder einige der Gegner mit schönen Mädchen als Lockvogel einzufangen und zu töten.«

»Das muss man doch irgendwie nutzen, um an sie heranzukommen«, denke ich laut.

»Zuallererst müssten wir an ihr Schiff herankommen«, überlegt Lera, »das ist der Grundstein ihrer Herrschaft. Ich habe auch schon eine feste Vorstellung. Nur schaffen wir das nicht allein. Wir brauchen die Hilfe meiner Eltern.«

Dann erzählt sie uns Einzelheiten.

Wir senden eine Nachricht an Viviane und Adon. Sie müssten inzwischen die Grünen auf dem neuen Planeten abgesetzt haben und sich auf dem Rückweg zum Planetensystem der Blauen befinden, um die zweite Exodus-Welle in Angriff zu nehmen.

Dann fliegen wir zum Mars. Um die dortigen Kolonien haben sich die Blauen noch nicht gekümmert. Es gibt fünf große Einheiten, die von riesigen Kuppeln bedeckt sind. Die Mars-Atmosphäre enthält zu wenig Sauerstoff. Da der Mars so gut wie kein Magnetfeld besitzt, das ihn vor den Sonnenwinden schützt, wird die oberste Schicht der Atmosphäre nach und nach in den Weltraum geblasen.

Die Bewohner sind in großer Sorge, denn es ist nur eine Frage der Zeit, bis die Fremden hier erscheinen, die Anlagen zerstören und alle hier lebenden Menschen unterjochen oder sogar töten werden. Sie haben sich tief in die Marsoberfläche eingegraben und hoffen, in diesen Räumen einen Angriff zu überleben.

Wir rekrutieren Freiwillige, brauchen aber ausnahmslos attraktive Frauen und Mädchen. Unerwartet haben wir keinen Mangel an Meldungen, als bekannt wird, dass mit ihrer Hilfe den Invasoren ein empfindlicher Schlag versetzt werden soll, von dem sie sich möglicherweise nicht erholen werden. Binnen kurzer Zeit haben wir zweihundert attraktive Mädchen und Frauen zusammen. Und haben Glück: Darunter sind fünf, die fast alle bekannten Arten von Selbstverteidigung beherrschen. Zusammen mit diesen bilden wir die übrigen aus. Dann evakuieren wir die Kuppelstadt, nur unsere Mädchen bleiben. Alle übrigen ziehen in die anderen vier Städte um.

Eine Woche nach der Räumung erscheint ein riesiges Raumschiff wie aus dem Nichts über der Stadt. Die Mädchen erschrecken, aber wir beruhigen sie. Es sind Viviane, Adon und die Techniker und Wissenschaftler von Gea mit dem umgebauten Schiff der Blauen.

Es gibt eine herzliche Begrüßung mit Viviane und Adon.

»Die Blauen sind also tatsächlich auf der Erde gelandet«, stellt Adon fest. »Wie konnte das passieren?«

»Sie haben eine unbekannte Waffe entwickelt«, erwidert Lera, »gegen die die Erdbewohner nicht ankamen.

Die Verteidigungsarmee ist fast vollständig aufgerieben. Und sie haben eine Schreckensherrschaft auf der Erde errichtet.

Ich berichte von Leras Plan.

»Wir haben vor, sie hierher zu locken. Ist es möglich, Adon, um den Mars genauso eine Hülle aus Nanopartikeln zu legen, wie beim Planetensystem der Blauen und Grünen? So, dass sie zwar hierher durchdringen, aber nicht wieder wegkönnen?«

»Das ist kein Problem. Wenn wir ein ganzes Sonnensystem isolieren konnten, ist ein einzelner Planet ein Kinderspiel.«

»Wir brauchen noch etwa vier Wochen für die Ausbildung unserer Lockvögel. Wenn du, Adon, uns unterstützt, könnten wir es in zwei schaffen. Währenddessen sollte Viviane zusammen mit den Geanern alle übrigen Kuppelstädte evakuieren und die Menschen auf abgelegene Orte der Erde bringen.«

Am Abend sitzen wir vier zusammen.

»Erzählt. Wie haben die Grünen den neuen Planeten aufgenommen?«

Viviane berichtet.

»Es war bewegend. Wir haben den Planeten zuerst umrundet. Alle Grünen hingen schweigend vor den Monitoren. Sie sahen, dass er zu großen Teilen bewaldet war. Es gab ja einmal eine hoch entwickelte Zivilisation dort, aber die ist vor 750 Millionen Jahren ausgestorben und hat keine sichtbaren Spuren hinterlassen. Die Natur hat den Planeten mit üppiger Vegetation zurückerobert. Es gibt reichlich fleisch- und pflanzenfressende Tiere.

Von den Letzteren lassen sich vermutlich sogar einige domestizieren.

Als wir landeten und die Grünen den Planeten betraten, weinten viele vor Glück. Sie konnten es nicht fassen, dass ihnen ein Leben in Freiheit bevorstand, ohne Furcht vor Unterdrückung und Versklavung. Ihre Dankbarkeit uns gegenüber kannte keine Grenzen.

Wir waren gerade für den Rückflug gestartet, als uns eure Nachricht erreichte und änderten sofort den Kurs. Deine Eltern, Ben, auf dem Planeten der Grünen und Blauen, haben wir benachrichtigt, dass sich unsere Ankunft dort verzögern wird. Die nächsten 500 Auswanderungswilligen stehen schon bereit und warten in Verstecken auf unsere Ankunft. Die Geaner dort haben um unseren Landeplatz bereits einen Schutzschirm errichtet, denn die Blauen überwachen den gesamten Planeten, da sie mit unserer Rückkehr rechnen. Spätestens, wenn die Grünen an Bord gehen, müssen wir aus der Tarnung auftauchen. Wir wollen da absolut auf Nummer Sicher gehen. Eine Entdeckung ist zwar unwahrscheinlich, denn Aylen und ihre Mitstreiter haben inzwischen das gesamte planetarische Kommunikationssystem lahmgelegt.

So vergeht die halbe Nacht damit, die Geschehnisse der letzten Monate zu berichten.

Nach einer zu kurzen Schlafpause machen wir uns am nächsten Morgen an die Arbeit.

Während Adon mit dem großen Schiff die Sperre um den Mars installiert, organisiert Viviane den Exodus. Die Menschen packen ihre nötigsten Habseligkeiten und nach einer Woche sind alle Marsstädte bis auf unsere verwaist.

Unsere beiden Frauen wollen es sich nicht nehmen lassen, aktiv als Anführerinnen mit dabei zu sein, gegen den massiven Protest von Adon und mir.

»Das ist sogar sehr sinnvoll«, erklärt Viviane. »Die Blauen haben eine strenge Hierarchie und die Anführer sind die kräftigsten und gewalttätigsten Männer. Die werden sich in erster Linie für die Anführerinnen der Frauen interessieren. Keine der Kämpferinnen hat unsere Reaktionsschnelligkeit, gegen die auch der stärkste Feind nicht ankommt. Es ist schon richtig, wenn wir die größte Gefahr auf uns bündeln.«

Gegen diese Argumentation sind Adon und ich machtlos. Wir kämen ohnehin nicht gegen unsere Frauen an, wenn sie sich etwas in den Kopf gesetzt haben.

Selena lanciert einen Bericht in den Medien auf der Erde:

AMZONIEN AUF DEM MARS
Unbemerkt von der Öffentlichkeit hat sich auf dem Mars ein Staat im Staat gebildet.
Eine der fünf Marsstädte wird nur von Mädchen und Frauen beherrscht. Fast alle Männer wurden vertrieben bis auf einige wenige, die als Sklaven gehalten werden.
Die Frauen geben sich außerordentlich streitbar nach dem Vorbild der Amazonen aus der griechischen Mythologie. Entsprechend nennen sich ihre Anführerinnen Penthesilea und Hyppolyte.

Es werden Bilder gezeigt, auf denen eine Menschenmenge von attraktiven Frauen und Mädchen zu sehen ist. Um die Hüften tragen sie einen Gurt, an dem ein Köcher mit metallischen Pfeilen befestigt ist und auf dem Rücken einen Bogen aus Stahl. Im Übrigen sind sie nackt.

Angeführt werden sie von zwei Frauen, die zusätzlich ein mit Edelsteinen besetzten String-Tanga tragen.

Lera und Viviane wenden sich mit gespielter Empörung an Selena – allerdings nicht wegen der Bilder.

»Wie kommst du denn auf die verrückten Namen Penthesilea und Hyppolyte? Was soll das? Das haben wir dir nicht aufgetragen.«

»Warum nicht?«, sagt Selena und tut so als sei es das Selbstverständlichste von der Welt. »So hießen die Amazonenköniginnen in der griechischen Mythologie. Eigentlich wollte ich auch die Namen eurer Mitstreiterinnen herausposaunen, nämlich Antandre, Bremusa, Clonie, Derimach... «

»Halt, Selena! Es reicht!«, stoppen die beiden lachend Selenas Redefluss. »Wir wussten schon vorher, dass du wohl der einzige klassisch gebildete Computer unseres Universums bist. Du musst uns nichts beweisen. Du bist die Größte!«

»Danke! Ich gebe gern das Kompliment zurück: Ihr seht atemberaubend aus. Wenn die Anführer der Blauen euch sehen werden, wird deren Verstand nicht eine Etage tiefer rutschen – dort ist er ohnehin zuhause. Nein, er wird sich endgültig ins Nirwana verabschieden.

Wenn ich ein Mensch und Mann wäre, würde ich auch sofort über euch herfallen.«

Selena muss immer noch das letzte Wort haben, da hat sich nichts geändert.

Die Veröffentlichung hat die erwartete Wirkung.

Die Blauen sehen den Bericht, denn sie kontrollieren inzwischen den gesamten Medienbereich. Sie verstehen zwar nicht, worum es sich handelt, da sie sich nicht die Mühe gemacht haben, die Sprache der Menschen zu lernen. Sie sind der Meinung, die Menschen haben gefälligst ihre Sprache zu lernen. Doch der Bericht ist so gestaltet, dass sie erkennen, um was es sich handelt. Es vergehen keine zwei Tage, da startet das Schiff der Blauen zum Mars. Es bleiben nur wenige auf der Erde zurück und das sind fast ausnahmslos Frauen und Verletzte.

Das fremde Schiff erscheint über dem Mars und zerstört alle Kuppelstädte. Nur die Stadt der Frauen wird verschont. Das Schiff landet und die Blauen erstürmen mit lautem Gebrüll die Schleuse der Kuppelstadt. Sie stoßen ins Innere vor und sehen sich lauter nackten und attraktiven Frauen gegenüber, die mit Pfeil und Bogen auf sie schießen. Die Stahlpfeile prallen wirkungslos an den Anzügen der Invasoren ab, was diese zu einem brüllenden Lachen veranlasst.

»Wenn ihr am Leben bleiben wollt«, rufen sie, »dann lasst den albernen Widerstand sein, ihr habt mit euren Spielzeugwaffen keine Chance gegen uns. Wo sind eure Anführerinnen? Her mit ihnen!«

Lera und Viviane gehen mit aufreizenden Schritten auf die Anführer zu, denen die Augen fast herausfallen.

»Folgt uns in unsere Räume, dort ist es gemütlicher!«

Die Fremden sind so gefesselt von dem Anblick der Frauen, dass ihnen nicht bewusst wird, dass diese auf ihre Worte reagiert und dann auch noch in ihrer Sprache geantwortet haben. Ihr Verstand hat ausgesetzt.

Viviane und Lera führen die beiden Anführer in ihre Räume und verschließen die Tür. Draußen fallen die vor Erregung bereits wahnsinnig gewordenen Fremden über die Mädchen und Frauen her und reißen sich die Kleidung vom Leibe. Damit sind sie unseren Kämpferinnen schutzlos ausgeliefert. Auch Viviane und Lera nehmen sich nun die beiden Anführer vor, die gegen ihre Schnelligkeit keine Chance haben. Tritte und Schläge kommen so schnell hintereinander und scheinbar von allen Seiten gleichzeitig, dass die Männer in kurzer Zeit bewusstlos am Boden liegen.

Nur wenige Blaue überleben den Kampf draußen und können in ihr Schiff flüchten. Unsere Frauen schultern verletzte Mitstreiterinnen und eilen in den unter der Oberfläche befindlichen Sicherheitsbereich und von dort aus in die unterirdischen Gänge, die aus der Stadt hinausführen. Das fremde Schiff startet und verwandelt kurz darauf die Stadt in eine glühende Masse. Es ist ihnen offenbar egal, dass sie damit auch zurückgebliebene verletzte, aber möglicherweise noch lebende Blaue töten. Insbesondere haben sie damit auch ihre von Viviane und Lera ausgeschalteten Anführer getötet.

Die Frauen gelangen an die Marsoberfläche und werden von Adon und den Geanern in ihrem Schiff aufgenommen.

Adon und ich sind froh, unsere beiden Frauen unversehrt in die Arme schließen zu können. Doch wir haben fünf Frauen verloren, die auf überlegene Gegner trafen und zu Tode gekommen sind. Unter den Verletzten sind nur wenige, die schwere Wunden davongetragen haben.

Die überlebenden Blauen verlassen mit ihrem Schiff fluchtartig den Mars und hängen nach kurzer Zeit bewegungslos im Raum. Sie feuern aus allen Rohren auf die unsichtbare Barriere. Einige ihrer todbringenden Raketen sind ebenfalls im Raum gefangen, andere detonieren an der unsichtbaren Barriere. Die Explosionsenergie durchdringt zwar den Nanoteilchenschirm, verpufft dahinter aber wirkungslos. Sie sitzen mit ihrem Schiff in der Umlaufbahn des Mars' fest. Sie könnten zwar zurück auf den Planeten, haben sich aber selbst der Möglichkeit beraubt, dort zu überleben, da sie alles zerstört haben. Sie werden folglich in ihrem Raumschiff gefangen sein, bis sie sterben. Ihre Aggressivität wird sich aus Mangel an Gegnern ohnehin gegen sich selbst richten, und so werden die wenigen Überlebenden sich innerhalb der nächsten Jahre, wenn nicht sogar Monate, gegenseitig umbringen. Die Aussicht, ihr Leben lang dort festzusitzen, wird das Ganze noch beschleunigen.

Wir geben die Nachricht an Ferguson, verschweigen aber alles, was mit Viviane, Adon und deren Raumschiff zu tun hat. Wir berichten, dass wir, nachdem die Blauen ihr Schiff verlassen hätten, um sich über die Mädchen und Frauen herzumachen, in ihr Schiff eingedrungen seien und den Antrieb zerstört hätten. Die Blauen säßen jetzt auf dem Mars fest.

Ferguson reagiert sofort und so unerwartet, dass wir es nicht verhindern können.

Er entsendet seine verbliebenen Schiffe nach Nova Brussels und lässt mit deren Energiestrahlern das gesamte Zentrum, in dem sich die restlichen Blauen aufhalten, ohne Rücksicht auf die dort lebenden Menschen dem Erdboden gleichmachen.

Weltweit reagieren die Menschen mit Erschütterung und Entsetzen. Doch Ferguson lässt erklären, dass ihn die Gefährlichkeit der Fremden zu diesem Vorgehen gezwungen hätte. Dies entspricht jedoch nicht der Wahrheit. Es wäre kein Problem gewesen, mit Bodentruppen gegen die verletzten Blauen und die Frauen der Invasoren vorzugehen. Als ihm weiter Kritik entgegenschlägt, lässt er verbreiten, dass seine Kampftruppen die Fremden und ihr Schiff auf dem Mars besiegt hätten. Wir lassen ihn gewähren. Es reicht, dass die Widerstandskämpfer von unserer Anwesenheit wissen.

Die Suche nach Helen

Während Ferguson und seine Anhänger den Sieg feiern, versuchen wir, den Aufenthalt seiner Gefangenen Helen herauszufinden. Wir glauben nicht, dass er sich an sein Versprechen hält, sie freizulassen, wenn er uns und das Schiff erhält. Wir sind nicht einmal sicher, dass sie noch lebt.

Hierfür muss die Untergrundbewegung wieder aktiv werden. Das Erscheinen der Aliens hat etwas hervorgerufen, das uns jetzt zugutekommt. Die Gefahr von außerhalb hat die verschiedenen Gruppierungen zusammengeschweißt. Es gibt inzwischen eine geheime Führungsriege als Kopf aller über den gesamten Globus verstreuten Widerstandsgruppen. Gérard ist einer von denen, welche die europäischen Gruppen vertreten. Er ist es auch, der schon überall Fäden gezogen hat. Weltweit wird nach Helen gesucht. Es ist der Bewegung gelungen, auch in Fergusons Rest-Armeen Mitglieder einzuschleusen.

Drei Tage später sitzen uns vier Widerständler gegenüber, die als Spitzel bei Ferguson arbeiten. Einer davon war eine Zeit lang Leibwächter in Fergusons Stadtdomizil in Washington, ehemals USA. Das existiert jedoch nicht mehr. Die Stadt wurde vollständig von den Blauen zerstört. Aber er kann uns immerhin die Information geben, dass man Helen mit einem Hubschrauber fortgeschafft hat. Zwei weitere gehören Fergusons Armee an und erzählen, dass genau am Tag ihres Fortschaffens ein kleineres Militärflugzeug mit unbekanntem Ziel von Washingtoner Flughafen gestartet ist. Über eventuelle Passagiere ist aber nichts bekannt.

Doch den entscheidenden Hinweis gibt uns ein Mann, der als Soldat zu den Bewachern des Anwesens in Nevada gehört. Dieses hat ein eigenes kleines Flugfeld, auf dem ständig Maschinen starten und landen, auch an dem betreffenden Tag. Er weiß von einem Flügel in dem Gebäudekomplex, den niemand betreten darf, mit Ausnahme weniger Bewacher, die das Vertrauen ihres Bosses besitzen. Sie erzählen nichts und sind von ihren Kameraden isoliert. Ihm war aufgefallen, dass der Vorgesetzte dieser Soldaten anfangs alle paar Stunden telefonierte, ganz offensichtlich mit Ferguson, aber in den Tagen des Kampfes gegen die Invasoren kaum noch.

Das muss Fergusons Rückversicherung sein, die ihn davor schützt von uns gefangen genommen und als Geisel benutzt zu werden. Diese benötigte er nur in der Zeit, in der er sich bei uns im Schiff befand und im Kampf gegen die Invasoren auf uns angewiesen war.

»Wenn der Anruf mit einem bestimmten Codewort ausblieb«, sinniert Lera, »hatten die Bewacher vermutlich die Order, Helen zu töten. Diese Vereinbarung hält Ferguson zurzeit offenbar nicht für nötig. Er fühlt sich in Sicherheit. Wobei nicht gesagt ist, dass sie sich überhaupt dort befindet Es ist leider durchaus denkbar, dass sie nicht mehr lebt.«

»Das Risiko müssen wir eingehen«, wende ich ein. »Wenn sie sich dort befindet – und es spricht alles dafür –, habe ich schon eine Vorstellung davon, wie wir sie

herausholen können. Doch wir haben keine Zeit zu
verlieren. Ein paar Tage später wird es nicht mehr funktionieren, wenn es nicht schon jetzt zu spät ist. Und wir
brauchen hierbei noch einmal eure Hilfe, Viviane und
Adon.«

Meine Idee basiert auf einem Bluff. Denn unser Informant hatte nebenbei erwähnt, dass den Soldaten der
Bewachungsarmee kein Kontakt nach außen erlaubt sei.
Sie sind demnach von allen medialen Informationen
abgeschnitten. Das könnte uns helfen.

Wir tauchen mit dem Geaner-Schiff über dem Land-
sitz auf. Es ist zwar etwas kleiner als das Invasionsschiff
der Blauen, aber wir hoffen, dass der Hinweis richtig
war und die Soldaten den Unterschied nicht bemerken
und davon ausgehen, es sei das Invasionsschiff.

Und tatsächlich, es funktioniert. Wir schweben mit
dem Schiff in hundert Metern Höhe über dem Anwesen
und sehen wie die Soldaten fluchtartig das Gelände
verlassen, mit Militärfahrzeugen, Motorrädern, Fahrrä-
dern und sogar zu Fuß. Wir landen kurz darauf vor den
verlassenen Gebäuden. Lera fährt ihre Sinne aus und
sucht nach einem telepathischen Kontakt. Es dauert
eine Zeit, dann kommt eine Reaktion.

»Lera! Bist du es?«

Helen hat gemerkt, dass ein fremder Gedanke in ihrem Kopf aufgetaucht ist und sofort reagiert. Sie ist ja,
außer uns, der einzige Mensch auf der Erde, der von
Leras Fähigkeiten weiß.

Es macht keine Mühe, sie aufzufinden. In dem Gebäudekomplex, in dem sich auch die privaten Räume

von Ferguson befinden, konnte sie sich frei bewegen. Sie ist tatsächlich gut behandelt worden. Wir wollen sie an Bord nehmen, doch sie hält uns zurück.

»Wartet! Im Wohnzimmer befindet sich hinter einem der Ölgemälde ein Tresor, der könnte wichtige Unterlagen enthalten. Seid ihr vielleicht in der Lage, mit eurer fortgeschrittenen Technik einen irdischen Tresor zu knacken? Auch dann, wenn er mit modernsten Sicherungssystemen ausgestattet ist?«

»Wenn wir das vielleicht nicht können, so haben wir jemanden dabei, der das kann.«

Ich nehme Verbindung zu Adon im Schiff auf.

»Du hast vermutlich mitgehört. Kannst du das?«

Wartet, ich komme zu euch. Ich denke, es gibt keine irdische Technik, die ich nicht verstehen und überlisten kann.«

Nach fünf Minuten betritt Adon den Raum. Helen schaut ihn mit weit geöffneten Augen an.

»Donnerwetter, sieht der gut aus! Wo habt ihr denn dieses lecker Kerlchen aufgelesen?«

Lera schmunzelt.

»Das lecker Kerlchen ist mein Vater!«

»Oh!« Helen hält sich vor Schreck die Hand vor den Mund. »Entschuldige meine Respektlosigkeit, Lera. Aber dein Vater sieht wirklich enorm gut aus, und ich will auch gar nicht wissen, wo er her kommt.«

»Tu nicht so, Helen, als ob du das nicht wüsstest. Ja, er ist ein ›richtiger‹ Alien. Und du wirst auch später meine Mutter kennenlernen. Sie stammt aber von der Erde. Ich bin also eine Halb-Alien. Wir sind auch nicht mit Selena gekommen, um dich hier heraus zu holen. Draußen wartet ein riesiges Schiff, das sogar ursprünglich ein Schiff der Invasoren – also der Blauen war, aber von meinem Volk übernommen und mit unserer Technik ausgerüstet wurde.

Und noch etwas, Helen. Das wird dir nicht gefallen, aber es ist notwendig. Du wirst später alles vergessen, was du erfahren hast. Du wirst meine Eltern nie gesehen haben und das Schiff auch nicht. Mein Volk möchte auf keinen Fall, dass ihr Erdenmenschen von seiner Existenz erfahrt. Es ist nämlich das friedlichste Volk, das man sich vorstellen kann, und hätte – trotz seiner Fortschrittlichkeit – einer Invasion von der Erde nichts entgegenzusetzen, weil es keine Aggressivität kennt. Du wirst glauben, dass nur wir beide, Ben und ich, dich mit unserem Raumschiff befreit hätten, von dem du auch jetzt schon glaubst, dass von einer längst ausgestorbenen Zivilisation erbaut wurde, und dass meine Eltern, solltest du sie einmal kennenlernen, von der Erde seien.«

Helen schaut überrascht und sagt nach einer Weile:

»Okay, Lera. Damit kann ich leben – und, wie du sagst, scheint es durchaus möglich zu sein, dass ich deine Eltern noch einmal ›zum ersten Mal‹ kennenlerne. Darauf freue ich mich jetzt schon.«

Sie spricht Adon an.

»Komm schöner Mann! Ich zeig dir, wo sich Tresor und Sicherheitstechnik befinden.«

Adon macht sich an die Arbeit und nach kurzer Zeit steht die Tresortür offen.

Helen wühlt in den dort liegenden Papieren. Dann hält sie uns triumphierend einen Stapel Blätter entgegen.

»Schaut, was ich hier habe! Das sind Unterlagen meines Großvaters über die Konstruktion von Owens. Sie alle tragen seine Handschrift«, jubelt sie. »Damit können wir Ferguson und Jenkins festnageln. Außerdem sind hier noch Unterlagen über eine gemeinnützige Stiftung, die mein Opa gegründet hat. Von der habe ich aber noch nie gehört. Auch niemand sonst weiß davon.«

Helen will gerade die Tresortür schließen, als ich sie auf einen kleinen schmalen Briefumschlag aufmerksam mache, der versteckt in der hinteren Ecke liegt.

Sie nimmt ihn an sich.

»Mein Gott! Was ist das? – Nein, das glaub' ich nicht! Das ist ein Testament!«

Mit zittrigen Fingern öffnet sie den Umschlag und nimmt mehrere eng beschriebene Seiten heraus. Ihre Augen gleiten über die Blätter. Sie ist so gefangen von dem was sie liest, das es scheint, als würde sie sogar das Atmen vergessen. Dann platzt sie heraus.

»Das ist das Testament meines Großvaters! Und da steht schwarz auf weiß, dass er alle Rechte am Owen-Akku besitzt und verfügt hat, ihn allen Menschen über eine gemeinnützige Stiftung zur Verfügung zu stellen.«

Helen hält inne und denkt kurz nach.

»Wir müssen herausbekommen, was mit der Stiftung geschehen ist. Ich könnte mir gut vorstellen, dass Ferguson sich auch die unter den Nagel gerissen hat. Wir müssen ihn vor ein Gericht bringen.«

»Was nicht einfach sein wird«, wende ich ein, »er hat die Macht, jedes Gericht zu bestechen. Wenn es überhaupt noch unabhängige Gerichte gibt. – Aber jetzt sollten wir von hier verschwinden. Steck die Unterlagen ein und komm.«

Im Schiff lernt Helen dann Viviane kennen. Sie starrt Leras Mutter an und kann sich eine Bemerkung nicht verkneifen.

»Jetzt weiß ich auch wieso du, Lera, so wahnsinnig gut aussiehst. Bei den Eltern ...«

Später verabschieden wir uns von Viviane, Adon und den Technikern von Gea. Die zweite Auswanderungswelle der Grünen steht seit Längerem bereit und wartet auf das Erscheinen des Schiffes.

»Kommt ihr allein zurecht?«, wollen Leras Eltern wissen.

»Wir denken, schon. Ob wir all das schaffen, was wir uns vorgenommen haben, das wissen wir nicht. Aber mit Selena im Hintergrund droht uns keine wirkliche Gefahr solange wir uns nicht ganz dumm anstellen.«

Währenddessen lassen sich Ferguson und seine Mitläufer als Retter des Planeten feiern.

Die Gefahr von außerhalb hatte dazu geführt, dass sich sämtliche Regierungen zu einer provisorischen Weltregierung zusammengeschlossen haben. Es könnte sich langfristig zu einer festen Einrichtung entwickeln. Es gibt bereits regelmäßige Treffen, um gemeinsame Regeln und Gesetze zu erarbeiten. Es haben sich im Wesentlichen zwei Fraktionen herausgebildet: Eine Mehrheit von Regierungen, die Ferguson mittels seiner bezahlten Berater steuert und eine kleine Minderheit, die die Machtkonzentration der GloEn kritisch sehen und vorsichtig versuchen, sich von den Beratern unabhängig zu machen. Man hat die Mordversuche am europäischen Präsidenten noch gut in Erinnerung.

Einen Tag nach der Befreiungsaktion meldet sich Ferguson bei uns und erinnert uns an das Versprechen, ihm das Raumschiff zur Verfügung zu stellen. Er sei im Gegenzug bereit, uns Helen zu übergeben. Offenbar wähnt er Helen noch in seiner Gewalt.

Wir verabreden einen zeitnahen Treffpunkt außerhalb von Novo-Brussels. Dort angekommen wundern wir uns. Ferguson und Jenkins sind allein.

»Das kann nur bedeuten, dass sie wieder irgendeine Sauerei vorhaben, für die sie keinen Zeugen haben wollen«, meint Helen. »Seid bloß vorsichtig!«

Ferguson und Jenkins kommen an Bord. Sie tragen Waffen.

Lera und ich empfangen sie im Kommandoraum unseres Schiffes.

»Okay«, spreche ich sie an, »es ist Zeit unsere Vereinbarung einzuhalten. Sie haben uns und das Schiff. Veranlassen sie jetzt, dass Helen freikommt.

Ferguson und Jenkins ziehen ihre Waffen und richten sie auf uns.

»Ich denke nicht daran. Die Aliens sind besiegt, ich habe euch beide und das Schiff und ich werde von den Menschen als Sieger gefeiert. Warum sollte ich mich da an so eine alberne Vereinbarung halten? Und was eure Freundin angeht, die brauche ich jetzt nicht mehr.«

Er zückt sein Telefon und will seinen Leuten sagen, dass sie Helen töten sollen, doch er bekommt keine Verbindung.

»Verdammt! Was ist da los? Warum geht keiner der Idioten ans Telefon?«

Wütend schmeißt er sein Handy auf den Boden.

»Los, Jenkins! Erledige den Mann! Das Mädchen brauchen wir noch.«

Jenkins zieht seine Waffe. Er ist für uns zu weit weg, um reagieren zu können. Dann drückt er ab –

Die Kugel versetzt mir einen Schlag, der verhindert, dass ich mich auf ihn stürzen kann. Selena hat längst neue schusssichere Anzüge für uns hergestellt, sodass ich unverletzt bleibe. Bevor ich jedoch Jenkins erreiche, bricht er unvermittelt zusammen.

Hinter ihm steht Helen, die ihre Waffe auf seine beiden Knie abgefeuert hat, und die sie nun auf Ferguson richtet.

»Mein Gott, ich habe immer gedacht, es würde für mich die größte Befriedigung sein, den Mann zu erledigen, der meinen Großvater umgebracht hat. Aber jetzt! Einen Mörder zu ermorden bedeutet, sich mit ihm auf die gleiche Stufe zu stellen. Er soll vor ein ordentliches Gericht gestellt werden, zusammen mit dir, Ferguson, der du meinen Großvater betrogen, bestohlen und seinen Mord in Auftrag gegeben hast.«

Ferguson gibt jedoch nicht auf. Er stürzt sich auf Helen und sie schießt. Die Kugeln prallen an ihm ab, ohne ihn zu verletzten. Dann erreicht er sie, reißt ihr die Waffe aus den Händen, umklammert sie und richtet nun die Waffe gegen ihre Schläfe.

»Du bist also die Enkelin von Owen? Ich wusste gar nicht, dass der eine Enkelin hat, ich dachte du seist ebenfalls eine Außerirdische.«

Er wendet sich uns zu.

»Ihr glaubt doch wohl nicht, dass ihr gegen mich ankommt. Ich bin durch einen Anzug geschützt, der euren Raumanzügen gleicht. Meine Leute haben den Stoff analysiert und nachgebaut. Der erste Prototyp war natürlich für mich. Leider haben wir es noch nicht geschafft, weitere herzustellen. Tut mir leid für dich, Jenkins.

Wenn ihr wollt, dass euer Mädchen hier am Leben bleibt, lasst mich unbehelligt aus dem Schiff.«

Wir haben keine Wahl. Mit der Waffe auf Helen gerichtet verschwindet er im Antigrav-Aufzug. Draußen zwingt er sie in ein wartendes Fahrzeug. Den verletzten Jenkins lässt er zurück. Er bleibt in unserer Obhut und wird medizinisch versorgt.

Kurze Zeit später sitzen wir im Versteck des Untergrundes. Fünfzig Männer und Frauen drängeln sich in dem unterirdischen Wohnzimmer unter Helens Haus. Sie sind von überall her gekommen. Es hat sich herumgesprochen, dass wir Unterlagen haben, welche Fergusons Verbrechen und die der Energieunternehmen belegen.

Unsere vordringlichste Aufgabe wird es sein, Helen aus den Händen von Ferguson zu befreien. Wir machen uns Sorgen. Wo wird Ferguson Helen hinbringen und vor allem, was wird er mit ihr machen? Sein Hauptquartier in Washington haben die Blauen zusammen mit der

Stadt zerstört. Sein Anwesen in Nevada wird er kaum aufsuchen. Seine Bewachungsarmee ist desertiert. Aber er ist eitel. Er wird ganz sicher bald wieder in der Öffentlichkeit erscheinen, um sich weiterhin als Retter der Menschheit feiern zu lassen.

Ich wende mich an die Versammlung.

»Ich glaube, dass er sein Domizil in einer seiner Filialen aufschlägt. Die GloEn ist weltweit vertreten. Außerdem hat er noch vier zu Kriegsschiffen umgebaute Handelsschiffe. Deren Waffensysteme sind so mörderisch, dass er notfalls die gesamte Erde in Geiselhaft nehmen kann. Und Helen dient ihm, so glaubt er, als Schutz vor uns. Er hat immer noch nicht wirklich realisiert, dass Selena keine Waffen hat. Er fürchtet sich vor uns, weil er nicht weiß, wie wir es geschafft haben, an ihn heranzukommen und etliche seiner Leute auszuschalten.«

Lera ergänzt.

»Diese Furcht müssen wir unbedingt weiterhin schüren. Wenn er uns nämlich nicht mehr als Gefahr ansieht, gibt es keinen Grund für ihn, Helen am Leben zu lassen.«

Doch Ferguson zeigt sich nicht mehr in der Öffentlichkeit. Er scheint wie vom Erdboden verschwunden und mit ihm Helen.

Gleichzeitig mit der weltweiten Suche nach den beiden beginnt der Untergrund, in geheimen Labors Owen herzustellen und unter die Menschen zu bringen. Die Energieunternehmen reagieren mit der Abschaltung etlicher Owen in Europa und versuchen, die »illegalen« Owen einzukassieren und deren Besitzer zu verhaften.

Doch für jeden einkassierten Owen tauchen zehn neue auf dem Markt auf. Auf diese haben die Unternehmen keinen Einfluss. Auch bisher regierungsfreundliche Zeitungen anderer Staatenbünde berichten davon. Das Energie-Imperium bekommt Risse. Aber es hat weiterhin das Monopol des Rohstoffabbaus auf den Planetoiden und damit auf die Raumfahrt.

Dann bekommen wir endlich den ersehnten Hinweis über eine der verstreuten Widerstandsgruppen. Ferguson hält sich in dem Feriendomizil des ersten Vorsitzenden der »EfE« (Energy for Everyone) auf, einem der Tochterunternehmen. Der Mann ist damit sein direkter Untergebener. Das Haus befindet sich auf der Spitze eines Berges in den Alpen und ist nur über eine private Seilbahn oder per Hubschrauber zu erreichen.

Lera und ich machen uns mit Selena sofort auf den Weg. Wir schweben in der kommenden Nacht unsichtbar über dem Hubschrauber-Landeplatz. Lera kann jedoch Helen telepathisch nicht erreichen.

»Das muss nichts bedeuten«, erklärt sie, »die Wände des Domizils sind aus meterdickem Fels. Der schirmt die Verbindung ab.«

Ich erläutere ihr meinen Plan.

»Ich gehe runter und öffne mit dem Strahler die Verbindungstür. Die wird nicht sonderlich gesichert sein, denn jeder, der sich im Haus aufhält, würde die Landung eines Hubschraubers mitbekommen und entsprechend reagieren. Dann betäube ich eventuelle Wachen. Einen der Männer werde ich vorher dazu bringen, mir den Aufenthaltsraum von Helen zu verraten. Du bleibst im Schiff und schreitest ein, wenn etwas schief geht.«

Lera schaut mich ungläubig an.

»Du glaubst doch nicht im Ernst, dass ich das mitmache. Das könnte dir so passen. Du spielst ihren Lebensretter, sie fällt dir dankbar um den Hals und du versinkst wieder in ihren dunklen Augen und anschließend versinkt etwas anderes von dir zwischen ihren Beinen. Das kommt überhaupt nicht in Frage. Ich werde dabei sein und dich nicht aus den Augen lassen.«

Lera ist einfach süß in ihrer Eifersucht.

Also schweben wir gemeinsam hinunter auf den Landeplatz. Wir tragen unsere schusssicheren Anzüge. Das Schloss der Tür ist kein Hindernis und wir schleichen durch die Gänge und das Treppenhaus hinunter in den Wohnbereich. Durch den Spalt unterhalb einer Tür dringt Licht. Geräuschlos öffnen wir die Tür. Mit dem Rücken zu uns sitzt ein älteres Ehepaar auf einem Sofa und verfolgt das Geschehen auf einem Fernsehgerät an der Wand uns gegenüber.

Ich räuspere mich, die beiden drehen sich um und schauen entsetzt auf unsere Waffen.

»W-was wollen Sie von uns? W-wer sind Sie?«, stottert der Mann, während die Frau uns mit angstvoll geweiteten Augen anschaut.

»Wo sind Ferguson und seine Gefangene?«, herrsche ich ihn an.

»Die sind nicht hier!« kommt die zittrige Antwort.

»Nicht hier? Wo sind sie dann?«, will ich wissen.

»Die waren hier. Bis gestern. Dann sind Herr Ferguson und die Frau abgereist. Er sagte, er wolle nach Novo Brussels.«

»Und wer seid ihr?« fragt Lera.

»Ich bin der Hausmeister. Meine Frau und ich sorgen dafür, dass hier alles sauber und in Schuss ist, wenn der Hausherr, seine Familie oder Gäste unerwartet auftauchen.«

Inzwischen hat auch die Frau ihre Sprache wiedergefunden.

»Wie sind Sie eigentlich hier herein gekommen? Der Lift war nicht in Betrieb und ein Fluggerät ist oben auch nicht gelandet. Das hätten wir gehört.«

Bevor wir auf ihre Frage reagieren können, mischt sich ihr Mann ein.

»Betty, frag nicht so dumm. Ist doch wohl klar. Die können nur mit Fallschirmen gelandet sein. Ist offenbar eine Sicherheitslücke. Darüber müssen wir unbedingt mit dem Chef reden.«

Wir lassen sie weiter spekulieren und machen uns davon. Wir fliegen zurück nach Novo Brussels.

Neben der Enttäuschung über den Fehlschlag sind wir aber auch ein bisschen erleichtert. Helen lebt noch. Zumindest bis gestern.

Zurück in Novo Brussels erhalten wir eine Nachricht vom europäischen Präsidenten. Er lässt uns zu sich bitten. Er hätte eine wichtige Information für uns.

Die entpuppt sich dann als Nachricht von Ferguson. Er hat sich an den Präsidenten gewandt, weil er weiß, dass dieser mit uns in Verbindung steht.

Er sei bereit, Helen freizulassen, wenn er im Gegenzug alle Papiere zurückbekomme, die aus seinem Tresor entwendet wurden. Er hat also bemerkt, dass sein Tresor leer geräumt wurde.

Sein Angebot führt zu heftigen Diskussionen innerhalb des Untergrundes. Es werden Meinungen laut, wie: ›Wenn wir ihm die Papiere überlassen, geben wir alles aus der Hand, was wir später einmal gegen ihn verwenden können, nachdem wir seiner habhaft geworden sind.‹, ›Wir können die Macht der GloEn nur brechen, wenn wir ihn vor Gericht bringen.‹, ›Was ist dagegen das Leben einer einzelnen Frau?‹ und ›Wie würde Helen handeln?‹

Lera beendet die Diskussion abrupt und schaut mich dabei an.

»Für Ben und mich ist das überhaupt keine Frage. Helens Leben und ihre Sicherheit gehen uns beiden über alles. Wir werden das Angebot annehmen. Und damit Schluss der Diskussion!«

Jetzt geht es nur noch um die Modalitäten der Übergabe. Wir lassen Ferguson mitteilen, dass wir uns bei der Übergabe zurückhalten würden, während unser Unterhändler Gérard einen seiner Handlanger zwischen den Parteien kontaktieren würde. Wir bestehen allerdings darauf, unsere sicheren Raumanzüge zu tragen. Denn aufgrund seines Verhaltens beim letzten Kontakt könnten wir ihm nicht trauen. Er ist einverstanden, besteht aber ebenfalls darauf, dass auch seine Begleiter bewaffnet bleiben und unser Raumschiff sich nicht in der Nähe befindet. Und sie würden, wenn irgendetwas nicht nach Plan verläuft, Helen sofort erschießen.

Dann ist es soweit. Als Übergabeort haben wir uns auf ein freies, frisch abgeerntetes Feld weit außerhalb der Stadt geeinigt, das an den gegenüberliegenden Seiten von Knicks, also mit von Büschen bewachsenen Erdwällen, begrenzt wird.

Ferguson taucht mit vier Männern vor dem Erdwall auf. Einer führt Helen mit sich. Er hält eine Waffe an ihre Schläfe. Gérard, Lera und ich verlassen ebenfalls den Schutz des Knicks. Als Fergusons Männer Lera und mich in unseren Raumanzügen mit den von außen undurchsichtigen runden Helmen erblicken, werden sie nervös. Wir haben aber auf komplette Anzüge bestanden. Denn falls Ferguson oder seine Männer auf uns schießen sollten, würde sie auf unsere Köpfe zielen. Sie wissen inzwischen von unseren kugelsicheren Anzügen. Auch Ferguson trägt ja einen solchen. Ihre Nervosität ist verständlich, wir beide sehen wie ›richtige‹ Aliens aus, jedenfalls so, wie sie sich richtige Aliens vorstellen.

Sowohl Ferguson und seine Begleiter als auch wir bleiben vor dem jeweiligen Erdwall stehen. Dann gehen Gérard und einer von der anderen Seite bis zur Mitte der Strecke aufeinander zu und Gérard übergibt dem Mann, wie vereinbart, einen Teil der Unterlagen. Beide gehen anschließend zu ihrer Gruppe zurück. Der andere, damit Ferguson die Unterlagen auf Echtheit überprüfen kann, Gérard, um den zweiten Teil der Papiere zu holen. Ferguson nimmt die Papiere in Empfang und blättert sie durch. Er scheint zufrieden zu sein und gibt ein Zeichen. Lera und ich stehen wie die Ölgötzen vor dem Knick und rühren uns nicht. Fergusons Männer sind übernervös und haben« ganz offensichtlich Angst vor uns. Jede Bewegung unsererseits könnte die Situation eskalieren lassen. Der Bewacher Helens geht nun mit ihr langsam zur Mitte, die Pistole ständig auf ihre Schläfe gerichtet. Dort erfolgt der Austausch. Er legt die Waffe auf den Boden und geht langsam rückwärts zu seiner Gruppe. Auch Gérard und Lera bewegen sich rückwärts zu uns hin. Das gegenseitige Misstrauen macht die Anspannung fast unerträglich.

Dann hält Ferguson die restlichen Papiere in den Händen, überfliegt sie, nickt seinen Leuten zu und die gesamte Gruppe verschwindet hinter dem Wall. Auch wir verschwinden und atmen auf. Es ist gut gegangen, wovon man bei Ferguson nicht unbedingt ausgehen konnte.

Nach Abschluss der Aktion sitzen wir alle zusammen im Raumschiff. Natürlich meldet sich unser hochgebildeter und mit dem Wissen der gesamten Erdgeschichte vertrauter und damit auch ständig angebender Computer namens Selena wieder einmal zu Wort.

»Euch Erdmännchen fällt aber auch nichts Neues ein. Dieser Geiselaustausch mit Dokumentenübergabe erinnert mich doch sehr an die Zeit des Kalten Krieges auf eurer Erde. Dort tauschte man damals in einer Stadt, die eine Mauer in zwei politische Blöcke teilte, an einem Ort namens Glienicker Brücke nahezu auf die gleiche Art und Weise Agenten aus. Auch dort traute keiner dem anderen über den Weg.«

Wir reagieren nicht, denn wir wissen, jede Äußerung würde Selena nur zu weiterem Räsonieren auffordern.

Helen ist empört, als sie erfährt, zu welchem Preis ihre Freilassung erreicht wurde.

»Darauf hättet ihr niemals eingehen dürfen. Es gibt nichts Wichtigeres, als Ferguson und seinen Handlangern das Handwerk zu legen. Das ist jedes Menschenleben wert, auch meines.«

Lera widerspricht.

»Nein, Helen. Kein Verzicht auf die Bestrafung eines noch so schlimmen Verbrechers ist es wert, ein Leben zu opfern. Und das einer guten Freundin und Kämpferin für Recht und Gerechtigkeit schon gar nicht. Leben ist das höchst Gut, was wir besitzen. Das darf gegen nichts aufgerechnet werden.«

Helen bedenkt Lera mit einem warmen Blick.

»Vielleicht hast du recht. Aber was sollen wir denn jetzt machen. Wir haben nichts mehr gegen Ferguson in der Hand. Und wie ich ihn kenne, wird er als Erstes alle Papiere vernichten. Den Fehler, Unterlagen über seine Verbrechen in einem Tresor aufzubewahren, macht er nicht noch einmal. Die werden unwiederbringlich verloren sein.«

»Vielleicht nicht ganz!«, mischt sich schon wieder unser vorlauter Schiffscomputer mit leicht süffisantem Unterton ein. »Schon mal was von Kopien gehört?«

»SELENA! – Du hast Kopien gemacht? Warum sagst du das erst jetzt?«

»Wollte ich ja. Aber mir hört ja keiner zu!«

Ich überlege laut.

»Kopien haben bei einem potenziellen Prozess zwar nicht die Beweiskraft wie Originale, aber wir haben für vieles Männer und Frauen, die bezeugen können, dass die Originale vorhanden waren und die Kopien den Originalen entsprechen. –

Selena! Du bist großartig!«

Natürlich kann unser Schiffscomputer das nicht unkommentiert lassen.

»Es braucht eben manchmal etwas mehr Verstand, als ihr Erdlinge aufbringen könnt! Und den hat eben nur eine super-intelligente und allwissende Künstliche Intelligenz wie ich.«

Für alle unhörbar murmele ich vor mich hin.

»Angeberin!«

Auch hier muss Selena das letzte Wort haben und sagt laut:

»Ich hab das gehört, Ben!«

Der falsche Mann

Am folgenden Tag sitzen wir mit einer Abordnung des inzwischen weltweit agierenden Widerstandes im versteckten Raum unter Helens Haus. Wir besprechen unser weiteres Vorgehen.

Helen wendet sich an die Versammlung.

»Wir müssen Ferguson aus dem Verkehr ziehen. Solange er frei herumläuft, ergibt es keinen Sinn, einen Prozess gegen ihn anzustrengen. Er hat überall seine Finger drin und wird jedes Gericht auf seine Seite bringen, notfalls durch Bestechung. Wir benötigen jeden noch so kleinen Hinweis auf einen möglichen Aufenthaltsort.«

Die Versammlung wird beendet. Die Suche nach Ferguson läuft an.

Einen Tag später schlägt Ferguson zu. Gegen Mittag erscheint eines seiner Schiffe über unserem Hauptquartier und zerschmilzt Helens Haus. Etliche Nachbargebäude werden in Mitleidenschaft gezogen. Wir haben Glück. Zu dieser Zeit hat sich keiner unserer Mitstreiter dort aufgehalten. Aber in den umliegenden Gebäuden gibt es Tote.

Diese Tat, die wieder auf Unschuldige keine Rücksicht genommen hat, erweist sich als Fehler. Fergusons Popularität als ›Weltenretter‹ bekommt Risse. Seine Kritiker in den unterschiedlichsten Bereichen des öffentlichen Lebens nehmen zu, und der Widerstand bekommt einen enormen Zulauf und schließt sich weltweit noch enger zusammen.

Das zeigt sich bald darin, dass unter größter Geheimhaltung eine Zusammenkunft aller Widerstandsgruppen organisiert wird.

Treffpunkt ist ein abgelegenes Dorf in den französischen Alpen. Gérard ist hier aufgewachsen und kennt jeden Dorfbewohner. Einige Bauern stellen ihre Weiden zur Verfügung und errichten sanitäre Anlagen, andere organisieren die Verpflegung. Wir rechnen mit vielen hundert Leuten.

Am Tag vor der geplanten Versammlung sind wir überwältigt. Es sind nicht hunderte, sondern tausende gekommen. Wir sind restlos überfordert und wissen nicht, wie wir die alle unterbringen sollen.

Gegen Mittag bewegt sich eine Karawane von Treckern und anderen Landfahrzeugen auf unser Dorf zu. Zwei Nachbardörfer haben ihr Landwirte geschickt und bieten Hilfe bei der Unterbringung an. Wir sind überwältig von der Hilfsbereitschaft dieser einfachen Bergbauern.

Und alle wollen Lera und mir die Hand schütteln. Es hat sich herumgesprochen, dass der Widerstand Unterstützung zweier Aliens bekommen hat, die, so glauben die Menschen, extra zu diesem Zweck eine weite Reise durch das Universum auf sich genommen haben. Sie reisten mit einem Raumschiff, dass die Erde vor über 80 Jahren schon einmal besucht hat. Wir versuchen in der Öffentlichkeit immer wieder zu erklären, dass wir keine Aliens sind, sondern Menschen der Erde und dass das

Raumschiff ein Artefakt einer unbekannten Zivilisation ist und von uns in Besitz genommen wurde. Beziehungsweise wir von ihm. Aber man glaubt uns nicht wirklich. Die Mär von den hilfreichen Aliens ist einfach zu schön und hält sich hartnäckig.

Am folgenden Tag ist eine Rednerbühne aufgebaut. Zuerst klären wir die Menschen darüber auf, was wirklich geschehen ist, wie sich der Kampf im Weltraum abgespielt und welche Rolle die Verteidigungsflotte der Energieunternehmen dabei gespielt hat. Die Anwesenden sollen später als Multiplikatoren das Wissen auf der ganzen Erde verbreiten.

Als Nächstes berät man darüber, wie man gegen Ferguson und seine Kriegsschiffe vorgehen kann. Möglicherweise durch Einschleusung noch mehr unserer Leute in die Mannschaften.

Doch dann geschieht etwas, das die Diskussionen abrupt beendet.

Der Himmel über dem Dorf verdunkelt sich. Zwei große Raumschiffe schweben über dem Ort. Fergusons Schiffe.

Die Menschen rennen in alle Richtungen davon und erwarten jeden Moment, dass die Schiffe das Feuer eröffnen. Doch nichts dergleichen geschieht. Die Schiffe landen auf dem großen Feld vor dem Dorf, etwas abseits der neu errichteten Zeltstadt. Die Schleusen öffnen sich und je zwei Leute kommen heraus. Den Rangabzeichen nach zu urteilen sind es die beiden Kapitäne mit ihren ersten Offizieren.

»Nicht schießen! Wir sind unbewaffnet. Wir wollen mit euch reden!«

Es dauert eine Weile bis unsere Leute zögerlich wieder zusammenkommen. Helen und Gérard gehen auf die Vierergruppe zu.

»Ich bin Kommandant McAllister, Kapitän des Raumschiffs Beta Tau und das ist mein Kollege Ferrer vom zweiten Schiff Beta Rho«, stellt sich der erste vor.

»Wir hatten den Auftrag, hier alle umzubringen und das gesamte Dorf dem Erdboden gleich zu machen. Aber es reicht uns. Wir haben beim Kampf im Weltraum gegen die Aliens miterleben müssen wie unzählige Schiffe mit unseren Leuten sinnlos geopfert wurden. Später mussten wir das Zentrum von Novo-Brussels zerstören, obwohl dort noch viele Menschen lebten. Die Aliens hätte man viel leichter überwältigen können, denn es befanden sich dort nur Frauen und Verletzte. Und jetzt sollten wir wieder unschuldige Menschen töten. Es ist genug. Wir werden diesem sinnlosen Morden ein Ende setzen und uns mit Ihnen gegen unsere Anführer verbünden.«

Dann nehmen alle vier Haltung an.

»Hiermit übergeben wir unsere Schiffe und unterstellen uns Ihrem Kommando. Wir stehen Ihnen vollständig zur Verfügung.«

Die Kommandanten salutieren vor Gérard und Helen.

Unter den Anwesenden herrscht ungläubige Staunen, dann bricht Jubel aus. Die beiden Kommandanten werden auf den Schultern durchs Dorf getragen. Endlich hat der Widerstand wirksame Waffen. Die Raumschiffe sind unbezahlbar.

Lera und ich sind im Hintergrund geblieben.

Kurz darauf gehen Schlagzeilen durch alle Medien. Das Stockholmer Komitee gibt bekannt, dass Ferguson für die Befreiung der Erde von den Aliens den Friedensnobelpreis erhalten soll. Wir sind entsetzt. Offenbar hat man einmal mehr alles ausgeblendet, was Fergusons Bild in der Öffentlichkeit schaden könnte.

Am wenigsten betroffen zeigt sich Helen. Sie blickt uns mit einem versteckten Glitzern in ihren großen Augen an und platzt heraus.

»Mensch! Freunde! Das ist unsere Chance. Ferguson wird zur Verleihung nach Stockholm kommen. Jetzt müssen wir nur noch eine Möglichkeit finden, ihn dort zu fassen zu bekommen. Am besten sogar, bevor er den Preis im Empfang nimmt.«

Schnell finden wir heraus, dass fast alle Nobelpreisträger im »Nye Grand Hôtel Stockholm« absteigen und schleusen einen von uns beim Personal ein. Von ihm erhalten wir die Nachricht, dass für Ferguson eine Suite in der fünften Etage reserviert ist. Wir buchen ebenfalls eine Suite auf dem gleichen Flur und Lera und ich fliegen nach Stockholm. Selena hat uns irdische Identitäten verpasst und unser Aussehen verändert. Einen Tag vor Fergusons Ankunft checken wir ein.

Tags darauf sitzen wir entspannt bei einen Glas Wein im rückwärtigen Teil der Hotellobby und beobachten die Ankunft der Gäste. Dann betritt Ferguson die Empfangshalle. Er wird von zwei großen und muskulösen Männern begleitet, deren Anzüge verdächtige Beulen im

Achselbereich aufweisen. Sie checken ein und verschwinden im Fahrstuhl nach oben.

Spät abends klopft Lera an die Tür der Suite. Vor sich hat sie einen Rollwagen mit Getränken. Wir haben vorher durch unseren Kontaktmann erfahren, dass Ferguson Getränke aufs Zimmer bestellt hat und haben den Zimmerservice abgepasst. Es war ein Mädchen. Wir haben sie betäubt und in unser Zimmer gezogen. Dann hat sich Lera ihre Sachen angezogen. Sie hat einen kleinen Betäubungsstrahler in ihrer Scheide versteckt, der nur wenig heraussteht.

»Wer ist da?«, kommt es von innen.

»Zimmerservice! Sie haben Getränke bestellt?«

Die Tür geht auf und ein kräftiger Arm zieht Lera und den Servierwagen hinein.

Drinnen wird sie von dem Bodyguard am ganzen Körper abgetastet, auch die Innenseite ihrer Schenkel.

»Hallo! Was ist das?«

Der Mann hat eine Verdickung in ihrem Slip gefühlt.

Lera zischt ihn an.

»Blödmann! Ich hab' meine Tage!«

Seine Hand fährt sofort zurück und er sagt zu seinem Kumpel:

»Okay. Sie ist sauber.«

Dann geht alles sehr schnell. In einem unbeobachteten Moment kommt Lera an den Strahler, betäubt die beiden Bodyguards und bevor Ferguson im Nebenraum reagieren kann, liegt er ebenfalls bewusstlos auf dem Boden.

Sie öffnet die Tür für mich. Wir packen Ferguson auf die untere Ebene des Servierwagens, bedecken ihn mit einem Tuch und schieben ihn in den Fahrstuhl. Es geht nach oben. In der letzten Etage finden wir den Notausgang auf das Flachdach. Während ich Ferguson hinaufschaffe, läuft Lera zurück, tauscht die Kleidung mit dem Zimmermädchen und fährt sie mit dem Getränkewagen zurück in den Flur. Sie wird sich wundern, wenn sie wieder zu sich kommt. Wenn wir Glück haben, wird sie denken, sie sei ohnmächtig geworden und dann diesen Umstand verschweigen, weil es ihr peinlich sein wird.

Lera kommt durch die Dachluke, die wir sorgfältig verschließen. Auf dem flachen Dach nimmt uns endlich Selena mit dem bewusstlosen Ferguson an Bord.

Wir schnallen den gefesselten Mann zusätzlich auf einer Liege fest und warten ab.

Er kommt zu sich, seiner Lider flattern und er öffnet die Augen. Er will sich aufrichten und merkt, dass er fixiert ist. Verstört blickt er uns an.

Selena und Lera platzen – wie aus einem Mund – heraus.

»Das ist nicht Ferguson!«

»Wie? Was soll das heißen ›das ist nicht Ferguson‹?« Ich schüttele ungläubig den Kopf.

Lera erklärt:

»Ferguson ist latenter Telepath. Man kommt nur schwer an seine Gedanken heran. Das Denken dieses Mannes liegt aber wie ein offenes Buch vor uns. Er kann nicht Ferguson sein, auch wenn er so aussieht. Ferguson hat sich ein Double beschafft.«

Es ist noch dunkel. Wir setzen Fergusons Double vor der dem Hotel nächstliegenden Polizeistation ab. Er wird sich an nichts erinnern können und hat keine Papiere dabei. Anschließend tätigen wir einen anonymen Anruf, mit dem wir die dortige Wache darüber informieren, dass der partiell amnesierte Mann vor ihrer Wache nicht Ferguson hieße, wie ihnen möglicherweise angebliche Bekannte von ihm weismachen würden. Bei einer erkennungsdienstlichen Behandlung würden sie feststellen, dass seine Fingerkuppen mit einer Schicht überzogen sind, die fremde Fingerabdrücke vortäuscht, und zwar die des echten Fergusons.

Unser Anruf hat die erwünschte Wirkung, wie wir in den nächsten Tagen Presseberichten entnehmen können.

Falscher Friedensnobelpreisträger
Einmalig in der Geschichte des Nobelpreises
Ein Mann, der dem zukünftigen Friedensnobelpreisträgers
Edward Ferguson verblüffend ähnlich sieht, wollte sich den No-
belpreis erschleichen. Er hat sich mit gefälschten Papieren im Nye
Grand Hôtel Stockholm eingeschrieben. Er hat sogar seine Fin-
gerkuppen mit falschen Papillarleisten präpariert. Der echte No-
belpreisträger ist nicht zu erreichen.
Hat er möglicherweise mit dem Betrug zu tun?

Damit ist uns Ferguson wieder durch die Lappen gegangen. Und er wird wissen, dass die geplante Zerstörung des Dorfes in den Alpen und die Ermordung tausender Widerständler fehlgeschlagen ist. Andernfalls hätte man davon in den Medien berichtet. Er kann jedoch nicht wissen, was genau geschehen ist. Sind seine Schiffsbesatzungen übergelaufen oder haben ›wir Aliens‹

es geschafft, die Schiffe zu zerstören? Er weiß immer noch nicht genau, zu was wir in der Lage sind und was wir nicht können. Aber er hat natürlich bemerkt, dass sein Kontakt zu den Schiffen abgebrochen ist. Er wird reagieren.

Dann erhalten wir über einen unserer Agenten die Nachricht, dass Fergusons Privatjet von einem kleinen Flughafen in Norddeutschland mit Reiseziel Sidney gestartet ist: Er sei an Bord.

»Sidney?«, fragt Helen. »Was hat der in Sidney zu suchen? Das ist doch am anderen Ende der Welt.«

Darüber haben wir keine Informationen. Also machen Helen, Lera und ich uns mit Selena auf den Weg und erreichen Sidney zur Mittagszeit. Ferguson wird mit seinem Jet, unter Berücksichtigung der Zeitverschiebung, erst am kommenden Morgen gegen acht Uhr Ortszeit eintreffen.

Sidney ist die neue Hauptstadt der ANP, der australisch-neuseeländisch-pazifischen Union. Das frühere australische Regierungszentrum Canberra ist nach der Zerstörung im Großen Krieg nicht wieder besiedelt worden. Dieser Krieg hat auch in Sidney seine Spuren hinterlassen. Man hat die berühmte Harbour-Bridge nicht wieder aufgebaut. Dafür hat man die vielen Tunnel unter dem fjord-ähnlichen Hafen wieder instand gesetzt und erweitert. Und man ist dabei, das alte Wahrzeichen der Stadt nach den originalen Plänen und Zeichnungen wieder herzustellen: Die Sidney Opera. Der Wiederaufbau kam während der Invasion der Blauen ins Stocken. Auch Sidney wurde damals von den Bewohnern fluchtartig verlassen.

Um 8 Uhr morgens stehen wir vor dem Informationsschalter am Flughafen Sidney und fragen die Dame hinter dem Tresen.

»Ein Herr Edward Ferguson soll um acht Uhr mit seiner Privatmaschine hier ankommen. Können Sie uns sagen, ob die Maschine schon gelandet ist? Wir haben wichtige Unterlagen für ihn und sollen ihn kontaktieren.«

»Moment. Ich sehe nach!« Sie gibt bereitwillig Auskunft. »Herr Ferguson ist bereits vor zwanzig Minuten gelandet und direkt mit einem Helikopter ins Hotel ›The Sebel Sidney Manly Beach‹ geflogen. Sie erreichen ihn dort.«

Wir schauen uns an. Manly Beach? Was will er denn dort?

Manly ist ein Vorort von Sidney mit dem zweitbekanntesten Strand. Der wird nur noch getoppt vom Bondi-Beach. Manly gilt als Surfer-Paradies und besonders am Wochenende tummeln sich hier Unmengen von jungen Männern und Frauen, die mit der Fähre vom Zentrum Sidneys herüber kommen.

Wir fahren mit dem Taxi vom Flughafen ins Zentrum zum Circular Quay. Von hier aus verlassen Fähren in alle Richtungen die Innenstadt.

Eine Fähre bringt uns in einer halben Stunde nach Manly. Selena folgt unsichtbar. Wir vermeiden es, am hellichten Tag an Bord zu gehen, denn dazu müsste das Schiff kurz sichtbar werden.

Vom Fähranleger Manly-Wharf gehen wir dann fünf Minuten über eine schmale Landenge hinüber zum Hauptstrand, der sich zur Tasman Sea hin öffnet. Auf dem Strand ist eine riesige Tribüne aufgebaut, gesäumt von etlichen Buden und anderen Unterhaltungsangeboten. Große Plakatbanner weisen auf eine hier stattfindende Veranstaltung hin: ›Die Australien Open of Surfing‹, ein internationaler Surf-Wettbewerb, der heute eröffnet werden soll. Die Eröffnungsrede wird – wie wir Plakaten entnehmen – der Präsident der ANP halten.

Wir drei schauen uns an. Uns schwant, was hier ablaufen soll. Endgültig sicher sind wir, als wir in der Boulevard-Presse lesen, dass sich der Präsident gerade von seinen GloEn-Beratern getrennt hat.

Wenig später stehen wir vor dem Empfang des ›Sebel Sidney Manly Beach Hotels‹ und fragen nach Ferguson. Wir hätten Unterlagen für ihn, die er dringend bräuchte.

»Mister Ferguson hat mit seinen zwei Begleitern etwa vor einer Stunde das Hotel verlassen«, bekommen wir bereitwillig Auskunft. »Wenn sie ihn erreichen wollen, suchen sie im Sidney Harbour National Park nach ihm. Er ist dort joggen.«

Wir sehen uns an. Er ist joggen? Wir vermuten, dass das Joggen als Tarnung für Fergusons Anwesenheit in diesem Park dient. Er will hier jemanden heimlich treffen, möglicherweise einen Auftragskiller.

Der Sidney Harbour National Park bildet das Ende der Landzunge von Manly und ist ein beliebtes Jogging-Gebiet. Helen, Lera und ich besorgen uns Jogging Kleidung und gehen auf die Laufstrecke. Die beiden Frauen laufen vorweg. Selena hat die drei Männer ausgemacht und dirigiert uns in deren Richtung. Kurz darauf sehen wir Ferguson mit seinen beiden Leibwächtern vor uns laufen. Die beiden Mädel laufen vorbei und setzen sich - - kurz grüßend - vor sie. Ihr Anblick in den körperbetonten engen Anzügen mit den knackigen Hinterteilen nimmt die drei Männer so gefangen, dass sie mich gar nicht mehr wahrnehmen, als auch ich mit dem unter Joggern üblichen Gruß an ihnen vorbeiziehe. Dann beschleunige ich, um zu den beiden Frauen aufzuholen. Lera schaut mich mit einem bedeutungsvollen Blick an. Sie muss im Vorbeilaufen etwas Wichtiges erfahren haben.

Wir sind außer Sichtweite und Lera berichtet.

»Es tut mir leid das zu sagen, aber der Mann ist schon wieder nicht Ferguson. Er lässt sich offenbar überall in der Öffentlichkeit doubeln. Ich konnte in seinem Gedächtnis lesen wie in einem offenen Buch, das wäre bei Ferguson nicht möglich. Und ich habe eine Menge erfahren.«

Wir verlassen den Park und gehen auf einem Weg über die Felsen vom benachbarten Shelly-Beach zurück zum Hauptstrand. Lera fährt fort.

»Die drei Männer haben vor einer knappen halben Stunde im Park einen Mann getroffen, der den Auftrag hat, den Präsidenten zu erschießen, wenn er die Eröffnungsrede hält. Der muss sich irgendwo aufhalten, wo er freies Schussfeld auf die Bühne am Strand hat. Wir müssen die gesamte Umgebung der Tribüne absuchen und wir haben nur noch wenige Stunden Zeit. Und ich fürchte, es ergibt keinen Sinn die Behörden oder die

Polizei zu informieren. Die werden auch hier von der GloEn unterwandert sein. Außerdem: Wie wollen wir denen unserer Anwesenheit erklären?«

Die Tribüne ist zum Meer hin offen. Dort, auf dem Strand, werden sich die Zuhörer versammeln. Unter diese Menschen wird er sich kaum mischen, er würde nach dem Schuss dort feststecken. Wir untersuchen das gesamte Gelände um die Rednertribüne, aber finden keine Stelle, von der man unbeobachtet einen Schuss abgeben könnte. Der Präsident wird auch sicherlich von beiden Seiten und von vorn durch Leibwächter abgeschirmt.

Stunden sind vergangen und die Eröffnung steht kurz bevor. Ein paar Arbeiter klettern auf die Bühne und entfernen die rückwärtige Stoffwand. Lera und Helen verwickeln sie in ein Gespräch und wollen den Sinn der Aktion erfragen. Die Arbeiter geben den beiden attraktiven Frauen nur allzu gern Auskunft.

»Hallo, Mädels. Merkt ihr nicht, was hier los ist? Wir haben inzwischen eine Außentemperatur von 35 bis 40 Grad. Die Hitze staut sich hier oben. Durch Entfernen der Rückwand bekommen wir ein bisschen Durchzug. Damit wird es für den Präsidenten etwas erträglicher sein.«

Die Frauen sind zurück und Helen platzt heraus.

»Dann kann der Schütze also auch von der Seite der Promenade aus schießen. Kommt mit, wir müssen auch die Landseite absuchen.«

Schnell stellen wir fest, dass ein Schuss von hier aus nahezu unmöglich ist. Auf der Promenade wimmelt es geradezu von Polizisten.

»Schaut' mal!«, ruft Lera plötzlich und deutet auf ein Gebäude in einer Straße, die senkrecht auf die Promenade zu führt. Es ist ein Wohngebäude mit einigen Erkern zur Querstraße hin. Das Hauptfenster der Erker zeigt zur Straße, aber das rechte der beiden schmalen Seitenfenster gibt die Sicht auf die Promenade und den Strand frei.

»Seht ihr dort das Erkerfenster im ersten Stock? Das dritte von rechts. Das ist zur Straße hin zugehängt. Aber das schmale Seitenfenster ist frei. Es ist zwar recht weit von der Bühne am Strand entfernt, aber mit einem Gewehr mit Zielfernrohr auf einem Stativ wäre ein Treffer möglich.«

Wir sprechen kurz unser Vorgehen ab und laufen dann zum Eingang des Gebäudes, der sich unten zwischen zwei Läden befindet. Die Tür ist verschlossen und lässt sich nur mit einem Chip öffnen. Wir haben Glück. Ein blondes junges Mädchen im nassen Bikini und mit Surfbrett unter dem Arm öffnet die Tür vor uns. Schnell schlüpfen wir hinter ihr hinein und hasten in die erste Etage. Derweil öffnet Helen eine Tür, die über eine eiserne Treppe zu den Müllbehältern im Innenhof und von dort auf eine kleine Nebenstraße führt. Lera und ich schleichen einen langen schmalen Flur entlang. Vorn links und hinten sind jeweils Türen. Es muss die Tür am Ende sein. Diese ist nur mit einem simplen Schnappschloss gesichert. Lera braucht etwa 10 Sekunden, dann geht sie mit einem leisen Klick auf. Wir schauen in einen kurzen Flur mit einem kleinen Bad am Ende. Links muss es in den Raum mit dem Erker gehen.

Die Tür steht offen und ich luge vorsichtig um die Ecke.

Tatsächlich. Vor dem Fenster stehen ein Esstisch und auf dem Tisch ein Gewehr mit Zielfernrohr und einem Stativ. Dahinter sitzt ein Mann, der mit einem Auge durch das Fernrohr schaut, das andere hat er zugekniffen. Ein Schuss aus meinem Betäubungsstrahler lässt ihn zusammensacken.

Dann setzt sich Lera hinter das Gewehr und schaut durch das Fernrohr. Das Fadenkreuz zeigt auf den Kopf des Präsidenten, der gerade die Tribüne betreten hat. Sie zieht das Gewehr leicht nach oben und drückt ab. Der Schuss durchtrennt ein Halteseil oberhalb und zerfetzt anschließend einen Scheinwerfer. Eine breite Leinwand fällt herunter und bedeckt den Präsidenten und seine Leibwächter. Im Nu sind sämtliche Sicherheitsleute zur Stelle und schaffen den Präsidenten in seine Limousine. Wir sind über den von Helen offen gehaltenen Hinterausgang im Freien und haben bereits mehrere Straßen hinter uns, als die Polizei die gesamte Umgebung absperrt. Sie werden sicherlich nicht lange brauchen, bis sie den bewusstlosen Schützen entdecken.

Zurück in Novo-Brussels bittet uns einige Tage später der europäische Präsident zu sich. Er bräuchte unsere Unterstützung. Wir vier, Lera, Helen, Gérard und ich, sitzen kurz darauf in einem abhörsicheren Raum dem Repräsentanten der Staatsmacht gegenüber.

Er beginnt.

»Auf der gestrigen Zusammenkunft aller Präsidenten der Regierungsverbände hat mich der Präsident des australisch-neuseeländisch-pazifischen Verbundes beiseite genommen und erzählt, er habe vor wenigen Tagen seinen GloEn-Berater gefeuert, nachdem ihm Einiges über die Machenschaften des Konzerns zu Ohren gekommen sei. Nun fürchte er um sein Leben. Es habe bereits ein Attentat gegeben, das sei jedoch fehlgeschlagen. Die Umstände dieses Attentatsversuchs seien außerordentlich mysteriös, denn der Attentäter sei betäubt neben seiner Waffe gefunden worden. Der Präsident habe zwar seine Sicherheitsmannschaften verstärkt, aber wisse nicht, ob er sich auf seine Leute 100-prozentig verlassen könne. Er habe sehr genau verfolgt, was in Europa geschehen sei, nachdem sich unsere Regierung von der GloEn losgesagt hat und er wisse auch von den weltweiten Aktivitäten des Untergrundes. Nun hätte er die dringende Bitte an mich, euch zu fragen, ob ihr ihm helfen könntet seine Umgebung zu überprüfen.«

Wir schauen uns, trotz der ernsten Situation, erfreut an. Unsere Bemühungen, die Untaten der GloEn und ihrer Tochterunternehmen über die Untergrundbewegungen weltweit bekannt zu machen, scheinen zu wirken.

Selbstverständlich helfen wir. Kurz darauf fliegen wir erneut nach Sidney, kontaktieren den dortigen Präsidenten und Lera scannt seine Sicherheitsmannschaften. Dann legen wir eine Liste von verlässlichen Bediensteten vor und solchen, die besser entlassen werden sollten. An deren Stelle treten unsere australischen Männer und Frauen vom Untergrund.

Später klären wir ihn über die näheren Umstände des missglückten Attentats auf. Insbesondere teilen wir ihm mit, dass der Mann, der sich unter Fergusons Namen in Australien aufhält, nicht der echte ist.

Kurz darauf gelingt es der Polizei, Fergusons Double in letzter Minute festzunehmen, gerade als er mit dem Privatjet den Kontinent verlassen will.

»Ich weiß nicht, wie Ferguson reagieren wird, wenn er davon erfährt«, sinniert Helen, »es wird ihm sicher nicht passen.«

Ich schaue sie an.

»Nicht passen, Helen! Das ist sehr milde ausgedrückt. Er wird toben. Und ich hoffe, das wird ihn zu weiteren Fehlern verleiten. Je mehr Fehler er macht, desto größer wird die Wahrscheinlichkeit, dass es unter seinen An-hän-gern immer mehr Loyalitätskonflikte geben wird.«

Ich behalte recht. Wir sind kaum zurück in Novo Brussels, als der Präsident in Sidney einem erneuten Attentat zum Opfer fällt. Er ist verletzt, aber wird überleben. Seine Sicherheitskräfte konnten das Schlimmste verhindern und die Attentäter stellen. Man kann zwar nicht nachweisen, wer dahintersteckt, aber die Menschen dort sind hellhörig geworden. Die Festnahme des falschen Fergusons kam wohl zu spät. Er muss das zweite Attentat vor seiner Festnahme organisiert haben.

Ferguson wird reagieren, wenn er von dem erneut fehlgeschlagenen Anschlag erfährt, und wir befürchten das Schlimmste. Die Vertreter des europäischen Widerstands sowie die Kapitäne und Ersten Offiziere unserer beiden Schiffe kommen in einer geheimen Unterkunft zusammen. Helen tritt vor die Versammlung.

»Wir müssen schnell etwas unternehmen. Unser Gegner ist in Aufruhr. Wie ich Ferguson einschätze, wird er durchdrehen. Er duldet keine Misserfolge und keinen Widerspruch in den eigenen Reihen. Und dass sein Imperium zu wackeln beginnt, ist für ihn undenkbar. Er hält sich für unangreifbar. Aber die Realität ist, dass seine Macht bröckelt. In seinem Innersten weiß er das auch und es macht ihn wahnsinnig und unberechenbar. Und Wahnsinnige schlagen um sich. Daher denke ich, dass er mit seinen Kampfschiffen angreifen wird. Deren Waffen können ganze Stadtviertel vernichten. Er ist bekannt dafür, dass er bei seinen Vernichtungsschlägen keine Rücksicht auf Zivilisten nimmt.«

Aus den Reihen der Anwesenden kommen Zweifel.

Wie will er denn später vor der Öffentlichkeit solch einen mörderischen Schlag rechtfertigen? Jeder wird dann doch wissen, dass es mit seiner Rettung der Erde nicht weit her gewesen sein kann.

Helen warnt die Anwesenden eindringlich.

»In solchen Dingen ist er erfinderisch. Er könnte beispielsweise die Ängste vieler Menschen vor Fremden beziehungsweise Aliens schüren und behaupten, er hätte ein Nest ausfindig gemacht, in dem die Aliens Nachkommen ausbrüten würden und das hätte er zerstören müssen.«

Viele der Anwesenden schütteln den Kopf. Äußerungen wie: ›Das glaubt ihm doch kein Mensch‹ und ›das ist doch purer Science-Fiction-Schund‹ werden laut.

Ich mische mich ein.

»Ihr könnt euch nicht vorstellen, wie leichtgläubig die Menschen sind. Unsere Eltern haben dies erfahren müssen, als sie noch vor dem Großen Krieg als vermeintlich böse Aliens vom damaligen amerikanischen Geheimdienst und dem Militär über den halben Globus gejagt wurden.«

Weil ich immer noch skeptische Blicke sehe, ergänze ich.

»Ich teile Helens Einschätzung. Novo Brussels ist in Gefahr, denn möglicherweise vermutet er hier zu recht das Zentrum des weltweiten Widerstandes. Wir müssen ihm zuvorkommen, bevor er erneut einen beträchtlichen Teil der Stadt in Schutt und Asche legt.«

ABRECHNUNG

Wir kommen ihm zuvor.

Über unsere Mittelsmänner erfahren wir, dass eines seiner beiden letzten Raumschiffe in einem abgelegenen Gebiet der Mojave-Wüste auf seinen Einsatz wartet. Selena nähert sich unter voller Tarnung dem feindlichen Schiff. In unserem Schatten folgt eines unserer beiden Überläufer-Schiffe. Es kann uns zwar auch nicht sehen. Aber wir geben ständig unsere Position durch. Diese Taktik übernehmen wir von unseren Eltern. Sie haben uns davon erzählt, als sie damals die unbewaffneten Gleiter der Geaner genau mit dieser Methode vor den Angriffen eines Blauen-Schiffes schützten.

Unser zweites Schiff bleibt außerhalb des Sicht- und Ortungsbereich des Gegners zurück.

Das Schiff auf dem Boden erkennt uns als Angreifer und feuert sofort. Die Energie der Angriffswaffe trifft auf unseren unsichtbaren Schirm. Das Schiff ist in der Lage, jede Form von Energie aus der Umgebung aufzunehmen und für eigene Zwecke zu speichern. Für den Gegner sieht es so aus, als würden die Explosionen wirkungslos verpuffen. Dann ziehen wir Selena hoch und geben somit die Feuerlinie für unser Schiff frei. Die Rakete mit absichtlich reduzierter Sprengkraft trifft das gegnerische Schiff, zerstört dessen Leitwerk und reißt einen Teil des Rumpfes auf. Wir haben mit Absicht auf den Teil des Schiffes zielen lassen, von dem wir wissen, dass sich dort die wenigsten Menschen aufhalten. Das

Schiff kippt ganz langsam zur Seite und bleibt der Länge nach auf dem Boden liegen. Alle Luken öffnen sich und die Überlebenden strömen mit erhobenen Händen aus dem Schiffswrack. Sie ergeben sich und werden in unserem Schiff aufgenommen. Anschließend schicken wir einen Suchtrupp ins fremde Schiff, der Verletzte und Tote bergen soll.

Der Suchtrupp ist gerade zurück an Bord als Fergusons zweites Schiff erscheint. Der Kapitän des ersten hat offenbar einen Notruf absetzen können. Unser Schiff ist noch mit Aufnahme der fremden Besatzung nach der Kapitulation, der Versorgung der Verletzten und der Lagerung der Toten beschäftigt und daher noch nicht einsatzbereit. Wir haben großes Glück. Der erste Schuss erfolgt aus fast genau derselben Richtung, sodass sich unser Schiff immer noch im Schatten Selenas befindet. Er verpufft am unsichtbaren Schutzschirm. Das gegnerische Schiff ändert daraufhin sofort seine Position und schießt erneut. Wir können Selena gerade noch in die Schusslinie manövrieren und die Energie absorbieren. Die schnelle Reaktion des Gegners lässt vermuten, dass sich jemand in diesem Schiff befindet, der von unserer Anwesenheit weiß oder sie zumindest vermutet, weil er die richtigen Schlüsse aus den fehlgeschlagenen Angriffen gezogen hat. Es ist ein Katz-und-Maus-Spiel. Der Gegner ändert ständig seine Schussposition und Selena folgt, um die Schusslinie zu blockieren.

Zum nächsten Schuss kommt der Gegner dann nicht mehr. Wir nehmen ihn mit unserem inzwischen dazugekommenen zweiten Schiff in die Zange. Auch unser erstes Schiff ist wieder einsatzbereit. Es spielt sich nun das Gleiche noch einmal ab. Der Gegner wird so getroffen, dass seine Angriffswaffen zerstört sind. Das Schiff stürzt auf den Boden, kippt um und bleibt im Wüstensand liegen. Doch anders als vorher geschieht erst einmal gar nichts. Es dauert etliche Minuten, die uns wie Stunden vorkommen, bis sich die Luken öffnen. Die ersten stolpern heraus und schwenken die weiße Fahne der Kapitulation. Unsere Schiffe nehmen sie in Empfang. Danach – nichts. Weitere Minuten vergehen. Unsere Anspannung wächst. Dann drängelt eine etwa zehnköpfige Gruppe gleichzeitig aus der Öffnung. Sie umringen einen Mann in ihrer Mitte, der wild um sich schlägt und den sie nur mit Mühe im Zaum halten können. Ihnen folgen weitere, weiße Tücher schwenkende Mannschaftsangehörige.

Die Gruppe kommt näher und wir trauen unseren Augen nicht. Der Mann in ihrer Mitte ist Ferguson. Oder vielleicht wieder eine Kopie? Doch Selena und Lera geben Entwarnung. Es ist der echte.

Helen und Gérard verlassen unser Schiff und schreiten, zusammen mit beiden Kapitänen unserer Kampfschiffe, auf die Gruppe zu. Wir bleiben zurück.

Zwei Männer, den Rangabzeichen nach Kapitän und Erster Offizier, lösen sich von der Gruppe und salutieren vor unseren Vier.

»Es tut uns leid, dass es so lange gedauert hat. Aber wir hatten eine Schießerei an Bord. Mr. Ferguson verlangte, bis zum letzten Mann zu kämpfen. Da wir uns weigerten, erschoss er einige von uns. Es kostet viel Zeit und leider auch etliche Tote, bis wir ihn überwältigen konnten. Hiermit übergeben wir den Mann. Sie können nach Belieben über ihn verfügen. Auch meine Mannschaft und ich stehen Ihnen zur Verfügung.«

Helen salutiert ebenfalls.

»Haben Sie etwas dagegen, wenn wir ihren Gefangenen betäuben, um ihn sicher auf unser Schiff bringen zu können?«

»Selbstverständlich nicht! Sie tun uns damit einen Gefallen. Sie haben es ja gesehen, meine Männer hatten größte Mühe, ihn hierher zu schaffen.«

So geschieht es dann auch. Die Widerständler nehmen Ferguson in ihre Obhut und schaffen ihn in ein sicheres Versteck. Allen, besonders aber Helen, ist die Erleichterung über den glücklichen Ausgang anzusehen.

Auch Lera und ich sind erleichtert. Die Jagd nach dem zurzeit gefährlichsten Mann der Erde ist beendet und wir können entspannen. Es dauert eine Weile, bis ich merke, was Lera unter Entspannung versteht. Ich bin noch in Gedanken bei dem zuletzt Erlebten, als sie bereits an mir herum zu fummeln beginnt. Mein Körper, genauer ein bestimmter Teil meines Körpers, reagiert sofort; mein Hirn braucht offenbar etwas länger. Doch dann habe ich es kapiert, nehme ihren Kopf zwischen meine Hände und küsse sie leidenschaftlich. Sie wirft sich schwungvoll auf mich und als ich kurz darauf in sie eindringe, presst sie sich fest auf mich und flüstert mir erregt ins Ohr:

»Das ist um Vieles schöner als einen Strahler drin zu haben, auch wenn er noch so klein ist.«

Als sie meinen fragenden Blick sieht, ergänzt sie verschmitzt: »Ich meine natürlich den Strahler!«

Tags darauf sitzen wir in der neuen Zentrale des Untergrundes zusammen und beraten über das weitere Vorgehen. Unsere beiden Raumschiffe sollen der vorläufigen Weltregierung unter Führung der europäischen zur Verfügung gestellt werden. Leider ist der provisorische Zusammenschluss schon wieder auseinandergebrochen. Als die Bedrohung durch die Invasoren nicht mehr bestand, haben sich die Amerikaner und die Chinesen wieder ausgeklinkt. Doch die anderen Länder arbeiten weiter daran.

Dann suchen wir nach einem unabhängigen Staatsanwalt, der die Anklage gegen Ferguson und Jenkins in die Hand nehmen kann. Parallel stellt eine Gruppe um Helen die Beweisstücke für die Verbrechen der beiden zusammen und benennt die jeweiligen Zeugen. Es gibt tatsächlich schon ein internationales Gericht, zuständig für Verbrechen gegen die Menschlichkeit. Dessen Sitz ist in Novo Brussels. Das passt gut. Über unsere Mittelsmänner finden wir einen Staatsanwalt, der in dem Ruf steht, unbestechlich zu sein. Wir vereinbaren einen Termin.

Er hat bereits einen kleinen Teil der Unterlagen bekommen, welche die Verbrechen Fergusons und seines Handlangers Jenkins belegen.

Als wir ihm gegenüber sitzen, scannt Lera seine Gedanken. Sie schaut mich an und nickt. Gleichzeitig übermittelt sie mir telepathisch:

›Er ist sauber. Er hat etliche Versuche der Bestechung durch die Energieunternehmen nicht nur vereitelt, sondern auch einige der Beteiligten hinter Gitter bringen lassen. Wir können ihm vertrauen.‹

Daraufhin legen wir ihm sämtliche Papiere vor.

»Oha, das sind ja Mengen«, staunt er, »geben Sie mir einige Tage Zeit um die Unterlagen zu studieren. Ich melde mich dann.«

Einige Tage später sitzen wir wieder in seinem Büro, diesmal sind auch Helen und Gérard dabei.

Der Mann eröffnet das Gespräch.

»Das ist ungeheuerlich, obwohl ich noch nicht alles gelesen habe. Ich muss gestehen, dass ich die Machenschaften der GloEn und anderen Energieunternehmen schon lange im Visier hatte, aber mir fehlten bisher die Beweise. Die liegen mir nun dank Ihnen vor. Was ich aber nicht verstehe, wie haben Sie mit ihrem Raumschiff in so kurzer Zeit die Marsstädte evakuieren können?«

Wir haben hier, wie schon vorher gegenüber Ferguson, die Rolle, die das Schiff der Geaner spielte, verschwiegen. Stattdessen haben wir erzählt, dass wir, während die Fremden von den Frauen und Mädchen auf dem Mars überwältigt wurden, in deren Schiff eingedrungen sind und den Antrieb zerstört hätten. Die überlebenden Blauen säßen nun auf dem Mars fest. Sie dort zu überwältigen, sei nicht zu empfehlen, da die Waffen ihres Schiffes weiterhin funktionsfähig seien.

Doch wir sollten seine Frage beantworten.

»Es gab zwei Schiffe der Verteidigungsflotte der Erde, die sich uns, ohne Fergusons Wissen, angeschlossen hatten. Die haben die Evakuierung bewerkstelligt.«

Dass die Mannschaften dieser beiden Schiffe erst zu uns übergelaufen sind, nachdem die Invasoren besiegt waren, verschweigen wir. Es ist auch für den Prozess nicht relevant.

»Dann ist Ferguson mit seinen Leuten nie auf dem Mars gewesen und hat demzufolge auch die Fremden nicht überwältigt?«, will der Staatsanwalt von uns wissen.

»Nein. Er hat sich währenddessen mit den restlichen Schiffen auf der Erde versteckt. Sie finden in den Unterlagen Aufzeichnungen des Funkverkehrs, die sowohl die sinnlose Aufopferung von zirka 150 Soldaten belegen, als auch seinen Rückzug.«

»Das habe ich bereits gelesen, und es ist für den Prozessverlauf wichtig. Wir müssen nämlich auch seine Popularität brechen. Die Menschen halten ihn immer noch für den Retter der Menschheit, für den er sich ausgegeben hat.«

Dann kommt der Staatsanwalt auf den für ihn wesentlichen Punkt zu sprechen.

»Wie können wir der beiden Männer habhaft werden?«

»Herr Staatsanwalt. Die beiden Herren befinden sich bereits in unserem Gewahrsam.«

Er blickt uns überrascht an und sagt dann scharf.

»Sie haben die beiden? Wäre es da nicht ihre Pflicht gewesen, sie der Polizei zu übergeben?«

»Das konnten wir nicht. Wir mussten davon ausgehen, dass große Teile der Staatsmacht korrupt sind. Die beiden wären nach kürzester Zeit wieder auf freiem Fuß.«

»Ihre Bedenken sind vermutlich begründet. Allerdings müssen wir mit einer Klage der Anwälte Fergusons wegen Entführung rechnen. Das könnte unsere Position erheblich schwächen.«

Ich denke kurz nach:

»Herr Staatsanwalt, Ferguson wird nicht wissen, wie er in unsere Hände gelangt ist. Daher wird es im Prozess kaum zur Sprache kommen.«

Der Mann schaut Lera und mich mit einem durchdringenden Blick an.

»Ich muss zugeben, Sie werden mir langsam unheimlich. Wie gut, dass Sie auf der ›richtigen‹ Seite stehen. Sie möchte ich nicht zum Feind haben.«

Dann fährt er fort:

»Ich werde die beiden durch meine Mitarbeiter festsetzen und bis zum Prozessbeginn bewachen lassen. Auf die kann ich mich hundertprozentig verlassen.«

»Seien Sie vorsichtig, Herr Staatsanwalt. Fergusons Bestechungsgelder bewegen sich im zweistelligen Millionenbereich. Da wird leicht auch der loyalste Untergebene schwach.«

»Danke für den Hinweis. Ich werde mein Personal im Auge behalten.«

Dann verabschieden wir uns. Später übergeben wir die Gefangenen.

Es gibt in der Folgezeit tatsächlich einige Bestechungsversuche. Doch der Staatsanwalt kann sie unterbinden. Er ist wirklich gut.

Der Prozess findet unter dem Vorsitz des Obersten Richters Dr. R. Refiels und zweier beisitzender Richter statt.

Jenkins wird im Rollstuhl von zwei Gerichtsdienern in den Saal geschoben. Zwei Vollzugsbeamte haben Ferguson in ihre Mitte genommen und begleiten ihn auf die Anklagebank, wo er neben dem Rollstuhl von Jenkins Platz nimmt.

Der vorsitzende Richter wendet sich an die Ordnungshüter.

»Nehmen Sie den beiden Angeklagten die Fesseln ab.«

Der Staatsanwalt protestiert.

»Diese beiden Männer sind des Mordes, der fahrlässigen Tötung, der Entführung und des Betruges in etlichen Fällen angeklagt. Es besteht erhöhte Fluchtgefahr. Wegen dieses Risikos dürfen sie nicht von ihren Fesseln befreit werden.«

»Die Entscheidung hierüber, werter Herr Staatsanwalt, überlassen sie bitte dem Gericht. Ihre Anklagegründe sind ohnehin dürftig. Ebenso die Beweislage. Ich muss Sie doch nicht daran erinnern, dass die Angeklagten bis zur Verurteilung als unschuldig zu gelten haben.«

»Hohes Gericht«, der Staatsanwalt lässt nicht locker. »Die Beweislage ist eindeutig. Alle vorliegenden Unterlagen und Beweisstücke zeigen, dass die Anklage auf Auftragsmord bei Jenkins berechtigt ist. Auch für die Anklage auf Mord und Tötung in über 500 Fällen, davon 350 Einwohner von Novo-Brussels und 150 Soldaten, sowie Beauftragung zum Mord, Unterschlagung und Entführung sind im Falle von Herrn Ferguson durch unsere Beweisführung, die Ihnen vorliegt, nachgewiesen. Zudem ist das Entführungsopfer Frau Helen Myers als Nebenklägerin anwesend.«

»Beweisführung?«, die Stimme des obersten Richters wird laut, »sie nennen Ihre Ausführungen eine Beweisführung? Dieser Haufen Geschreibsel ist nicht das Papier wert, auf dem es geschrieben ist.«

»Aber Herr Richter, haben sie es denn nicht gelesen?«

Mit hochrotem Kopf fährt der oberste Richter den Staatsanwalt scharf an.

»Nicht gelesen! Wollen Sie damit andeuten, Herr Staatsanwalt, ich könne nicht lesen?«

Bevor der Staatsanwalt antworten kann fährt der Richter mit sich überschlagender Stimme fort.

»Was erlauben Sie sich? Das hier ist ein Gericht! Und ich erwarte, dass Sie mir als Vorsitzendem Richter den gebührenden Respekt erweisen.«

Unter den Zuschauern entsteht Unruhe. Die heftige Reaktion des Richters irritiert die Leute.

Er schreit in die Zuschauermenge.

»Wenn nicht sofort Ruhe einkehrt, lasse ich den Saal räumen!«

Die Menge verstummt. Der Richter atmet ein paar Mal tief durch und verkündet, wieder etwas gefasster:

»Die Sitzung ist für heute geschlossen. Und zum nächsten Termin erwarte ich von Ihnen, Herr Staatsanwalt, eine Entschuldigung. Andernfalls erwartet Sie eine Beugehaft wegen Missachtung des Gerichts.«

Später sitzen wir mit dem Staatsanwalt zusammen. Er ist empört.

»Was ich heute erlebt habe, ist schlicht unglaublich. Das Gericht missachtet? Wenn einer das Gericht missachtet hat, dann ist es Herr Dr. Refiels mit seiner Unsachlichkeit. So etwas habe ich noch nicht erlebt. Man muss in der Geschichte der Justiz schon sehr weit zurückgehen, um Vergleichbares zu finden.«

Er fährt fort.

»Bei jedem normalen Gerichtsverfahren wäre das Verhalten des Richters ein Revisionsgrund. So kann sich kein Richter benehmen. Aber dies ist die höchste Instanz. Gegen das Urteil ist keine Revision möglich, und der Mann ist bekannt für seine Ausfälle, allerdings nicht in dieser Heftigkeit. Völlig neu ist, dass sich diese Aggression gegen mich als Staatsanwalt richtet. Bisher waren immer die Angeklagten Opfer seiner verbalen Attacken.«

»Es gibt nur eine Erklärung für sein Verhalten«, sage ich. »Der Mann muss bestochen worden sein. Und wir müssen bis zur nächsten Sitzung dafür klare Beweise haben, um gegen ihn vorgehen zu können. Andernfalls besteht die Gefahr, dass er zwei der größten Verbrecher der letzten hundert Jahre freispricht. Das ist nämlich zu befürchten, wenn ich seine bisherigen Äußerungen im Prozess richtig interpretiere.«

»Das wird unmöglich sein«, sagt Lera. »Zu dumm, dass ich bei der Verhandlung nicht dabei war. Wir können so nichts ausrichten und müssen wohl den nächsten Termin abwarten. Ich mische mich dann unter die Zuschauer und werde versuchen, in die Gedanken des Obersten Richters zu dringen.«

Zwei Tage später wird die Verhandlung fortgesetzt.

»Nun? Herr Staatsanwalt? Sind sie bereit für eine Entschuldigung?«

»Ja, Herr Richter. Ich entschuldige mich, sollte ich die Würde des Gerichts verletzt haben.«

Helen, die sowohl als Nebenklägerin als auch als Zeugin teilnimmt, kann nicht an sich halten.

»Herr Richter, das kann doch wohl nicht angehen. Wenn hier jemand die Würde des Gerichts verletzt hat, dann sind es doch wohl Sie mit ihren unwürdigen Attacken gegen den Herrn Staatsanwalt.«

»Unwürdige Attacken!«, die Stimme des Richters überschlägt sich schon wieder. »Für wen halten Sie sich, dass Sie glauben, mich kritisieren zu dürfen?«

Und mit knallrotem Kopf.

»Hiermit verurteile ich Sie zu zwei Tagen sofort vollstreckbarer Beugehaft. Abführen!«

Plötzlich presst er die Hände an seinen Kopf. Nach einem Moment der Irritation haut seine Faust auf den Richtertisch.

»Die Verhandlung wird für drei Tage unterbrochen.«

Ich schaue fragend zu Lera hinüber, die zwei Reihen hinter mir sitzt. Sie nickt. Das kann nur bedeuten, dass sie etwas Wichtiges erfahren und ihr Eindringen bei ihm starke Kopfschmerzen ausgelöst hat.

Wir sind zurück im neuen Hauptquartier. Helen, Gérard und ich sitzen am Tisch. Lera berichtet.

»Ich habe einiges in seinen Gedanken sehen können. Also: Er hat ein geheimes Konto bei einer Großbank hier in Europa. Dort sind vor drei Wochen zwanzig Millionen Doubles eingegangen. Ich habe auch die Kontonummer und das Passwort. Wir müssen jetzt nur noch den Weg des Geldes zurückverfolgen.«

Das erweist sich jedoch als schwieriger als wir angenommen haben. Noch recht einfach ist es, mithilfe von Kontonummer und Passwort an den Kontoauszug zu kommen, auf dem der Geldeingang verzeichnet ist. Der führt uns zu einer ausländischen Bank. Über die dortige Untergrundbewegung, die ein paar Sympathisanten in diesem Unternehmen sitzen hat, stoßen wir auf eine dritte Bank, wieder in einem anderen Land. Inzwischen sind zwei Tage vergangen, uns bleiben nur noch 24 Stunden.

An diesem Tag kommen wir keinen Schritt weiter. Erst gegen Abend meldet sich bei uns Sven Petterson, der frühere Mitarbeiter und Vertraute von Owen Myers. Er hat Kontakt zu einer ebenfalls im Untergrund arbeitenden Hacker-Gruppe. Mit seiner Hilfe nehmen wir Verbindung zu ihnen auf. Es braucht wenig Überredungskunst, sie zur Mitarbeit zu bewegen. Als sie erfahren, um was es geht, stürzen sie sich mit Feuereifer in die Arbeit. Schon nach kurzer Zeit stellen sie fest, dass diese Bank mehrheitlich der ›World Electric‹ gehört, einem Tochterunternehmen der GloEn.

Um Mitternacht dann sind wir einen entscheidenden Schritt weiter. Unsere Leute sind in der Server der Bank eingedrungen, nahmen Kontoeinsicht und konnten somit den dortigen Geldabfluss der 20 Millionen belegen. Der allerdings ist durch eine interne Buchung erfolgt, deren Ursprung auf einem anderen Server der Bank liegt. In den kommen unsere Hacker nicht hinein.

Am frühen Morgen des Prozesstages sitzen wir wieder im Hauptquartier. Wir sind frustriert und völlig übermüdet. In einer Ecke sitzt Collins, der ehemalige GloEn-Berater, den wir vor einiger Zeit gekidnappt haben. Er darf sich inzwischen frei in den Räumen bewegen. Dadurch erfährt er von unserem Problem und spricht uns an.

»Wie ich höre, habt ihr Probleme in den gesicherten Bereich der WE-Bank zu kommen. Vielleicht kann ich euch helfen«, fährt er fort. »Ich war im Vorstand dieser Bank, bin es eigentlich sogar noch heute. Von dieser Position habe ich Zugang zu allen Interna des Unternehmens. Es ist durchaus möglich, dass ich immer noch ins System komme, weil die Bank mein Verschwinden noch nicht realisiert hat. Die Personalverwaltung braucht oft Wochen, bis sie einen Account schließt. Ich kann es jedenfalls versuchen, wenn ihr mich Verbindung zu euren Hackern aufnehmen lasst.«

Wir stellen die Verbindung her. Mit den Daten unseres Gefangenen versucht die Gruppe erneut, sich in den innersten Bereich der Bank einzuloggen. Sie arbeiten fieberhaft. Uns läuft die Zeit davon. Stunde um Stunde vergeht. Dann endlich hören wir einen der Leute ›BINGO!‹ rufen und ›Ich bin drin!‹

Jetzt dauert es nur noch wenige Minuten, dann sind alle relevanten Kontoauszüge ausgedruckt. Mit einem Blick wird klar: Das Geld kommt unmittelbar von einem privaten Konto der GloEn, das unter dem Namen von Edward Ferguson firmiert.

Unsere Zeit ist abgelaufen, der Prozess wurde vor einer Stunde wieder aufgenommen. Noch können wir es vielleicht schaffen, vor dem erwarteten Freispruch den obersten Richter auszuschalten.

Wir rasen zum Gericht. Wir haben unserem Gefangenen Collins erlaubt mitzukommen. Seine letzten Äußerungen und seine wiederholte Unterstützung war Zeugnis genug, dass er nun auf unserer Seite ist.

Weil der Staatsanwalt bereits in der Verhandlung ist, suchen wir seinen Assistenten. Und haben Glück: Er ist über die Verhandlung informiert und seinem Chef gegenüber loyal. Gemeinsam suchen wir in den Büros des Gerichtsgebäudes einen weiteren Ersten Richter. Und finden einen. Der schaut auf die Unterlagen. Bevor er sich in das erste Blatt vertieft, steht Lera auf, nimmt ihm, eine Entschuldigung murmelnd, das Blatt aus der Hand. Es sei ein Irrtum, wir hätten die falschen Unterlagen. Mit diesen Worten stürmt sie aus dem Raum. Helen und ich drängen unsere Leute ebenfalls aus dem Raum. Wir wissen was los ist. Der Erste Richter blickt verständnislos hinter uns her und schüttelt den Kopf.

»Der Mann gehört zu den Befehlsempfänger der GloEn«, erklärt Lera, »wir müssen einen unabhängigen Richter suchen.«

»Woher weiß sie das?«

Der Assistent, Gérard und Collins schauen Helen und mich fragend an.

»Sie weiß es eben!«, kommt es von Helen und mir wie aus einem Munde.

Nach weiteren Minuten Suchens haben wir endlich einen unabhängigen Ersten Richter gefunden. Der schaut sich unsere Unterlagen tatsächlich sofort an, prüft sie sorgfältig, schüttelt immer wieder den Kopf, nickt schließlich und stellt schweigend einen vorläufigen Haftbefehl gegen Richter Dr. Refiels aus.

»Ich konnte in der Kürze der Zeit die Echtheit der Unterlagen nicht prüfen, aber sie passen zu meinem Erkenntnisstand. Ich hoffe doch sehr, dass Ihre Dokumente gerichtsfest sind. Kommen sie nachher noch einmal zu mir.«

Kurz darauf betritt der Assistent mit Lera und mir den Gerichtssaal. Sofort werden wir vom Vorsitzenden Richter angebrüllt.

»Wer sind Sie denn? Sie können hier nicht so einfach hereinplatzen!«

Der Staatsanwalt ergreift das Wort.

»Das sind meine Assistenten. Sie haben Unterlagen für mich, die für den weiteren Verlauf dieser Verhandlung bedeutsam sind.«

Der Richter schaut den Staatsanwalt scharf an.

»Herr Staatsanwalt, ich warne Sie. Wenn das wieder ein Trick ist, um den Prozess mit nicht fundierten Anträgen zu verzögern, dann werden Sie mich kennenlernen. Das lasse ich nicht durchgehen. Notfalls werde ich dafür sorgen, dass Sie Ihrer Tätigkeit als Ankläger enthoben werden.

Also – wollen Sie tatsächlich neue Beweismittel vorlegen?«

Der Staatsanwalt überfliegt kurz die Unterlagen, dann sagt er.

»Tut mir leid Herr Richter, diese Papiere betreffen weder den Prozessverlauf noch sind sie für Sie bestimmt.«

Er dreht sich vom Vorsitzenden fort und wendet sich an die beiden übrigen Richter.

»Ich informiere hiermit die beisitzenden Richter, dass Richter Dr. R. Refiels mit sofortiger Wirkung von seiner Tätigkeit entbunden ist. Zudem liegt mir ein sofort vollstreckbarer Haftbefehl gegen Herrn Dr. R. Refiels vor, den ich jetzt verlesen werde«.

Das verschlägt dem Richter die Sprache, sein Kopf schwillt rot an und er kreischt.

»Wie bitte? Haben Sie den Verstand verloren! Ich lasse Sie aus dem Saal werfen!«

Der Staatsanwalt verliest ungerührt den Haftbefehl mit den Anklagepunkten Bestechlichkeit, Rechtsbeugung und Unterschlagen von Beweismitteln. Er legt das Dokument den beisitzenden Richtern vor.

»Das können Sie nicht«, schreit der Mann hinterm Richtertisch hysterisch. »Das sind alles Fälschungen. Das ist ein abgekartetes Spiel. Sie können mich nicht in meinem eigenen Gericht verhaften lassen.«

Unbeeindruckt wendet sich der Staatsanwalt an die anwesenden Saaldiener.

»Meine Herren, nehmen Sie Dr. Refiels in Gewahrsam und belehren Sie ihn über seine Rechte. Ferner legen sie den Angeklagten Ferguson und Jenkins wieder Handschellen an und führen Sie alle drei ab.«

Seine letzten Worte werden von anhaltendem Beifall der Zuschauermenge begleitet.

Später im Schiff meldet sich Selena zu Wort.

»Darf ich mir eine Bemerkung erlauben?«

Von Lera und mir kommt es wie aus einem Munde.

»NEIN, SELENA! Das wird doch wieder eine deiner vorlauten Sprüche werden.«

Selena tut so, als hätte sie unseren Einwand nicht gehört.

»Ich wollte nur bemerken: Euer Staatsanwalt ist gar nicht so dumm. Erinnert ihr euch, als er sagte, man müsse in der Geschichte schon sehr weit zurückgehen, um etwas Vergleichbares in der Justiz zu finden. Damit meinte er einen vergleichbar hysterischen Richter. Vertauscht einmal die Buchstaben des Vorsitzenden Richters, dann habt ihr ihn.«

Doch mit diesem Hinweis des Schiffscomputers können wir überhaupt nichts anfangen.

»Also, ich werde euch Jungvolk nicht alles vorkauen. Grabt selbst in der Geschichte der Erde der letzten hundert Jahre. Und geht in das Jahr 1944. Dort werdet ihr auf einen Richter am Volksgerichtshof des früheren Nazi-Deutschlands stoßen, dessen Name sich aus genau diesen Buchstaben zusammensetzt und der sich in einem berühmt-berüchtigt gewordenen Prozess sehr ähnlich verhalten hat.«

Diesmal rufen Lera und ich gemeinsam:

»ANGEBERIN!«

Und Lera ergänzt.

»Du erwartest von uns doch wohl nicht, dass wir die gesamte Historie der Erde im Kopf haben. Wir sind doch keine Computer und schon gar keine so vorlauten.«

»Was heißt hier vorlaut? Ich sag´ nur, wie es ist.«

Hören wir da etwa einen beleidigten Unterton in der Bemerkung des Schiffscomputers?

Während der neue Prozess unter dem Vorsitz des Richters, der den Haftbefehl für Dr. Refiels ausgestellt hat, vorbereitet wird, fliegen Lera und ich zum Mars. Wir wollen herausbekommen, ob wir mit unserer Einschätzung richtig lagen, dass die Blauen sich inzwischen selbst ausgerottet haben.

Das riesige Schiff hat eine Parkposition im Orbit des Mars' eingenommen. Unter voller Tarnung nähern wir uns, und Selena versucht irgendein Lebenszeichen aus dem Schiffsinneren auszumachen. Fehlanzeige! Wir werden sichtbar, lassen aber den Schutzschirm angeschaltet. Das fremde Schiff rührt sich nicht. Wenn noch Lebende an Bord wären, würde jetzt ein Angriff erfolgen. Doch es bleibt alles ruhig. Unser Schiff dockt an, sodass Selena ihre kleinen Helfer-Roboter hinüberschicken kann. Die durchsuchen das Schiff und finden in einem Schlafraum fünf halb verweste Leichen. Im Zentrum des Schiffes in der Kommando-Zentrale liegen weitere drei Leichen. Ansonsten ist das Schiff leer. Von den Blauen droht also keine Gefahr mehr für die Erde.

Die nächsten sieben Tage sind wir damit beschäftigt, die Sperre der Nano-Partikel aufzuheben. Damit ist der Mars den Menschen wieder zugänglich und man wird mit dem Wiederaufbau der Kuppel-Städte beginnen können.

Der zweite Prozess endet dann, wie erwartet, mit einer Verurteilung Fergusons und Jenkins' zu lebenslangen Haftstrafen. Aufgrund des Alters der beiden hat man von einer anschließenden Sicherungsverwahrung abgesehen. Sie würden das Haftende ohnehin nicht erleben.

Doch es ergeben sich etliche zivilrechtliche Folgen. Die ihrer Führung beraubte GloEn wird unter stattliche Aufsicht gestellt und das Firmengeflecht zerschlagen. Alle Energieunternehmen haben die über Jahre rechtswidrig angehäuften riesigen Gewinne aus den Verkäufen der Owens in eine neu zu gründende gemeinnützige Stiftung einzustellen. Sie dürfen zudem keine Owens mehr herstellen und verkaufen. Das unterliegt allein der neuen ›Owen-Myers-Stiftung‹. Damit erfüllt sich Owens diesbezügliche Verfügung im Testament. Die Leitung der Stiftung wird seiner Enkelin Helen übertragen.

Die Stiftung übernimmt auch die Weiterführung der Forschung zur Beherrschung der Gravitation, die durch die Zerschlagung der GloEn zum Stillstand gekommen ist. Die Stiftung ist das einzige Unternehmen, das die ungeheuren Geldmittel, die dafür erforderlich sind, aufbringen kann. Helen bittet uns, unser Wissen über die Gravitation zur Verfügung zu stellen. Doch wir lehnen ab. Wir wollen nicht noch einmal in die technische Entwicklung der Erde eingreifen, wie es damals unsere Eltern taten, als sie – mit bester Absicht – dem alten Owen das Gerät zur fast unbegrenzten Speicherung von elektrischer Energie überließen. Es gibt immer noch zu viele Menschen, die neue Technologien missbrauchen und zu ihrem persönlichen Vorteil verwenden. Dennoch ist es nur noch eine Frage der Zeit, bis die

Menschen die Gravitation in den Griff bekommen werden. Sie haben bereits herausgefunden, dass sich die Gravitation innerhalb der vierdimensionalen Raumzeit nicht beherrschen lässt. Das für die Gravitation zuständige Elementarteilchen, das bisher nur theoretisch existierende Graviton, lässt sich nämlich in der vierdimensionalen Raumzeit nicht abschirmen und durchdringt alles. Für Teilchen aus höheren Dimensionen, egal ob Energie- oder Masseteilchen, existieren Hindernisse nicht, die sich in niedrigeren Dimensionen befinden. Daher sind sie dabei in der fünften und in weiteren Dimensionen zu forschen.

Lera und ich wissen, dass sie auf dem richtigen Wege sind.

Dann beginnt man auf der Grundlage der beiden noch existierenden Kampfschiffe, eine Verteidigungsarmee aufzubauen, die den einzigen Zweck hat, die Erde vor möglichen Angriffen aus dem Weltraum zu schützen. Hier arbeiten endlich alle Regierungen zusammen, auch die des amerikanischen Kontinents und die Chinesen.

Die Zusammenarbeit kommt an ihre Grenzen, als wir bekannt geben, dass in einer Umlaufbahn um den Mars das inzwischen herrenlose Invasionsschiff der Blauen treibt und gefahrlos betreten werden kann. Es beginnt ein Wettrennen zum Mars. Unternehmen, die in irgendeiner Form mit Raumfahrt zu tun haben, stürzen sich wie Aasgeier auf das Schiff. Die Lücke, die durch die Zerschlagung der GloEn entstanden ist, möchten sie zu gern ausfüllen, zumal ihr wichtigster Verdienstzweig, nämlich Herstellung und Vertrieb von Owens, weggebrochen ist. Im Orbit des Mars' liefern sie sich ein Hauen und Stechen. Jeder will die fortschrittliche Technik des Invasionsschiffes verstehen und für sich nutzen.

Lera und ich sind entsetzt. Haben die Menschen denn überhaupt nichts gelernt? Sowie es viel Geld zu verdienen gibt, gewinnen Konkurrenzdenken, Gier und Egoismus wieder die Oberhand. Wir müssen etwas unternehmen und kontaktieren den Präsidenten der europäischen Union. Er empfängt uns kurz darauf.

Wir kommen sogleich zur Sache.

»Herr Präsident! Ihnen dürfte bekannt sein, was sich im Orbit des Mars' abspielt. Wir erwarten, dass die Regierungen einschreiten, um das unwürdige Gerangel dort oben zu beenden.«

Der Mann schaut uns beide an.

»Das würde ich gern tun. Aber dafür brauche ich die Mitarbeit aller Regierungen. Das ist jedoch kaum möglich, denn ich muss leider gestehen, dass sich das, was Sie als ›unwürdiges Gerangel‹ bezeichnen, hier auf der Erde fortsetzt. Auch unter dem durch bilaterale Verträge lose verbundenen Staatenbund und den sich davon wieder abgelösten Regierungen spielt sich zurzeit ein Kompetenzgerangel ab. Man streitet sich darum, wer den meisten Profit aus den Erkenntnissen, die das fremde Schiff liefern wird, herausschlagen kann, beziehungsweise wer die Verwertung der neuen Techniken für sich in Anspruch nehmen darf.«

Er zuckt mit den Schultern.

»Sie sehen: Ich würde gern, aber ich kann nicht. Mir sind die Hände gebunden. Es ist zurzeit keine Einigung zu erzielen. Und ich habe nichts in der Hand, was die Regierungen zusammenbringen könnte.«

Lera, hat die ganze Zeit schweigend zugehört. Auf einmal habe ich ihre telepathische Stimme im Kopf.

›Ben! Lass mich mal! Ich hab da eine Idee.‹

Sie spricht den Präsidenten an.

» Herr Präsident. Was halten Sie davon, wenn ich Ihnen ein Projekt vorschlage, das einerseits nur durchzuführen wäre, wenn sich alle Regierungen beteiligen würden und andererseits so attraktiv ist, dass sich keine Regierung dem entziehen kann? Es würde damit ein alter Menschheitstraum in Erfüllung gehen.«

Der Staatsmann schaut sie überrascht an.

»Lassen Sie hören. Sie hätten in einem solchen Fall natürlich meine volle Unterstützung.«

Dann erzählt Lera.

»Es gibt weit draußen in unserer Galaxie einen Planeten mit intelligenten Wesen. Diese unterscheiden sich kaum von den Menschen der Erde. Sie sind dunkelhäutig und haben leuchtend grüne Augen. Sie sind auch nicht übermäßig aggressiv und ich könnte mir vorstellen, dass eine Begegnung mit den Menschen der Erde sich für beide Seiten als fruchtbar erweisen würde. Insbesondere wären diese Wesen an der Technologie der Erde interessiert und wären für Hilfe beim Aufbau einer Infrastruktur dankbar. Sie haben nämlich ihren Planeten gerade erst besiedelt.«

»Und was das Beste ist«, fährt Lera fort, »sie wären erreichbar. Zwar nicht mit Schiffen von der Erde, aber mit dem Alien-Schiff. Die Reise würde deutlich weniger als zehn Jahre dauern. Die Erde müsste den Antrieb des Schiffes verstehen und bedienen können und das Schiff für seine Bedürfnisse umbauen. Das alles wäre aber so aufwendig, dass es eine Regierung allein nicht bewältigen kann. Aber es würde der Menschheitstraum einer Begegnung mit friedlichen Außerirdischen wahr. Dem wird sich kaum eine Regierung verschließen können.«

Der Präsident hat ihr aufmerksam zugehört. Seine Augen leuchten als er sich Lera zuwendet.

»Sie haben recht. Das könnte funktionieren. Ich bin mir ziemlich sicher, dass ich damit die Regierungen ködern kann. Ich werde so schnell wie möglich die entsprechenden Verhandlungen in die Wege leiten.«

Er schließt sich in Folge mit den übrigen Regierungen der Erde kurz und im ersten Abkommen wird das Invasionsschiff kurzerhand zum gemeinsamen Eigentum des Regierungsverbundes erklärt. Unternehmen, die Interesse an dem Projekt haben, müssen sich einem neu zu gründenden und von den Regierungen geführten Konsortium anschließen. Auch die Stiftung um Helen wird eingebunden. Denn sie kann gewaltige Geldmengen einbringen.

Die Vorbereitungen des Projektes unter dem Namen ›Kontakt‹ sind in vollem Gange. Wir haben uns in unser Schiff zurückgezogen und reden darüber.

»Was glaubst du Lera? Was passiert, wenn die Menschen der Erde auf die Grünen treffen?«

Lera schaut mich belustigt an und kichert dann in sich hinein.

»Was ist Lera? Was ist daran so lustig?«

»Ich stelle mir gerade vor, wie Menschen von der Erde, die so gestrickt sind wie du, auf die meist attraktiven und sexuell völlig unverkrampften Grünen mit dunkler

Haut und leuchtend grünen Auge treffen. Wenn die dann auch noch helle Haut und braune Augen haben …

Das wird ein fröhliches Durcheinander!

Probleme werden die Grünen vielleicht anfangs mit Leuten von der Erde mit blauen Augen haben. Aber die helle Haut wird den Nachteil möglicherweise wettmachen, ebenso wie die dunkelbraunen Augen von Menschen mit dunkler Hautfarbe.«

Mit einem frechen und herausfordernden Ausdruck in ihrem hübschen Gesicht fährt sie fort:

»Apropos: fröhliches Durcheinander. Wir hatten schon seit Stunden keinen Sex mehr. Obwohl ich die ganze Zeit splitternackt vor dir herumlaufe. Ich glaube, du liebst mich nicht mehr!«

Dieses Mädchen ist unglaublich.

Mit einem »Das können wir sofort ändern« will ich sie an mich ziehen, aber sie windet sich aus meiner Umarmung, läuft zur Tür des Kommando-Raumes, dreht sich zu mir um und ruft lachend »dazu musst du mich erst einmal kriegen«. Mit diesen Worten verschwindet sie im Gang. Es beginnt eine wilde Jagd durch das Raumschiff. Nach einer kurzen Zeit lässt sie sich scheinbar schwer atmend und erschöpft auf den Boden sinken und spreizt dabei wie zufällig ihre Beine. Ich werfe mich auf sie.

Aus dem Schiffslautsprecher erschallt trompetenartig ein »HALALI«.

»Selena! Du schaltest sofort alle Sensoren ab!«

Die Zeit vergeht. Das Projekt ›Kontakt‹ steht kurz vor dem Abschluss. Wir sitzen im prächtigen neuen Anwesen der Owen-Stiftung. Helen und Gérard, die sich inzwischen zusammengetan haben, haben uns zum Essen eingeladen. Wir sind gerade beim Dessert, als es an der Tür klingelt. Helen öffnet. Draußen stehen zwei Fremde, ein Mann und eine Frau und fragen nach Lera und mir. Helen bittet sie herein. Sie geht rückwärts vor den Fremden in den Raum und starrt unterbrochen den Mann an.

Dann bleibt sie neben Lera stehen, beugt sich zu ihr hinab und flüstert:

»Mein Gott! Dieser Mann! Sieht der gut aus. Wer mag bloß dieses lecker Kerlchen sein?«

Lera springt auf und fällt dem Mann um den Hals. Dann sagt sie schmunzelnd zu Helen:

»Das lecker Kerlchen ist mein Vater.«

»Oh!« Helen hält sich erschreckt die Hand vor den Mund.

»Entschuldige meine Respektlosigkeit, Lera. Aber dein Vater sieht wirklich enorm gut aus.«

Hinter Adon betritt nun Viviane den Raum. Lera fällt ihr ebenfalls um den Hals.

Helen blickt mit weit aufgerissenen Augen auf Viviane und stammelt dann.

»Und das ist dann sicher deine Mutter. Jetzt weiß ich auch wieso du, Lera, so wahnsinnig gut aussiehst. Bei den Eltern ...«

Kopfschüttelnd hält sie einen Moment inne. Dann sagt sie:

»Komisch. Kennt ihr das? Ich habe deine Eltern noch nie gesehen, trotzdem kommt es mir vor, als wäre dies alles schon einmal genau so geschehen. Ich hatte wohl gerade ein ›Déjà-vu‹«.

Lera und ich schauen uns an. Wir schmunzeln.

Auch ich falle nun Viviane und Adon um den Hals und frage leise, sodass es Helen und Gérard nicht hören können:

»Wo sind meine Eltern?«

»Sie sind im Schiff. Wir sind mit dem Schwesternschiff von Selena gekommen, um euch nach Hause zu begleiten. Der Exodus der Grünen wird jetzt von den Geanern allein durchgeführt.«

Am nächsten Tag wollen wir eine Entscheidung treffen. Lera und ich haben die halbe Nacht wach gelegen, hin und her überlegt, über das Für und Wider diskutiert und schließlich einen gemeinsamen Entschluss gefasst.

Wir haben unsere Eltern in Selenas Kommandoraum gebeten. Nun sitzen wir alle zusammen. Lera räuspert sich und schaut dabei ihren Eltern in die Augen.

»Wir haben euch etwas Wichtiges mitzuteilen: Ben und ich, wir kommen nicht mit nach Gea. Wir wollen hierbleiben. Hier ist noch so viel zu tun, damit sich die Erde zu einem friedvollen Planeten entwickeln kann und die Menschen ebenso glücklich leben können, wie die auf Gea. Dazu wollen wir beitragen, auch wenn wir wissen, dass es noch viel Zeit brauchen wird, dieses Ziel zu erreichen. Uns ist auch bewusst, dass Selena gelegentlich Zweifel geäußert hat, ob es die Menschen der Erde überhaupt wert sind, dass man ihnen hilft. Doch nicht alle Menschen sind egoistisch, geldgierig und rücksichtslos. Wir haben auch andere kennengelernt. Solche wie Gérard, Helen, den Staatsanwalt und alle unsere

Freunde vom Untergrund. Und nicht zuletzt den Regierungspräsidenten der Europäischen Union.«

Unsere Eltern schauen uns eine ganze Weile stumm an, dann sagt meine Mutter:

»Lera und Ben, wir respektieren eure Entscheidung und können sie sogar nachvollziehen. Aber ihr müsst wissen: Die Erde darf nie von der Existenz Geas erfahren. Selena muss dann die Erinnerungen an den Planeten eurer Geburt in eurem Gedächtnis löschen. Sie wird euch eine Identität verschaffen, die jeden, auch euch selbst glauben lässt, dass ihr auf der Erde geboren seid. Wollt ihr das wirklich?«

Lera schaut mich an und ich nicke. Gea ist ein wundervoller Planet und die Menschen haben ein Paradies aus ihm gemacht. Wir würden dort ein herrliches Leben haben. Aber hier haben wir eine reizvolle Aufgabe, nämlich eine funktionierende Demokratie mit einer globalen Regierung aufzubauen. Wir haben uns bereits entschieden.

Aber zuvor haben wir noch Fragen an unsere Eltern.

»Was ist mit euch, unseren Eltern und was mit Selena und all unseren Erlebnissen? Werden wir die dann auch vergessen?«

Lera Vater antwortet.

»Nein, diese Erinnerungen bleiben euch. Ihr werdet denken, dass wir alle von der Erde abstammen, was ja bis auf mich auch zutrifft. Ferner werdet ihr glauben, dass Selena uns als Artefakt einer möglicherweise längst ausgestorbenen Zivilisation einfach zugeflogen ist oder uns ausgewählt hat. Auch das entspricht der Wirklichkeit, denn genau so hat damals auf der Erde der erste

Kontakt Selenas zu Florian und später zu Nadine und Viviane stattgefunden. Und wir? Wir werden euch selbstverständlich in regelmäßigen Abständen besuchen, wenn wir von unseren ›Raumexpeditionen‹ zurückkommen. Ihr seid und bleibt unsere Kinder.«

»Aber wie soll das gehen?«, wende ich ein. »Wir alle – und damit meine ich auch euch – brauchen Identitäten, die belegen, dass wir auf der Erde geboren und keine Aliens sind. Ich weiß, Selena kann die leicht erzeugen und für uns existieren sie ja bereits, sonst hätte wir im Prozess gar nicht als Zeugen auftreten können. Aber wird das langfristig funktionieren? Kommt man auf der Erde nicht irgendwann dahinter, dass sie gefälscht sind?«

»Nein«, ergreift nun Florian das Wort, »das wird nicht möglich sein. Wir sind in einem Alter, dass wir ›alten‹ vor dem Großen Krieg der Erde geboren wurden und ihr beiden unmittelbar danach. Dieser Krieg hatte damals nicht nur fast siebeneinhalb Milliarden Menschen das Leben gekostet, sondern auch Infrastruktur und Technik zerstört. Die Menschen waren damals auf den Entwicklungsstand des vorindustriellen Zeitalters zurückgefallen. Es existierten also keinerlei Unterlagen mehr und damit auch keine Herkunftsnachweise. Bei dem Aufbau des Staatswesens verließ man sich auf die Angaben der überlebenden Menschen. Wer zum Beispiel sein genaues Geburtsdatum nicht wusste, weil er damals zu jung war und die Eltern nicht überlebt hatten, erfand einfach eines. Also, eine Entdeckung falscher Identitäten ist nahezu unmöglich.«

Dann nehmen uns unsere Eltern in die Arme und drücken uns lange und fest.

»Ihr sollt noch Folgendes wissen: Nachdem damals die Blauen von Gea vertrieben wurden, standen auch wir vor einer ähnlichen Entscheidung, nämlich entweder dort zu bleiben oder auf die Erde zurückzukehren. Wir haben uns damals für Gea entschieden. Nur deshalb seid ihr auf Gea geboren und nicht auf der Erde. Es hätte auch anders kommen können.«

Wir verlassen das Raumschiff, nicht ohne vorher Selena Lebwohl gesagt zu haben. Wir werden sie wahrscheinlich nie wiedersehen.

»Es war interessant mit euch beiden«, lässt sich Selena vernehmen. »Ich hätte nicht gedacht, dass ihr so hartnäckig euer Ziel verfolgt und dabei nie aufgebt. Vor allem, wo ihr doch einen nicht unbeträchtlichen Teil der Zeit mit so nutzlosen Dingen verbracht habt, wie euch die verschiedensten Körperteile gegenseitig in die unterschiedlichsten Körperöffnungen zu stecken und das dann offensichtlich auch noch zu genießen.«

Lera lacht laut auf.

»SELENA! Wirklich! Wir werden deine frechen und vorlauten Kommentare vermissen!«

Zum ersten Mal verzichtet der Schiffscomputer darauf das letzte Wort zu haben und schweigt.

Epilog

»Oma, wir haben heute deinen 99. Geburtstag gefeiert und du siehst aus, als ob du gerade einmal 50 geworden wärst. Und du bist auch noch so fit wie eine 50jährige. Auch Opa Ben, der sich mit ebenfalls 99 Jahren für das Amt des Präsidenten bewirbt, sieht aus wie ein Fünfzigjähriger. Ich weiß auch, dass nächstes Jahr zu eurem Hundertsten deine und Bens Eltern von ihren Weltraumexpeditionen zu Besuch kommen werden. Und sie kommen mit einem Schiff, das nicht in unserem Sonnensystem gebaut wurde. Aber woher haben sie es?«

»Danke für das Lob, mein Kind. Das ist lieb von dir. Und zu unseren Eltern und dem Schiff:

Das Raumschiff ist ein Artefakt einer Zivilisation, welche fortgeschrittener war als die auf unserer Erde, die aber vermutlich vor Tausenden von Jahren ausgestorben ist. Niemand weiß Genaues von dieser Kultur. Das Schiff ist Bens Vater vor vielen Jahren einfach so zugeflogen.«

»Deine und Bens Eltern müssen doch steinalt sein, es sind schließlich meine Urgroßeltern. Wie ist das möglich? Und auch Mama sieht mit ihren 70 Jahren wie eine 35jährige aus. Was ist mit euch los?«

»Deine Urgroßeltern sind jetzt zwischen 125 und 130 Jahre alt. Genau weiß nicht einmal ich es. Aber ich weiß, dass wir alle ein Langlebigkeits-Gen besitzen. Das haben nur wenig Menschen. Du hast es und meine Urenkel möglicherweise auch. Apropos Urenkel. Wo sind denn die beiden?«

»Ach du liebe Zeit, Selina und Sarah sollten längst im Bett liegen!«

In diesem Augenblick kommen die Zwillinge in den Raum gelaufen und werden von ihrer Mutter in Empfang genommen.

»Kinder, es ist höchste Zeit! Ab ins Bett!«

»Kommt mit Kinder, eure Uroma bringt euch ins Bett.«

»Uroma Lera, erzählst du uns noch von dem Land hinter dem Regenbogen?«, betteln die Mädchen.

»Natürlich mache ich das. Aber dann wird geschlafen.«

Die Zwillinge kuscheln sich in ihre Betten und Lera beginnt:

»Es gibt eine Welt, die man nur erreicht, wenn man über einen Regenbogen springt. Dort leben die Menschen friedlich miteinander, sie streiten nie, sind nie neidisch auf andere und sind freundlich zu allen Menschen und allen Tieren. Sie haben keine Feinde, es gibt keine Raubtiere. Sie leben mit ihrer Welt im Einklang und beschäftigen sich mit Wissenschaft und Forschung und wollen ihr Leben lang lernen. Diese Menschen sind sehr weise, wissen viel über die Welt aber machen Vieles nicht, was sie machen könnten, weil sie es schön finden, so wie es ist. Die Welt hat zwei Monde, die, wenn sie nebeneinander aufgehen, regelmäßig das Wasser in den Farben des Regenbogens zum Leuchten bringen. Alle Menschen dort gehen dann Baden oder Schwimmen. Sie baden im Licht der Farben des Regenbogens. Wenn sie sich gegenseitig nass spritzen, perlen die Wassertropfen in allen Regenbogenfarben von ihrer Haut ab. Es ist eine Welt, wie man sie sich schöner und friedvoller nicht vorstellen kann.«

Selina schaut ihre Uroma mit schon etwas schläfrigen Augen an.

»Ach, Uroma Lera, ich würde so gern einmal über den Regenbogen springen und Gea besuchen.«

Lera blickt ihr Urenkelkind überrascht an.

»Wie kommst du denn darauf, dass diese Welt Gea heißt?«

Sarah meldet sich zu Wort.

»So heißt sie auch gar nicht. Selina hat sich den Namen ausgedacht. Sie findet ihn schön. Und ich finde das auch.«

Lera schaut ihre Urenkel liebevoll an.

»Ihr habt recht. Gea ist wirklich ein schöner Name für diese Welt. Aber nun schlaft schön und träumt von der Regenbogenwelt. Gute Nacht, ihr Süßen.«

Dann deckt Lera ihre Urenkel zu und geht zurück ins Wohnzimmer zu ihrem erwachsenen Enkelkind.

»Es ist merkwürdig Oma, die Kinder wollen wieder und wieder, dass du von der Regenbogenwelt erzählst? Dabei wissen sie und du weißt es auch, dass es diese Welt nicht gibt.«

»Ich glaube es hat etwas damit zu tun, wie ich es erzähle. Denn jedes Mal werde ich dabei etwas wehmütig und spüre ein Ziehen in der Brust, so als hätte ich Heimweh. Heimweh nach dieser Welt, die es nicht gibt.«